KB268617

THE Warrior
Gale of Wind

광풍의 전사

태백산 퓨전 판타지 소설
FUSION FANTASTIC STORY

광풍의 전사 6
태백산 퓨전 판타지 소설

초판 1쇄 찍은 날 § 2008년 3월 3일
초판 1쇄 펴낸 날 § 2008년 3월 8일

지은이 § 태백산
펴낸이 § 서경석

편집장 § 문혜영
편집책임 § 심재영

펴낸곳 § 도서출판 청어람
등록번호 § 제1081-1-89호
등록일자 § 1999. 5. 31
어람번호 § 제1-0949호

주소 § 경기도 부천시 원미구 심곡1동 350-1 남성B/D 3F (우) 420-011
전화 § 032-656-4452 팩스 § 032-656-4453
http://www.chungeoram.com
E-mail § eoram99@chollian.net

ⓒ 태백산, 2007

ISBN 978-89-251-1213-8 04810
ISBN 978-89-251-0945-9 (세트)

THE Warrior Gale of Wind

Contents

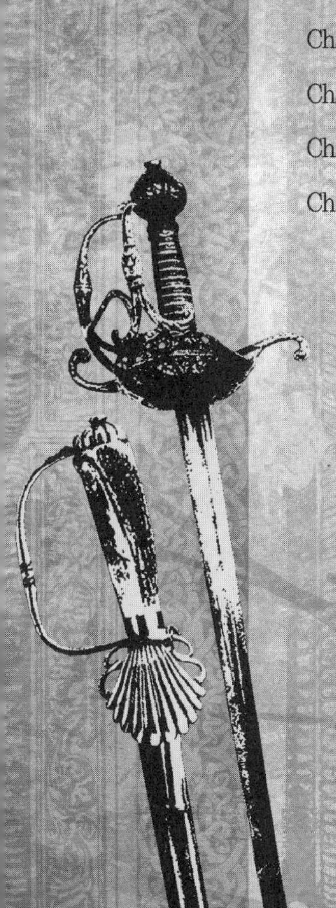

CHAPTER 01

피는 피로써

THE Warrior
Gale of Wind

흐릿한 하늘에서 진눈깨비가 흩날린다. 뽀얗게 쏟아지는 함박눈이 황토 빛 무덤 위에 살며시 내려앉아 슬픈 눈물인 양 스르륵 녹아내리며 맑은 물기를 씌워놓는다. 헤럴드는 방금 흙을 올린 무덤을 조용히 만졌다.

"미안해, 일리나. 그대는 나에게 너무도 많은 것을 주었는데 나는 아무것도 주지 못했어. 하지만 이것만은 약속할게, 그대를 이렇게 만든 놈이 누구든 반드시 찾아내서 천참만륙할 거야, 반드시."

헤럴드의 눈에서 뜨거운 눈물이 방울져 흘러내렸다. 그의 뒤에 샤칸과 레나, 루시, 네모, 핸더슨을 비롯한 사람들이 머리를 숙이고 비통한 심정으로 묵도하고 있었다.

헤럴드가 퓨리 시에 도착했을 때 일리나는 이미 싸늘한 시신이 되어 있었다. 헤럴드는 붉게 충혈된 눈을 들어 저 멀리 하늘가를 바라보았다. 이제 그녀의 복수를 해야 했다.

어려서 부모를 잃고 사랑을 모르고 자라난 헤럴드에게 그녀는 어머니였고 누나였으며 사랑스런 아내였다. 그런데 그녀는 이제 다시는 돌아올 수 없는 먼 길을 떠났다.

'너희들은 나 헤럴드가 얼마나 잔혹해질 수 있는지 보게 될 것이다.'

말없이 내려가는 헤럴드를 따라 레나가 훌쩍이며 뒤를 따르고 있었다.

"샤칸, 놈들이 어디까지 왔지?"

"조지 공작의 부대들이 마도루 성에까지 왔어요. 지금 그곳에서 격렬한 전투가 벌어지고 있어요."

마도루 성은 카마센 영지의 전초성으로 서쪽의 방어를 위해 만든 요새이다.

샤칸의 말에 묵묵히 걸음을 옮기던 헤럴드가 명을 내렸다.

"이제부터 쥬신 영지에 침입한 놈들을 말살시킨다. 블랙울프 예비대를 출전 준비시켜, 내가 직접 간다. 목표는 마도루 성, 그곳에서 조지의 군사들을 괴멸시키고 타판파스 왕국을 평정한다."

"알았어요."

샤칸은 눈물을 씻고 즉시 마법 통신을 하기 시작하였다.

부웅, 부웅.

"출전이다, 모든 전사들은 말에 오르라."

"승마!"

"승마!"

다다닥, 다다닥.

블랙울프 제2군이었던 예비대들이 막사에서 달려나와 말에 올랐다. 해가 지는 저녁 십만 블랙울프들이 진눈을 박차며 서쪽을 향해 폭풍이 몰려가듯 내달렸다.

대오의 선두에는 세 발 달린 새가 그려진 깃발이 펄펄 날리고 헤럴드를 비롯한 부하들이 굳은 얼굴로 달려가고 있었다.

마도루 성은 오늘도 치열한 싸움으로 해가 지고 있었다.

두두두두!

자루처럼 길쭉한 마도루 초원에 끝이 보이지 않는 조지 공작의 군사들이 파도처럼 밀려온다.

함성을 지르며 돌진하는 기마병들, 갑옷을 발끝까지 착용한 중갑병들이 개미 떼처럼 밀려가고 그 뒤를 공성 부대가 지원한다.

휘이잉, 콰자작, 휘위잉, 쿵쿵쿵!

투석기에서 날린 바위들이 마도루 성벽에 맞아 돌가루를 피워 올리며 성벽이 깨어지고 있었다. 커다란 바윗돌들이 성벽을 강타할 때마다 마도루 성이 쩌렁쩌렁 울렸다.

"성을 넘어라!"

"제일 먼저 넘은 자에게 1만 골드의 금화를 하사한다!"

"성을 점령하면 계집과 재물은 너희들 것이다!"

"우아아아!"

각 군부대장들의 고함에 사기가 오른 군사들이 함성을 지르며 성벽에 달라붙었다. 조지는 이 성에 도착해서 오늘까지 이틀째 맹공격을 했지만 점령할 수가 없었다. 성이 위험에 처하자 성민들이 모두 떨쳐나섰다. 남녀노소가 따로 없었다.

노인들과 아이들, 처녀들이 성벽을 오르는 군사들에게 뜨겁게 끓는 물과 돌벼락을 안겼고 아이들까지 화살을 날랐다. 마도루 성의 성민은 모두 12만, 이곳을 지키는 군사들은 2만 5천 명이다. 정식 군사의 수는 2만 5천밖에 안 되지만 조지는 15만 명과 싸우는 것과 다름이 없었다. 처음 이 작은 성에 도착했을 때 조지는 3시간이면 충분히 점령할 수 있다고 자신했었다. 50만의 군사들로 2만 5천이 지키고 있는 성을 점령하는 것은 일도 아니었다.

그러나 조지는 밤낮을 이어 이틀을 공격했지만 아직 성을 넘지 못하고 있었다.

슈슈슈슉.

"성벽에 붙지 못하게 하라!"

"조금만 견지하라, 지원병이 곧 올 것이다!"

검은 가죽옷을 입은 자가 성루에 서서 군사들과 성민들을 격려하고 있었다.

"지독한 놈들!"

공방전을 보던 조지는 이를 갈았다. 사실 조지는 지원병에 대해서는 그다지 신경을 쓰지 않았다. 이틀 전 니힐리스 제국의 브리지트가 떠나면서 지원 부대를 잡아두겠다고 장담했던 것이다. 브리지트가 어떤 방법을 쓰려는지 모르지만 조지는 그녀를 믿었다.

그녀는 당대의 그랜드 마스터였고 능력 또한 뛰어났기 때문이다. 실지로 척후병들의 보고에 의하면 지원병은 아직 오지 않고 있었다.

"참모장."

"옛, 각하."

"키메라들을 투입하라. 저 성을 장악하면 남녀를 불문하고 한 명도 살려두지 말라."

"알았습니다, 공작님."

참모장이 달려나가고 곧이어 조지 진영의 군사들이 술렁거리기 시작하였다.

부웅, 부웅, 부웅.

긴 나팔소리가 울리자 붉은 갑주들 사이에 말을 타고 있던 킹크베리는 희미한 미소를 머금었다. 드디어 출전인 것이다.

킹크베리는 슬쩍 뒤를 돌아보았다. 붉은 갑주를 입은 5천의 키메라가 무표정한 얼굴로 검과 베틀엑스를 들고 전방을 바라보고 있었다.

"흐흐. 조지, 너도 어쩔 수가 없구나. 하긴 저놈들이 오죽 지독해야지!"

킹크베리는 마도루 성을 쏘아보았다. 50만 대군의 포위 공격에 갇힌 마도루 성은 사람들의 바다에 갇힌 섬과 같았다. 그러나 그 섬은 철벽의 요새였다. 사나운 파도가 수십 번에 걸쳐 밀려들었지만 마도루 성은 변함없이 쥬신 영지의 깃발을 날리고 있었다.

"애들아, 저 성을 점령하고 인간들의 피로 너희들의 목을 축여라. 가자!"

삐이이, 삐이이.

킹크베리가 손바닥만 한 나팔을 불자 듣기 역겨운 소리가 울려 퍼지고 무표정하던 키메라들의 눈에 살기가 어렸다.

척척척, 철컥철컥.

갑주들이 부딪치는 소리, 번쩍거리는 눈빛들, 살기를 뿌리는 검과 베틀엑스가 마도루 성을 향해 몰려갔다. 키메라들이 진격을 시작하자 군사들이 황급히 길을 내주었다.

물결처럼 갈라진 군사들 속을 살기를 뿌리는 키메라들이 먼지를 일구며 달려나갔다.

"저게 뭐지?"

"혹시?!"

성을 지키고 있던 수비대장 토모 남작은 붉은 갑주들이 먼지를 일으키며 달려오자 정신이 퍼뜩 들었다. 타마 백작에게 마틴 공작의 군사들 중에는 칼에도 찔리지 않는 키메라들이 있다는 연락을 받은 것이 바로 5일 전이다. 그때 연락받은 것과 저들의 모습은 너무도 유사했다.

붉은 갑주, 핏빛을 뿌리는 눈빛, 분명 키메라들이었다.

"기름을 준비하라, 저들은 키메라들이다."

토모의 명에 군사들과 성민들이 아연해서 밀려오는 키메라들을 바라보았다. 입에서 침을 질질 흘리며 다가오는 저들은 분명 키메라들이었다. 군사들과 성민들이 분노로 몸을 떨었다.

"투석기 발사 준비!"

토모의 명이 재차 떨어졌다.

"돌을 날려라, 키메라들이다!"

성민들이 우르르 몰려가 투석기에 돌을 장전했다. 저들 키메라들은 기름을 뿌리고 불을 지르던가, 돌벼락을 안기지 않는다면 죽이기 힘들었다. 물론 블랙울프들은 마나 블레이드로 저들은 베어버리지만 이곳에 있는 군사들은 일반 군사들이다.

"자칫하면 저들에게 짓밟힐 수 있다."

토모는 개미 떼처럼 바글거리는 적들의 진영을 넘어 북쪽을 바라보았다. 그곳에는 이 마도루 성을 지원할 카마센 성이 있다. 그런데 어찌 된 일인지 아직 지원군은 보이지 않았다.

삐이이, 삐이이.

"적의 공격입니다, 남작님!"

부관의 다급한 소리에 밑을 내려다본 토모는 비장한 결심을 다졌다. 창칼이 말을 듣지 않는 키메라들을 과연 격퇴할 수 있을지 자신감이 없었다. 그렇다고 손을 놓고 있을 수는 없었다.

이 성을 지키지 못한다면 주군에게 면목이 없다. 그의 눈이 번들거렸다.

"오라, 최후의 한 사람까지라도 너희들과 싸울 것이다."

그가 검을 뽑아 들고 내려쳤다.

"투석기 발사!"

"발사, 발사!"

휘윙, 휘윙, 콰작, 콰지직!

포물선을 그리며 날아간 투석기들이 키메라들의 머리에 떨어지며 짓뭉개기 시작하였다.

그러자 곧바로 적의 투석기들이 공격해 오기 시작했다. 성의 안팎은 날아가고 날아오는 돌들로 무서운 파열음이 울려 퍼졌다.

쿠웅, 콰지직, 콰앙!

"앗, 윽!"

새까맣게 날아드는 돌덩이에 맞은 사람들의 비명이 곳곳

에서 들렸다. 겨우 몇 대 남은 투석기들이 적의 무차별 공격으로 깨지고 부서져 흩어졌다.

키키키키.

"키메라들이다."

"기름을 퍼부어라."

성벽에 달라붙은 키메라들을 향해 기름이 쏟아져 내렸다. 그 위로 불 방망이가 떨어져 내렸다.

화르륵, 키아악, 키킥!

온몸에 불이 붙은 키메라들이 괴이한 비명을 지르며 떨어져 내리고 땅바닥을 뒹굴었다. 그러나 놈들은 악착같이 밀려 올라왔다.

챙챙, 촤앙!

"쳐라, 적을 떨어뜨려라!"

토모는 기다란 장창을 들고 달려가 올라오는 키메라를 힘껏 밀어 떨어뜨렸다. 그것을 본 군사들과 사람들이 몽둥이와 창을 들고 마구 찔렀다.

하지만 적은 너무도 강했고 창칼이 몸에 들어가지 못했다.

"아악, 으악!"

키메라의 손에 잡힌 사람들의 절망적인 비명이 성벽을 울렸다. 키메라들은 사정이 없었다. 팔이 잡히면 팔을, 머리가 잡히면 머리를 무자비하게 뜯어버렸다.

뜯겨져 나가는 사람들의 팔다리와 콸콸 쏟아지는 붉은 피로 마도루 성벽이 붉게 물들었다.

"각하, 키메라들이 성벽 위에 올라섰습니다."

참모장의 보고에 조지는 고개를 끄덕였다. 역시 키메라들이었다. 이틀 동안 맹공격을 해도 끄떡없던 마도루 성이 드디어 함락되는 것 같았다.

"미리 투입했으면 군사들을 죽이지 않아도 됐을 것입니다."

간편한 갑주를 입고 말을 하고 있는 자는 니힐리스 제국에서 파견되어 나온 기사다. 조지 공작은 그를 힐끔 보고는 고개를 돌려 버렸다. 사실 그는 키메라를 투입하고 싶지 않았다.

아무리 니힐리스 제국의 도움을 받고 있다고 해도 이곳은 자신이 통치해야 할 땅이기 때문이었다. 그러나 이젠 어쩔 수 없었다. 쥬신 영지의 사람들은 공작이 생각한 것보다 몇 배나 강했기 때문이었다.

'빌어먹을.'

속으로 중얼거린 조지가 참모장을 불렀다.

"참모장. 총공격 명령을 내려라, 오늘 밤은 저 성에서 쉰다."

"옛, 각하."

뿔나팔이 울리고 조지의 군사들이 파도처럼 밀려갔다. 마도루 성은 망망대해에 홀로 있는 섬처럼 힘겨운 싸움을 하고 있었다.

*   *   *

카마센 성의 수비대장인 프리모는 참모의 보고에 자리에서 벌떡 일어섰다.

"그게 말이나 되는가? 형제들이 마도루 성에서 죽어가고 있는데 제자리를 지키라고, 가자. 내가 직접 가서 사령관을 만나겠다."

프리모가 문을 박차고 나오자 참모장을 비롯한 부하들이 우르르 따라나섰다. 카마센 성은 마도루 성을 비롯한 12개 방어선의 중심으로 영지 방어 사령부가 있고 그 사령관은 카마센 성주이다. 적이 마도루 성을 공격한다는 소식이 온 지 이틀째, 방어사령관인 성주는 성에서 한 발자국도 움직이지 말라는 명령뿐이다. 하지만 이제 더 이상 참을 수는 없었다.

사령관인 뮬란 백작은 성에서 밖으로 나오지도 않았고 군부대장들을 만나지도 않았다.

"아, 프리모 대장, 사령관에게 가는 길이오?"

"닐 대장이 아니오? 그런데 여긴 어떻게?"

밖으로 나온 프리모 수비대장의 앞으로 10여 명의 전사가 말을 타고 다가왔다.

닐은 여기서 얼마 떨어지지 않은 방어성 중의 하나인 가드

너 성의 수비대장이다.

"마도루 성이 공격받은 지가 벌써 이틀이오. 그런데 지원을 하지 말라니, 이게 어떻게 된 일이오. 마도루 성이 점령되면 주군을 어떻게 보려는 거요."

닐의 말에 프리모는 고개를 끄덕였다. 성미 급한 닐이 더는 참을 수가 없어서 말을 달려온 것 같았다. 프리모가 다가가 그의 손을 잡았다.

"잘 왔네, 닐. 나도 사령관을 만나러 가던 길이야. 우리 가서 사령관을 만나세."

프리모의 눈을 들여다보던 닐이 고개를 끄덕였다. 그의 눈에서 솟구치는 분노를 읽은 것이다.

"가세, 사령관이 대체 무슨 생각을 하는지……."

그들이 발걸음을 떼려는 순간, 갑자기 대지가 흔들리기 시작하였다.

"어엇, 이게 무슨 소리지?"

"이건 말발굽 소리?"

그랬다. 그건 수만 필의 말들이 달리는 말발굽 소리였다.

두두두두!

수만 필의 말들이 달리는 소리가 점점 커지고 초원 저 멀리에서부터 먼지가 구름처럼 일어났다. 말들의 투레질 소리가 들리고 대지가 지진을 만난 것처럼 뒤흔들렸다.

"기마군입니다!"

“이쪽으로 온다.”

성루를 지키고 있던 군사들의 다급한 고함 소리에 날듯이 달려 올라간 닐과 프리모는 안력을 돋워 바라보았다. 하지만 구름처럼 일어나는 먼지 때문에 아무것도 보이지 않았다.

‘엄청나구나, 저 정도의 기마병들이면 카마센 성은 위험하다.’

프리모는 얼굴을 찌푸린 채 부하들을 돌아보았다. 그들의 얼굴도 딱딱하게 굳어져 있었다.

“즉시 궁수들에게 발사 준비를 시켜라! 전체 군사들은 성벽으로!”

참모들이 사방으로 달려갔다.

“전투 준비! 적이다!”

“군사들은 성벽을 지켜라!”

군사들이 창과 활을 움켜쥐고 성벽으로 달려갔다. 그들의 얼굴에 긴장한 빛이 역력했다.

이 성에는 아내와 자식들이 있고 죽어도 지켜야 하는 것이 군사들의 의무였다.

“꿀꺽. 저, 저건!!”

폭풍처럼 몰려오는 기마군을 보며 활을 겨누고 있던 군사들의 얼굴에 놀람과 환희의 빛이 어렸다. 점점 가까이 그 모습을 드러내는 깃발은 세 발 달린 새가 창공을 나는 모습이었다.

“블랙울프들이다!”

“블랙울프들이 왔다!”

“와~”

군사들이 엎드리고 있던 성 위에서 일어섰다.

두두두두!

폭풍처럼 달려오는 기마들은 바로 블랙울프들이었다. 검은색 일색인 가죽갑옷들, 서릿발을 날리는 롱 소드들이 저녁햇빛을 받아 은빛으로 번쩍거렸다.

군사들이 외치는 함성 속에 안도의 숨을 쉬며 허리를 펴던 프리모는 대열에서 떨어져 이쪽으로 달려오는 한 떼의 기마병들을 보고 눈을 부릅떴다. 길게 드리운 머리칼을 날리며 달려오는 젊은 청년이 무척 낯익었다. 프리모의 몸이 부르르 떨렸다.

“주, 주군이시다!”

“영주님이시다!”

프리모가 뭐라고 말하기도 전에 군사들 속에서 함성이 터졌다.

“영주님께서 오셨다!”

“성문을 열어라!”

두거덕, 두거덕.

성문이 열리고 헤럴드와 그 일행은 말을 달려 들어섰다.

“카마센 성의 수비대장 남작 프리모, 주군을 뵙습니다.”

"주군을 뵙습니다."

부하들이 허리를 굽히자 헤럴드가 입을 열었다.

"수고했다. 그런데 너희들은 어째서 마도루 성을 지원하지 않았는가?"

헤럴드의 말에 프리모는 고개를 숙였다.

"그, 그게 저……."

프리모의 설명을 들은 헤럴드의 눈이 하얀 첨탑이 솟아 있는 성주의 성을 바라보았다.

"성주가 지원을 금했다?"

"예, 그래서 저희들이 항의하러 가던 중입니다, 주군."

프리모의 기어들어 가는 듯한 말에 헤럴드의 눈썹이 꿈틀 치솟았다.

"주군, 제가 가서 당장 잡아오겠습니다."

네모가 베틀엑스를 꺼내 들었지만 헤럴드는 아무 말이 없었다.

"가자!"

두두두두!

헤럴드의 말이 네 굽을 안고 성주의 저택을 향해 내달렸다. 그 뒤를 네모와 위타킨을 비롯한 5형제가 말을 달렸다.

"우리도 가요, 언니."

"그래."

샤칸과 레나가 말에 박차를 가하더니 쏜살같이 달려갔다.

그녀들의 뒤로 프리모와 닐도 따라 달려갔다.

카마센 성주의 집은 조용한 침묵 속에 잠겨 있었다. 말을 타고 성문 앞에 도착한 네모는 베틀엑스를 쥔 손에 힘을 주었다. 그의 예리한 기감 속에 주변에 숨어 있는 자들의 기척이 여러 개 잡혔다.

'이것들 봐라! 감히 주군께서 오시는데 매복을 해?

그가 베틀엑스를 들어 올리는 순간이다. 네모의 머릿속에 헤럴드의 전음이 전해졌다.

"네모, 모른 척해라."

그제야 도끼를 쥔 손에 힘을 푼 네모가 건들거리며 말을 몰았다.

"문을 열어라!"

네모의 호통에 성문을 지키고 있던 파수가 창을 틀어쥐고는 천천히 걸어나왔다.

"성주님께서 아무도 들이지 말라는 명을 내리셨습니다. 돌아가십시오."

"뭐라, 난 네모 백작이다! 상관이 왔는데 문을 열지 말라니, 당장 문을 열지 못하겠느냐?"

네모가 눈을 부릅뜨고 소리치자 파수는 흠칫 놀랐다. 눈앞에 선 자는 다른 사람도 아니고 헤럴드의 왼팔이라는 바로 그 네모다. 당황한 파수가 파수장을 돌아보았다.

그러나 파수장도 지금 당황한 표정이었다. 저 죽음의 베틀 엑스 네모라는 자는 헤럴드와 함께 아이스 왕국에 있는 것으로 알고 있었다. 그런데 여기에 나타나다니? 뭔가 일이 잘못되고 있었다. 하나 그가 받은 명령은 누구도 안에 들이면 안 된다는 명이다.

숨을 한껏 들이켠 파수장이 앞으로 나섰다.

"성주님께서는 누구도 들이지 말라고 하셨습니다. 그러니 기다리시기 바랍니다."

"뭐라고, 이것들이!"

네모가 눈을 부라리며 도끼를 쳐드는 순간, 조용한 말소리가 들려왔다.

"성주는 잡혀 있나?"

"자, 잡혀 있다니, 당신이 누군지 몰라도 감히 그런 말을……."

파수장이 다급해서 말하는 순간 날카로운 소리가 고막을 강타했다.

"감히 오빠에게 당신이라고, 너는 누구냐?"

여자의 쨍쨍한 목소리에 파수장은 입술이 파랗게 질렸다. 그의 눈에 은발의 여자가 작은 활을 겨누는 것이 보였다. 은발과 활! 파수장의 얼굴에 공포가 어렸다.

저 여자는 분명 그 악명을 떨치는 은발의 궁사 같았다.

"서, 설마, 은발의 레나?!"

"나를 알아보면서 오빠는 모르겠단 말이지, 네놈들은 누구냐?"

레나의 활이 자신을 겨누자 파수장의 몸이 부르르 떨렸다. 저 은발의 레나는 백발백중의 명사수로 소드 마스터도 이길 수 없다고 들었다. 숨을 들이켠 그가 뒷걸음치는 순간 날카로운 시위 소리가 귓전을 울렸다.

"으악!"

그가 비명을 지르는 순간, 거대한 폭음이 울렸다.

콰콰쾅, 콰쾅!

새파란 번개 모양의 뇌전이 공간을 쭉 가르며 날아가 부딪치자 성문이 산산이 부서져 날아올랐다. 하늘 높이 날아오른 성문의 파편들이 비 오듯 쏟아져 내렸다.

"으으, 엘프의 궁사!"

"은발의 레나다!"

뇌전이 폭발하는 여파로 땅바닥에 처박힌 파수들이 입에 거품을 물고 눈을 까뒤집었다.

그들을 지나쳐 성안으로 들어선 헤럴드의 눈에 사방에서 달려오는 전사들이 보였다.

"네놈들은 누구? 허억, 죽음의 베틀엑스 네모!"

달려오며 소리치던 전사가 네모의 거대한 베틀엑스를 보며 눈을 부릅떴다.

"성주는 어디에 있느냐?"

네모의 우렁찬 고함 소리가 저택을 찌르릉 울렸다. 그제야 정신이 번쩍 든 전사가 간신히 마음을 가다듬고 앞으로 나섰다. 자신의 임무는 누구도 들여놓지 않는 것이다.

"난 성주의 친위 전사단장 제논이오. 당신이 아무리 네모라고 해도 함부로 들어올 수 없소."

"네가 제논이라고? 크하하, 오크가 웃을 일이로구나. 제논은 나에게 형이라고 하지, 넌 누구냐?"

네모의 베틀엑스가 새파란 빛을 뿌리며 겨누어지자 전사의 얼굴에 낭패한 기색이 어렸다.

"들켰다, 쳐라!"

츠르룽, 척척!

전사가 얼굴을 일그러뜨리며 명을 내리자 주변을 둘러싸고 있던 전사들이 검을 뽑아 들며 와르르 달려들었다. 그것을 본 네모의 베틀엑스가 허공으로 쳐들렸다.

"흐하하, 이제야 본성을 드러내는구나, 쥐새끼 같은 놈들."

휘아앙.

네모의 베틀엑스가 바람을 일으키며 휘둘러졌다.

카카캉!

베틀엑스와 부딪친 검들이 모두 부러져 나가고 전사들의 몸에서 불꽃이 일어났다. 그런데 이게 웬일인가? 네모의 베틀엑스는 한번 휘둘러질 때 엄청난 힘이 가해진다. 사방으로 날려가 땅에 처박혔던 전사들이 비틀거리며 다시 일어섰다. 일반 전사들이라면 팔다리가 끊어지고 즉사해야 했지만 이들은 아무렇지도 않았다.

"키메라?"

눈이 둥그레진 샤칸이 흠칫 멈춰 섰다.

"크크크. 그들은 너희들로서는 어쩔 수 없는 키메라들이다. 오늘 너희들은 이곳에 잘못 왔다."

성주의 저택 앞에 언제 나왔는지 키가 작달막한 자가 검을 들고 킬킬거리며 사람들을 둘러보고 있다.

"우디님."

네모의 엄청난 힘에 질려 있던 전사가 기쁨에 넘쳐 소리 질렀다. 그런 부하를 바라본 우디의 입에서 차가운 목소리가 흘러나왔다.

"변변치 못한 놈들. 저놈들을 죽여라!"

"옛, 우디님."

기세가 오른 전사가 검을 쳐들어 네모를 가리켰다.

"공격하라!"

키메라들이 든 검에서 마나 블레이드가 붉은빛을 뿌리며 솟아오르고 맹렬한 속도로 달려들었다.

"오라, 내가 왜 죽음의 베틀엑스인지 보여주마!"

네모의 육중한 몸이 베틀엑스와 한 몸이 되어 허공으로 솟구쳐 올랐다. 그리고 커다란 원을 그리며 휘둘러졌다.

부아앙, 파파팟.

도끼가 휘둘러지면서 연분홍색의 오러 블레이드가 줄기줄

기 뻗어 나왔다. 그것은 아름답지만 죽음으로 이끄는 파멸의 빛이었다.

키엑, 킥!

달려들던 키메라들이 괴상한 비명을 내질렀다. 빛처럼 빠른 속도로 날아간 오러 블레이드는 그들의 몸뚱이를 관통했고 잘려진 팔다리와 푸른 피가 역한 냄새를 풍기며 마당을 물들였다.

"저, 저것은 오러 블레이드!"

명을 내리고 달려들던 전사가 눈을 크게 뜨고 뒷걸음치며 공포에 질린 말을 뱉어냈다. 하지만 늦었다. 공중을 선회하며 날아든 연분홍 빛이 순식간에 전사의 몸을 가르고 지나갔다.

"크윽!"

전사는 창자를 헤집는 듯한 날카로운 고통에 배를 내려다보았다. 하지만 배는 보이지 않고 눈앞으로 땅바닥이 급속도로 가까워진다. 이미 몸이 두 동강나 상체가 떨어지고 있었던 것이다.

"죽음의 베틀엑스도 소드 마스터! 커억!"

죽음의 그림자가 드리워진 전사는 힘겹게 마지막 말을 내뱉고는 눈을 감았다.

그것을 본 우디는 흠칫 놀랐다. 저놈도 소드 마스터였다. 우디의 머리가 번개처럼 회전했다. 이 상태로는 저들과 싸워 이길 수가 없다. 자신이 아무리 소드 마스터라고 하지만 저들은 십여 명이나 되었다. 게다가 은발의 레나가 활을 쥐고 있었고 옆에 있는 자들도 만만치 않게 보였다. 본래 브리지트의 명으로 이곳을 지키고 있었지만 이렇게 되면 더 이상 시간을 끌 수가 없었다. 안으로 들어가 잡혀 있는 성주를 죽이고 이곳을 빠져나가는 것이 살 수 있는 마지막 방법이었다. 재빨리 결심을 내린 우디가 살아남은 키메라들에게 명을 내렸다.

"저놈들을 쳐라!"

그러자 살아남은 키메라들이 검을 들고 우르르 몰려들었다. 그 순간이다. 우디는 눈앞을 밝히는 찬란한 빛에 눈을 감았다. 너무도 밝고 찬란한 무지갯빛이어서 도저히 눈을 뜰 수가 없었다. 그의 귀에 키메라들의 비명이 들려왔다.

킥, 케엑!

깜짝 놀라 눈을 뜬 우디는 벌어진 입으로 침을 질질 흘렸다.

"저, 저건?!"

검은 머리의 젊은 청년이 손을 내밀고 있는데 무지갯빛의 찬란한 검이 사방을 날아다니며 키메라들을 무처럼 베어버리고 있었다.

"저건, 오러 검!!"

우디의 눈이 더 이상 커질 수 없게 부릅떠졌다. 저건 전설로만 내려오던 오러로 만들어진 검이었다. 찬란한 빛을 뿌리는 오러 검이 마지막 키메라를 베어버리고 쏜살같이 날아가 청년의 손으로 흡수되었다.

스슷.

오러 검이 흡수되는 것을 보던 우디의 머리에 한 가지 생각이 떠올랐다. 이 쥬신 영지에 저 정도 강자가 있다면 두말할 것도 없이 헤럴드 후작일 것이다. 우디의 눈앞에 캄캄해졌다.

헤럴드가 강하다고 했지만 오러 검을 날리는 정도라니! 기가 막힌 그가 입을 벙긋거리는데 헤럴드의 손이 자기를 향해 들려지는 것이 보였다.

"히익!"

기겁한 우디가 검을 뽑으려고 했지만 빛이 번쩍인 후, 그는 몸이 굳어진 것을 알았다. 허공을 격하고 날아간 기(氣)가 우디의 혈도를 점혈해 버렸지만 그는 무엇인지 알 수가 없었다.

"이, 이게 대체?"

도저히 몸을 움직일 수 없어 절망에 빠진 우디의 귀에 헤럴드의 목소리가 들렸다.

"핸더슨."

"옛, 주군."

핸더슨의 들뜬 얼굴에 웃음을 벙글거리며 힘차게 대답했다.

"이놈이 어디 소속인지 밝혀내라. 뭐 아케이드나 검은 탑이겠지만……."

"맡겨주십시오, 주군. 아예 잠자리에서 한 짓까지 밝혀내겠습니다."

머리를 끄덕인 헤럴드가 안으로 들어가자 얼굴이 붉어진 샤칸과 레나가 핸더슨을 흘겨보고는 뒤따라 들어갔다. 그것을 본 도미니크가 혀를 끌끌 찼다.

"자넨 주모님들이 계시는데 함부로 말을 하나, 쯧쯧."

"아니, 형님, 내가 뭐 잘못 말했수?"

"그럼 잘했나? 주모님들께서는 아직도 처녀야."

도미니크의 말에 핸더슨이 빙그레 웃음을 지었다.

"형님, 주모님들이 언제까지 처녀로 있겠수, 헤헤."

"어이구, 내가 말을 말지, 쯧쯧."

도미니크가 머리를 절레절레 흔들자 핸더슨은 건들거리며 우디에게 다가갔다.

"그럼 이제부터 시작해 볼까. 빨리 말하면 편하겠지만 그렇지 않으면 지옥이 뭔지 보게 될 거야."

핸더슨이 날카로운 대거를 뽑아 들며 싱글거리는 모습에 도미니크는 고개를 돌려 버렸다. 이제 핸더슨은 자신이 창안한 여러 가지 고문 방법을 사용할 것이다. 손톱을 하나하나 뽑고 거기에 소금을 뿌린다. 그뿐이 아니다. 발바닥과 손바닥을 벗기고 소금에 담가 두었던 참대 바늘로 찌른다. 그 고통은 차라리 죽는 것이 나을 정도로 두려운 고통이다.

잠시 후 우디는 지독한 고통에 몸부림쳤다.

"으아악, 차라리 날 죽여라, 이 악마 같은 놈아!"

"헤헤, 아직 멀었어. 너 소속이 어디지?"

어이없게도 소드 마스터 우디는 불과 30분도 안 되어 모든 것을 불기 시작하였다. 너무도 지독한 고통에 우디의 눈은 흰 자위만 덮여 있었다.

"주군, 이 몸은 죄를 지었습니다, 죽여주십시오."

성주의 저택 지하 창고에 갇혀 있던 카마센 성주 이안 남작은 초췌한 몰골로 바닥에 무릎을 꿇었다. 이틀 전, 밤중에 난입한 키메라들과 백발의 여자에게 호위전사들이 모조리 제압되었고 꼼짝없이 지하에 갇혔다고 한다. 성주와 전사들을 제압한 백발의 여자는 군령패를 이용하여 군사들이 움직이지 못하도록 명을 내린 것이다.

"백발의 여자라?!"

헤럴드는 생각에 잠겼다. 호위전사들을 소리없이 제압하려면 적어도 그랜드 마스터 초급 이상은 되어야 할 것이다. 헤럴드가 생각에 잠겨 있자 샤칸이 입을 열었다.

"헤럴드, 아무래도 검은 탑이 생각 외로 강한 것 같아."

"흥, 강하면 얼마나 강하겠어. 그놈들을 모조리 죽여 일리나 언니의 복수를… 억!"

주먹을 꽉 움켜쥐고 말을 하던 레나는 샤칸이 옆구리를 찌르는 바람에 입을 다물었다. 샤칸이 레나를 흘겨보았다. 그때야 실수를 깨달은 레나가 헤럴드를 살짝 쳐다보았다. 그러나 헤럴드는 무심한 표정이다.

"이안, 너의 잘못이 아니다. 지금 즉시 군사들을 이끌고 출전하여 복수를 하라."

"주군, 감사합니다."

"충!"

이안 남작과 호위전사들이 충성을 외치고 달려나갔다.

"우리도 가자."

"예, 주군."

네모와 위타킨 형제들이 밖으로 나오는데 벙글거리며 웃고 있던 핸더슨이 헤럴드에게 달려들어 왔다.

"주군, 밝혀냈습니다. 백발의 여자는 아케이드 전사단 마스터의 정부로 그랜드 마스터 브리지트라고 합니다."

무심한 표정으로 발걸음을 옮기던 헤럴드가 우뚝 멈춰 섰다.

"브리지트?"

"예. 그년이 퓨리 성을 공격했고 일리나님도 바로 그 브리지트에게 돌아가셨다고 합니다."

핸더슨의 말이 끝나기도 전에 헤럴드의 신형이 바람처럼 밖으로 사라졌다.

"아, 아니, 주군!"

그러나 벌써 밖에서 우디의 고통에 찬 비명 소리가 메아리쳤다.

"끄아악! 브리지트가 마, 맞습니다, 제발, 으아악!"

밖으로 달려나온 사람들의 눈에 온몸을 비틀고 있는 우디가 보였다.

우두둑, 우둑.

우디의 온몸의 뼈가 제멋대로 춤을 춘다. 마치 무슨 벌레가 몸속에 들어가 헤집는 것 같았다. 땅바닥을 뒹구는 우디의 입에서 처참한 비명이 끊임없이 흘러나왔다. 우디는 소드 마스터였지만 분근착골은 견딜 수 없는 지옥의 고통이었다.

"아케이드 전사단이 맞나?"

"마, 맞습니다."

"네놈들의 계획을 말해라."

"마, 말하겠습니다, 끄아악!"

고통으로 거품을 문 우디가 모든 것을 털어놓자 헤럴드의 손에서 솟아난 기검(氣劍)이 번쩍 빛을 뿌렸다.

"컥!"

우디의 목이 땅바닥에 털썩 떨어져 데굴데굴 굴러갔다.

"아케이드, 검은 탑. 너희들의 선택이 어떤 대가를 치르게 되는지 똑똑히 보여주겠다."

고오오.

분노한 헤럴드의 몸에서 솟아난 거대한 기운이 주변의 모든 것들을 가루로 만들어 버렸다.

사람도 물건도 심지어는 화강암마저 깨지고 부서져 보드

라운 가루로 흩어졌다.

"헤럴드!"

기겁하여 사방으로 몸을 날린 사람들 속에서 샤칸이 부르짖는 소리에 정신을 차린 헤럴드가 기운을 거두어들였다.

'후우~ 주군의 신위는 참으로 무섭구나!'

위타킨의 5형제는 침을 꿀꺽 삼켰다. 방금 전 쏟아지던 헤럴드의 기세는 정말 무시무시했다. 그러나 핸더슨은 속으로 엉뚱한 생각을 하고 있었다.

'그거 참, 멋진 고문 방법이네. 어떻게 해야 저 방법을 배우지?'

"가자."

헤럴드와 일행은 말 위에 올라 성문을 향해 내달렸다.

쿵쿵, 쿠웅.

거대한 충차가 성문을 향해 밀려가 그대로 부딪치며 폭음을 울린다. 붉은 갑주를 입은 자들이 쏟아지는 화살과 돌벼락에도 충차를 밀고 가 성문을 부수고 있었다.

그들의 위로 뜨거운 물과 기름이 쏟아져 내리고 불 방망이들이 떨어져 내려 온통 화염의 천지다. 그러나 키메라들은 불타서 쓰러지면 다른 자가 교체하여 쉼 없이 공격하고 있었다.

성벽들에서는 사다리를 타고 올라서는 조지의 군사들이 맹공격을 하고 있었다.

찬연한 햇빛이 비치는 마도루 성에는 피와 죽음이 난무했다.

"이제 30분 정도면 성문이 깨질 것 같습니다."

조지 공작이 옆에 말을 타고 있는 백발의 여자를 보면서 하는 말이다. 하지만 지금 브리지트는 속으로 올라오는 울화를 간신히 참고 있었다. 몇 시간 전, 카마센 성의 우디와 마법 통신이 끊어졌다. 아무리 찾아도 대답이 없는 것을 보면 분명 그는 죽은 것 같았다.

뭔가 변수가 나타난 것이 분명했다. 만약 그가 죽었다면 이곳에 지원병들이 올 것은 분명했다. 그전에 마도루 성을 점령하고 다음 공격을 준비해야 했다.

'대체 누가 있어 우디를 죽였을까?

지금 쥬신 영지의 소드 마스터들은 모두 마틴 진영과의 싸움에 동원됐다. 실제로 이곳에 올 소드 마스터는 없었지만 왠지 마음이 불안했다. 그녀가 생각 속에 잠겨 있을 때였다.

조지 공작은 먼발치에서 일어나는 뭉게구름에 눈을 부릅떴다.

"저게 뭐지?"

그가 바라보는 새에 뭉게구름은 점점 가까워지고 있었다. 그리고 함성이 일어났다.

우우우우.

두두두두!

그것은 질풍처럼 달리는 기마의 대열이었다. 새카만 가죽 옷을 입은 기마 대열이 3개의 무리로 나뉘어 폭풍처럼 쇄도해 오는 것이 보였다.

"가, 각하, 블랙울프들입니다."

조지의 참모장이 다급한 소리로 외치자 참모들의 눈에 공포가 떠올랐다.

조지는 브리지트를 쳐다보았다. 그녀도 달려오는 블랙울프들을 바라보고 있었다.

세 발 달린 새가 펄펄 날리는 블랙울프들이 한 개 부대는 마도루 성 쪽으로, 두 개의 부대는 조지 군사들 쪽으로 폭풍처럼 몰려오고 있었다. 말들의 투레질 소리, 블랙울프들의 야생적인 고함 소리가 천지를 진동시켰다.

"블랙울프들이다!"

"막아라, 물러서지 말라!"

조지의 군사들 속에서 다급한 비명 소리가 울리고 부대장들의 악쓰는 소리가 울렸다.

"장갑 부대는 블랙울프들을 막아라."

조지의 명에 중장갑 군사들이 방진형을 이루고 블랙울프들의 앞을 막아섰다. 그들이 추켜든 장창들이 햇빛에 수풀처럼 번쩍이며 삼엄한 빛을 뿌렸다. 마치 창의 숲 같았다.

"위타킨, 레나를 도와 마도루 성 쪽의 적을 쳐라. 네모는 좌측을 나는 우측을 공격한다, 돌격하라!"

"우아아!"

두두두두!

맹렬하게 달려나가던 헤럴드의 샤벨의 허공으로 쳐들렸다. 장창을 쳐든 적의 장갑병들이 점점 확대되어 눈앞으로 다가온다.

"천지폭멸!"

쏴아아, 콰콰쾅, 콰쾅!

하늘에서 무서운 벼락이 떨어졌다. 무지갯빛 색깔의 오러 블레이드가 수십 수백 줄기로 나뉘어 귀청을 찢는 듯한 소리를 동반하고 내리꽂히자 처참한 비명이 울려 퍼졌다.

"크아악, 아악!"

"사신이다!"

천지폭멸이 시전된 곳은 참혹하였다. 방원 100미터 구간의 장갑병들은 화염의 오러 블레이드에 맞아 온몸이 걸레처럼 찢겨 나갔다. 폭죽처럼 터져 오르는 몸뚱이들과 부서지고 잘려진 팔다리들이 허공으로 비산하고 붉은 피가 비처럼 떨어져 내렸다.

그 속으로 블랙울프들이 롱 소드를 휘두르며 무자비한 돌격을 개시했다.

"흐흐, 이놈들, 감히 쥬신 영지를 공격해?! 너희들 다 죽었어."

핸더슨은 닥치는 대로 찍어 넘기면서도 입은 잠시도 쉬지 않았다. 그의 앞으로 거대한 장창이 날아든다. 허리를 바싹 뒤로 굽혀 몸을 피한 핸더슨의 대거가 중장갑병의 투구 사이로 보이는 눈에 번개처럼 꽂혀 들었다.

"크악!"

비명을 지르는 중장갑병의 눈에서 대거를 뽑아낸 핸더슨은 몸을 일으켜 세우다가 기겁을 했다. 측면에 있던 두 명의 중장갑병이 사정없이 장창을 내지르고 있었다.

날쌔게 몸을 비틀어 하나는 피했지만 다른 창은 핸더슨의 가슴으로 날아들고 있었다.

"으헉!"

기겁하여 비명을 지르던 핸더슨은 눈을 둥그렇게 떴다. 어디서 날아들었는지 단검에 맞은 중장갑병이 스르륵 무너지는 것이 보였다. 핸더슨의 옆으로 짙은 녹색의 머리칼이 바람처럼 지나가며 단검을 날리는 것이 보였다. 던전 길드장 루시였다. 그녀의 뒤에 마법사 베로니카가 말을 달리며 소리쳤다.

"앞을 살피세요."

"고맙수, 내 이 은혜는 반드시 갚겠수다."

그러나 베로니카는 이미 고개를 돌려 마법을 날리고 있었다.

"파이어 볼, 아이스 볼."

팟팟팟—

화염과 얼음의 구들이 중장갑병들에게 날아가 연이어 쓰

러뜨리는 것이 보인다.

"젠장, 나도 저런 걸 배워야 하는데……."

핸더슨이 베로니카의 늘씬한 몸매를 보며 중얼거리는 순간 날카로운 쉿소리가 울렸다.

카카캉.

"이크!"

목을 자라처럼 쑥 들이민 그의 옆으로 도미니크가 검을 휘둘러 장갑병을 베는 것이 보였다.

"이봐, 핸더슨. 정신 차려, 여긴 전장이란 말이야."

"고맙수, 형님."

핸더슨은 달려가는 베로니카를 보고는 입을 쩝 다셨다. 그리고는 말에 박차를 가했다.

"가자, 여자들에게 지면 사나이 핸더슨의 체면이 말이 안 되지."

두두두두!

블랙울프들의 대열이 조지군의 좌우를 무자비하게 짓뭉개며 창처럼 뚫고 나갔다.

"모조리 죽여라, 해동뇌전시!"

우르릉, 콰콰콰콰—

성 쪽으로 한 개 부대를 데리고 달리는 레나는 키메라들이 보이는 곳마다 뇌전을 날리고 있었다. 그녀의 손에서 시위가 당겨질 때마다 우레가 울려 퍼지고, 시퍼런 뇌전이 키메라들을 갈가리 찢어발겼다.

"죽여라, 블랙울프들의 본때를 보여줘라!"

우우우우.

성을 향해 미친 듯이 달려들던 키메라들이 멈칫거리며 광풍처럼 밀려오는 블랙울프들을 향해 돌아섰다. 킹그베리는 달려오는 블랙울프들을 보고 명을 내렸다.

"공격하라, 죽여라!"

키키키키.

키메라들이 핏빛으로 번뜩이는 눈을 희끗거리며 커다란 검을 휘둘렀다. 그것을 본 레나의 입에서 쨍쨍한 외침이 터져 나왔다.

"필럼(투창) 준비!"

달리던 블랙울프들이 필럼을 손에 꺼내 들었다.

"마나를 씌워라, 투창!"

그러자 놀라운 일이 벌어졌다. 3만의 블랙울프들이 든 필럼에서 거의 동시에 연분홍 마나들이 솟아올랐고 필럼들이 이글거렸다. 마치 화염을 필럼에 두른 것 같았다.

"투창!"

쉭쉭쉭.

켁, 키엑!

마나가 이글거리는 필럼들이 날아가 그대로 키메라들의 가슴에 박혀 들었다.

크륵, 크륵!

필름이 가슴에 박혀들자 키메라들이 괴이한 소리를 지르며 비칠거렸다. 레나의 손이 힘차게 내려졌다.

"공격, 랜스로 찔러라!"

두두두두!

블랙울프들이 맹렬한 속도로 달려들며 마상에서 3만 개의 랜스가 숲처럼 일어섰다.

콰직, 우지직!

말과 전사들의 힘에 달리는 속도까지 더해진 힘은 아예 키메라들을 뚫어버리고도 그대로 밀고 나갔다. 마치 꼬치에 꿰인 고기처럼 키메라들이 사방으로 나동그라졌다.

"돌격!"

레나의 말이 앞서 달리자 뒤따라오는 블랙울프 전사들이 쓰러져 버둥거리는 키메라들을 무자비하게 베어버리며 그대로 돌진한다. 마치 폭풍이 휩쓸고 지나가는 것처럼 거침이 없었고 그렇게 무섭던 키메라들이 허수아비처럼 나동그라졌다.

"와아~!"

"만세! 은발의 레나 만세."

"블랙울프들이다!"

성에서 죽음을 각오하고 싸우고 있던 사람들이 두 손을 치켜들고 만세를 불렀다. 아이, 어른, 남자, 여자 할 것 없이 서로 얼싸안고 눈물을 흘렸다.

드디어 왔다! 자신들을 구하러 블랙울프들이! 은발을 휘날리며 말을 달리던 레나가 한 손을 높이 들었다.

"형제들이여, 영주님께서 그대들을 구하러 오셨다! 성문을 열어라, 침략자들에게 쥬신 영지의 힘을 보여주자!"

"와~ 나가자! 영주님께서 오셨다!"

성문이 열리고 군사들이 쏟아져 나왔다. 기세충천한 그들은 도망치는 조지 군사들을 사정없이 찔러 눕혔다.

"으으으, 저년이……."

킹그베리는 무너지는 대열을 보며 레나를 쏘아보았다. 저년 때문에 다 먹게 된 마도루 성이 살아났다. 킹그베리의 눈에 핏빛이 차올랐다.

"죽인다, 계집."

스르릉.

그의 손에 바스타드 소드가 뽑혀져 나왔다. 그의 말이 갑작스런 박차에 화들짝 놀라며 전속력으로 앞으로 달렸다. 달려오던 레나는 전속력으로 말을 달려오는 적장을 보고는 말 위에 올라섰다. 말 잔등에 올라서 내달리는 레나의 손에 쥔 활이 팽팽히 당겨졌다.

그것을 본 킹그베리는 마나를 모조리 끌어올렸다. 오러 블레이드가 이글거리는 검을 추켜든 그가 말 잔등에서 그대로 솟구쳤다.

"내가 소드 마스터인 줄은 몰랐을 것이다. 죽어라, 이년!"

그의 검에서 붉은 오러 블레이드가 이글거리며 맹렬한 속도로 날아들었다. 하지만 레나는 눈 한 번 깜짝하지 않았다. 아니, 오히려 그녀의 차가운 눈은 비웃음으로 가득 차 있었다.

"어리석은, 받아라! 해동 뇌환시(雷幻矢)!"

우르릉 콰아앙.

갑자기 벼락치는 소리가 울리고 수십 개의 뇌전들이 빛살처럼 날아들자 킹그베리는 숨이 턱 막혔다. 이건 피하고 자시고 할 것도 없었다.

아차, 하는 순간에 날아든 뇌전들이 머리부터 발끝까지 사정없이 꿰고 지나갔다.

"크윽! 네, 네년은 소드 마스… 커억!"

말을 채 끝맺지 못한 킹그베리가 그대로 땅에 처박혔다. 그의 온몸에는 수십 개의 구멍이 뚫려 피가 분수처럼 솟구치고 있었다.

"말을 돌려라, 중앙을 공격하라!"

레나의 명에 블랙울프들이 사분오열되어 도망치는 적의 중앙을 향해 굉음을 울리며 돌진하였다. 사방천지가 블랙울프들이 외치는 함성으로 가득 찼다.

"공작 각하, 아무래도 위험합니다. 퇴각을 명해야 합니다."

조지 공작은 참모장의 다급한 말에 이빨을 갈았다. 블랙울프들은 파죽지세로 공격해 들어오고 자신의 군사들은 허수아비들처럼 무너지고 있었다. 게다가 키메라들까지 참혹하게 박살이 나고 있었다.

"어떻게… 어떻게 이리도 강하단 말이냐? 어떻게……."

조지의 입에서 한탄스런 말이 흘러나왔다. 그의 눈은 날카로운 창처럼 밀고 들어오는 블랙울프들에게 고정되어 있었다. 좌우 양쪽을 찌르고 들어오는 블랙울프들은 하나같이 마나 블레이드를 뿜어내며 군사들을 베어버리고 있었고 조지의 군사들은 추풍낙엽처럼 갈라지고 있었다.

두두두두두!

죽여라, 우우우우!

블랙울프들이 외치는 사나운 소리가 초원을 들먹이고 군사들은 비루먹은 오크들처럼 꽁무니를 빼고 있었다. 하긴 마나 블레이드를 번쩍거리는 상급의 전사들에게 상대가 될 수 없었다.

"으으, 저놈, 헤럴드 이놈!"

조지는 저 앞에서 폭풍처럼 달려들어 오는 헤럴드를 보며 온몸을 부들부들 떨었다.

헤럴드의 손에 쥐어진 샤벨이 한 번 휘둘러지면 군사들이 가을날 풀처럼 무더기로 쓰러지고 있었다. 그뿐이 아니다. 그의 주변을 내달리는 부하들은 하나같이 강자들이었다.

심지어 계집들까지 오러 블레이드를 뿜어내고 있었다. 저놈이 어떻게 저런 전사들은 가지고 있는지 이해가 되지 않았다.

"으하하! 내 앞을 막는 놈은 모두 죽인다!"

휘이잉, 휘잉, 쿠자작, 콰작!

레드 탈로스 레오나드의 클럽이 한 번 휘둘러지면 군사들의 머리가 수십 개씩 박살이 나서 흩어졌다. 2미터나 되는 키에 거대한 쇠몽둥이를 휘두르는 레드 탈로스는 마치 방금 마계에서 올라온 야차 같았다. 그의 앞으로 달려들던 키메라들이 머리가 수박처럼 터져 땅바닥에 처박히고 있었다.

"깔깔깔, 헤럴드! 내가 누군지 알겠느냐?"

갑자기 전장을 쩌렁쩌렁 울리는 소리에 블랙울프들도, 조지의 군사들도 허공을 쳐다보았다. 그곳에는 붉은 옷을 입고 머리가 하얀 백발의 여자가 롱 소드를 헤럴드에게 겨누고 있었다.

"브리지트?"

헤럴드와 브리지트의 눈이 서로 마주쳤다.

"난 너와 단둘이서 상대하고 싶다. 나설 용기가 있느냐?"

브리지트의 말에 위타킨이 버럭 소리를 질렀다.

"감히 계집 따위가 주군에게 도전하다니, 내가 네년의 목을 잘라주마!"

위타킨이 몸을 솟구치려는 순간, 헤럴드가 입을 열었다.

"위타킨, 내가 나간다."

"하지만 주군······."

"됐다, 저 여자는 내가 처리해야 한다."

헤럴드의 굳어진 얼굴을 본 위타킨이 물러섰다. 주군의 눈 속에서 이글거리는 불길을 본 것이다. 그것은 지옥의 끝에서 이글거리는 겁화 같았다.

헤럴드가 공중으로 몸을 솟구쳐 브리지트의 앞에 다가갔다. 방금 전까지 서로를 향해 죽음의 검을 날리던 전장이 조용해졌다. 숨소리 하나 없이 하늘을 쳐다보는 양쪽의 군사들은 누구나 할 것 없이 이 한 번의 싸움이 이번 전쟁의 승패를 결정할 것이라는 생각을 하고 있었다.

"꿀꺽!"

누군가 침을 삼키는 소리가 전장에 울려 퍼졌다. 그것이 신호였을까, 서로를 노려보던 헤럴드가 조용한 목소리로 입을 열었다.

"오랜만이군, 브리지트."

헤럴드의 말에 브리지트는 요염한 미소를 지었다.

"호호호, 나를 잊지는 않았네. 하지만 넌 오늘 내 손에 죽어. 지금쯤 가슴이 아플 거야, 네 계집을 내가 죽였으니. 하지만 이것은 시작이야, 난 네가 가진 모든 것을 갈가리 찢어발길 테다."

브리지트가 이를 갈며 하는 소리에 헤럴드는 하늘을 쳐다보았다. 광대한 초원의 지평선에 붉은 저녁노을이 지고 있었다.

"브리지트, 너와 나의 악연이 참으로 길었다. 그래, 네 말대로 오늘 이곳에서 우리의 연을 끊자. 자, 공격해라."

헤럴드가 샤벨을 늘어뜨리자 브리지트의 얼굴에 노기가 떠올랐다. 그녀의 눈에서 귀화(鬼火) 같은 검은 불길이 이글거렸다.

"흥, 넌 아직도 네가 제일 강한 줄 아는 모양이구나, 하나 난 그랜드 마스터 중급이다. 어디 막아봐라. 컨티누이티!"

브리지트의 검이 번쩍하더니 시뻘건 오러 블레이드가 연속으로 뻗어 나왔다.

쩌쩌정, 팟팟팟―

단 한 번의 검술로 서른 여섯 번의 검이 연속으로 찌르고 예순 두 번이나 변화가 일어나는 마왕 아케이드의 검법이다. 하늘이 번쩍거리는 오러 블레이드로 덮이고 빛과 같은 빠르기의 오러들이 밀려든다. 하지만 헤럴드는 피하지 않았다. 하늘에 뿌리를 내린 것처럼 굳건히 서 있던 헤럴드의 샤벨이 번쩍 들려졌다.

"천지 연환도(聯幻刀)!"

파앗! 번―쩍!

올려다보던 군사들이 하늘에 피어나는 찬란한 빛에 눈을 질끈 감았다. 마치 태양이 폭발하는 것 같았다. 눈을 감은 그들의 귀에 무서운 폭음이 연이어 일어났다.

콰콰쾅, 콰쾅!

폭발이 일어나자 마나가 회오리치고 공기가 터져 올라 땅까지 움푹움푹 뒤집어졌다.

"피하라!"

양쪽의 군사들이 기겁하여 물러섰다. 마치 폭풍이 몰아치는 것 같아 가까운 곳에 있다가는 몸이 갈가리 찢겨질 것 같았다. 군사들이 혼비백산하여 물러설 때 브리지트의 입에서 경악에 찬 소리가 울려 나왔다.

"너도 그랜드 마스터로구나!"

브리지트의 말에 조지 공작은 소스라치듯 놀랐다. 세상에 그랜드 마스터라니?!

"그래, 난 이미 그랜드 마스터다!"

헤럴드의 말이 떨어지자 블랙울프들이 검을 들고 함성을 질렀다.

와아~!

"헹, 당연하지. 주군께서 누구신데!"

핸더슨은 어깨가 으쓱 올라가 조지 공작의 군사들을 노려보았다. 주변에서 환희에 넘친 군사들과 달리 샤칸과 레나, 루시는 가슴을 조이며 하늘을 올려다보고 있었다. 저 여자도 그랜드 중급이다. 결코 쉽다고 할 수는 없었다.

브리지트가 이를 오도독 갈았다.

"네가 그랜드 마스터라고 해도 난 지지 않는다. 왜냐면 난 마왕 아케이드의 검술을 계승했기 때문이다. 소드 일루전."

브리지트의 검이 하늘을 가른다. 그리고 군사들은 똑똑히 보았다. 단 한 번의 칼질이었지만 수백 개의 검이 헤럴드의 전후좌우를 향해 날아가는 것을.

쏴아악, 챙챙챙.

무수한 불꽃이 하늘을 수놓고 폭음이 울렸다. 두 사람의 싸움은 미처 볼 수도 없었다. 무지갯빛과 붉은빛이 번쩍거리고 폭음이 울리는 것만이 두 사람이 싸운다는 것을 증명할 뿐이었다. 이미 군사들은 귀를 싸쥐고 주저앉아 있었다.

"깔깔깔, 죽어라, 레인 플레닛."

콰콰콰콰.

유성우가 하늘을 덮고 쏟아질 때 이러할까? 셀 수도 없는 오러 블레이드가 헤럴드를 향해 밀려들었다. 온 하늘이 시뻘건 빛에 둘러싸이고 사람은 보이지도 않았다.

그 순간 붉은 오러 블레이드를 헤치고 한줄기 무지갯빛이 뿜어 나왔다.

"천지무 천망."

파파파파.

헤럴드를 중심으로 찬란한 빛의 그물이 하늘을 뒤덮었다. 그건 하늘의 그물이었다.

두 빛이 충돌하자 뇌성벽력이 몰아쳤다.

우르릉, 콰콰쾅, 콰쾅!

충돌한 빛이 땅으로 쏟아지고 엄청난 흙덩이가 하늘로 치솟았다. 마치 거대한 화산이 일어난 것처럼 공중으로 솟아올랐던 흙덩이들이 떨어지자 군사들은 입을 쩍 벌렸다.

반경 200미터 구간의 땅이 움푹 파여 구덩이가 생겨 있었다.

"큭, 컥!"

뽀얗게 회오리치던 먼지 속에서 두 마디의 신음 소리가 들렸다. 샤칸과 레나를 비롯한 블랙울프들도, 조지 공작과 군사들도 손에 땀을 쥐고 먼지의 중심을 바라보았다.

과연 누가 이겼을까? 저기서 이긴 자가 이 전쟁의 승패를 판가름해 줄 것이다. 갑자기 먼지가 서서히 사라지는 중심에서 하얀빛이 폭발하듯 일어났다. 그리고 브리지트의 목소리가 울려 퍼졌다.

"헤럴드, 오늘은 네가 이겼다. 그러나 이것으로 끝이 아니라 시작이야, 난 너를 반드시 죽인다. 깔깔깔!"

위험한 순간이 되자 브리지트는 가지고 있던 스크롤을 찢고 텔레포트로 사라지면서 마지막 말을 남겼다.

'그래, 가라. 이것이 내가 네게 주는 마지막 자비다. 다신 내 눈앞에 나타나지 말기를.'

속으로 중얼거린 헤럴드가 샤벨을 도갑에 넣고 돌아섰다.

"와~! 이겼다!!"

"영주님께서 이겼다!"

블랙울프들이 지르는 만세 소리가 초원을 진동시켰다.

"너희들은 계속 싸우겠는가? 항복하겠는가?"

헤럴드의 말에 초원이 조용해졌다. 조지 공작의 군사들이 서로를 힐끔거리며 쳐다보았다. 이미 전의를 상실해 더 이상 싸울 힘도 없었다. 블랙울프들은 모두 상급의 전사들이었고 소드 마스터들이 즐비했다. 게다가 방금 본 싸움은 사람의 싸움이 아니었다. 승패는 불을 보듯 뻔했다. 거기에 헤럴드의 말은 결정적이었다.

"너희들이 항복한다면 모두 집으로 돌려보내 주겠다. 또 우리 블랙울프에 들어오고 싶은 자들은 나의 군사로 받아주겠다."

헤럴드의 말에 군사들이 웅성거리기 시작하자 조지의 참모장 샤토 백작이 버럭 소리를 질렀다.

"무슨 헛소리냐? 우리는 아직 30만이나 되고 얼마든지 싸울 수 있… 커억!"

앞에 나서서 삿대질을 하던 샤토 백작이 머리가 끼우뚱하더니 툭 떨어져 데굴데굴 굴러갔다.

철컥.

언제 뽑혔는지 샤벨이 도갑에 들어가는 소리가 조용한 정적을 깨뜨렸다. 마나를 가득 실은 헤럴드의 음성이 군사들의 귓전을 울렸다.

"나의 군사가 되겠는가?"

“시발, 야 이놈들아! 빨리 항복해라. 너희들을 살려주려는 주군의 자비도 모르냐, 다 죽고 싶어?”

답답한 핸더슨이 버럭 역증을 내자 군사들의 창칼이 하나둘 떨어지기 시작했다. 온 들판에 창검이 떨어지는 소리로 요란했다.

그것을 본 조지는 눈을 감았다. 자신의 힘으로는 더 이상 무너지기 시작한 군사들을 막을 수가 없었다. 이제 남은 것은 하나뿐이었다. 그의 손이 검자루를 잡았다.

푸욱.

“커억.”

조지는 자신의 배를 힘껏 찌르고 비틀거리며 걸어나왔다.

“헤럴드, 너는 역시 영웅이다. 내가 오산했어. 하지만 난 후회하지 않는다. 만약 다시 태어난다 해도 난 왕이 되려는 야망을 접지 않을 것이다.”

털썩.

조지가 땅 위로 힘없이 쓰러지자 모든 귀족들이 무릎을 꿇었다. 저녁노을이 붉게 물드는 저녁, 조지 공작의 50만 대군은 20만이 전투에서 죽고 30만은 항복하였다.

타판파스 왕국의 3대 군벌의 하나였던 조지 공작파의 괴멸이었다.

*   *   *

파루데 성의 무연한 초원에 수많은 기마병들이 함성을 지르며 돌격하고 있었다. 타마의 블랙울프들은 좌우측에서 맹렬한 속도로 진격하고 있었고 저 멀리 마틴 진영의 후위에서는 아이스 왕국의 15만 기병들이 돌격해 들어오고 있었다.

두두두두!

"항복하는 자는 살려준다!"

사방이 몰아치는 기마들의 발굽 소리와 검들이 부딪치는 소리, 사기충천한 블랙울프들과 아이스 왕국 기병들의 함성 소리로 천지가 진동하고 있었다.

수많은 마틴의 군사들이 손을 들고 무릎을 꿇고 있었고, 그 옆으로 블랙울프들이 먼지를 일으키며 지나치고 있었다.

"각하, 빨리 피해야 합니다."

100여 기의 기마가 전장을 빠져나와 미친 듯이 달리고 있었다. 맨 앞에 달리는 기수는 백마를 탄 마틴 공작이다. 그는 눈물이 쏟아지는 것을 억지로 참고 있었다.

오늘 아침 공격을 시작했을 때만 해도 마틴은 승리를 확신하고 있었다. 그러나 오후가 되었을 때 갑자기 후방에서부터 천지를 뒤흔드는 함성이 일어났다. 쥬신 영지와 혈맹을 맺은 아이스 왕국의 기병들이 마틴 진영의 배후를 기습하면서 전세는 급격히 기울어져 갔다.

이미 6일간의 격전에서 키메라는 모두 죽었고, 기마의 40%

를 잃은 마틴은 파도처럼 몰려오는 아이스 왕국의 기병들과 블랙울프들의 합격을 막을 수가 없었다.

단 몇 시간 동안에 파루데 초원은 시체로 덮였고 지금은 정신없이 도망치고 있었다.

"내가, 이 마틴이 이렇게 끝난단 말인가?"

마틴은 너무도 억이 막혀 부르짖었다. 그의 옆에서 달리던 젬마가 목소리를 높였다.

"마틴 공작님, 전쟁은 이길 수도 있고 질 수도 있습니다. 저들은 지금 기마 군사만 25만이 넘습니다. 하나 아스톤 제국에서 도움을 주면 이 땅은 당신이 차지하게 될 것입니다. 지금은 여기서 벗어나는 것이 더 급합니다. 공작께서 죽는다면 복수도 할 수 없을 것입니다."

마틴을 달래는 젬마는 속으로는 열불이 끓고 있었다. 검은 탑에서 그의 지위는 원로다. 이런 왕국의 공작 따위는 상대가 안 되지만 지금은 목적을 위해 머리를 숙일 수밖에 없었다. 전쟁에서 패하게 되자 검은 탑은 반드시 마틴을 살려서 데려올 것을 명했다.

그래야 타판파스 초원을 침공하는 명분을 만들 수 있기 때문이었다. 그러니 젬마는 역증이 났지만 억지로 참고 데리고 가는 것이다.

"그래 두고 보자, 헤럴드! 내 다시 돌아오는 날 쥬신 영지의 사람들은 물론 짐승 한 마리도 살려주지 않을 것이다! 모조리 죽여 버리겠단 말이다!"

마틴이 뒤를 돌아보며 악을 썼다. 그것을 보는 젬마는 쓴웃음이 나왔지만 맞장구를 쳤다.

"당연히 그렇게 해야죠. 어서 가십시다. 코르모 성까지만 가면 검은 탑의 마도사들이 나와 있을 것입니다."

젬마가 마틴을 달래는 순간, 뒤쪽에서 한 떼의 기마병들이 대지를 울리며 바람처럼 달려오는 것이 보였다. 약 500명의 기수가 말 잔등에 몸을 바싹 붙이고 폭풍처럼 돌격해 오고 있었다. 그들이 쳐든 검에서 하얀빛이 눈을 시리게 하고 있었다.

"브, 블랙울프들이다!"

말을 달리던 귀족들이 공포에 질린 비명을 질렀다. 이번 전쟁에서 블랙울프들의 용맹을 직접 겪은 마틴 진영의 귀족들은 검은 가죽옷만 봐도 소름이 돋아 벌벌 떨고 있었다.

두두두두!

"마틴, 서라! 어디로 도망치느냐?"

달리는 말발굽 소리를 짓누르며 우렁찬 소리가 터져 나왔다. 마틴은 그만 등골이 서늘하였다. 저건 지옥의 모닝스타 타마의 목소리다. 마틴의 눈이 공포로 일그러졌다. 그것을 본 젬마는 당장 검을 뽑아 목을 날리고 싶었다. 그래도 한때는 왕의 자리까지 넘보던 야심가인 마틴이 공포에 떠는 것을 보니 정말 어이가 없었다. 그러나 그는 마틴을 무사히 데려오라는 명령을 어길 수는 없었다. 젬마는 이를 악물고 소피를 돌아보았다.

"소피, 부하들을 데리고 저자들을 막아라."

젬마의 명에 충실한 소피는 두말없이 말머리를 돌려 세웠다.

"별동대는 나를 따르라."

그가 마지막으로 살아남은 50명의 발키리 전사를 데리고 타마를 맞받아 나가자 젬마는 한숨을 내쉬었다. 소피는 이번 전쟁에서 죽은 구피의 동생이다. 30년 전에 셋이서 의형제를 맺었고 지금까지 천하에 적수가 없었다. 그러나 쥬신 영지와의 전쟁에서 구피는 이미 고혼이 되었고 오늘 저 소피마저 죽을 것이다. 하나 명령을 어길 수는 없었다.

"미안하다, 소피. 네 복수는 헤럴드의 목을 자르는 것으로 내가 꼭 갚아주겠다. 빠드득!"

이빨을 앙다문 젬마가 실핏줄이 터져 피가 흐르는 눈을 들어 허섭스레기 같은 귀족들을 쏘아보았다. 귀족들은 젬마의 살기가 넘치는 눈과 마주치자 흠칫하며 몸을 떨었다.

"뭣들 하는 거요. 내 동생의 죽음을 헛되이 하려는가? 빨리 갑시다."

투르르! 두두두두!

젬마가 죄없는 말에 힘껏 박차를 가하자 고통에 찬 투레질 소리를 내며 말이 쏜살처럼 달려나갔다. 그 뒤를 마틴과 귀족들이 허겁지겁 따라 달려갔다.

“오라, 나 소피가 네놈의 목을 잘라주마. 야~ 아!”

소피는 소리를 지르며 저돌적으로 공격해 들어왔다. 모닝 스타를 잡아가던 타마가 한발 앞서 나서는 지프리드를 멈춰 세웠다.

“지프리드, 저놈은 내가 맞겠네.”

“아니, 타마님은 사령관입니다. 저놈은 부하인 제가 당연히 처리해야죠.”

타마의 말에 지프리드가 눈을 흘기며 검을 쳐들었다. 그것을 본 타마가 버럭 소리를 질렀다.

“이봐, 자넨 이미 소드 마스터 하나를 해치우지 않았나, 이번엔 내 차례야! 그리고 사령관이 명하면 들어야지, 안 그래?”

타마의 말에 지프리드는 입을 쩍 벌렸다. 여기서 왜 사령관을 들먹인단 말인가? 그러나 부하인 자기로서는 대꾸할 말이 없었다. 계급이 깡패가 아닌가?

“뭐, 그러죠. 사, 령, 관, 님.”

이번에도 저놈과 겨뤄 본때를 보이려던 지프리드는 입맛을 다셨다. 일부러 힘을 주어 사령관을 발언한 지프리드는 달려오는 발키리 전사들을 향해 성난 사자처럼 맞받아 나갔다. 소드 마스터는 타마에게 빼앗겼으니 저것들로라도 분풀이를 해야 했다.

“우와아!”

챙, 챙, 챙.

두 패의 기병들이 순식간에 혼전 속으로 잠겨들었다. 앞뒤에서 검과 검이 마주치는 소리, 죽어가며 지르는 비명 소리가 울렸지만 타마와 소피는 서로를 쏘아보고 있었다. 타마는 모닝스타를, 소피는 바스타드 소드를 들고 빙빙 돌고 있었다. 그들이 서 있는 반경 10미터 구간은 누구도 들어오지 않았다. 소드 마스터끼리의 대결 속에 휘말렸다가는 온몸이 부서진다는 것을 잘 알기 때문이었다.

"흥, 지옥의 모닝스타 타마라, 네 허명은 오늘부로 내가 없애주지."

소피가 바스타드 소드를 겨누자 타마는 피씩 웃었다.

"이름이 소피라고 했나? 너희들은 너무 어리석어. 쥬신 영지는 너 같은 것들이 넘볼 곳이 아니다. 자 와라! 쥬신 영지의 힘을 보여주마."

타마의 말에 소피는 분노로 온몸을 부르르 떨었다.

"감히, 우리 검은 탑을 깔보다니 네놈을 죽여 검은 탑이 얼마나 무서운 곳인지 보여주마. 타앗!"

말이 끝나는 순간, 소피의 신형이 벼락처럼 날아들었다. 동시에 바스타드 소드가 상하를 맹렬하게 베어 들어왔다. 달려드는 소피를 보며 타마는 만상심법의 마나를 모조리 끌어올렸다. 빨리 이놈을 처치하고 마틴을 잡아야 했다. 순식간에 온몸을 치솟는 마나는 혈도마다 강맹한 힘으로 휘돌았다.

"너희들은 모른다 주군의 힘을. 너희들도, 아케이드도 주군이 있는 한 모두 죽는다. 알고 가도록 만상 폭풍타."

좌아아.

허공이 일그러지며 공기를 찢는 날카로운 소리에 귀가 멍멍하다. 수십 개로 날아드는 모닝스타는 마치 폭풍이 들이닥치는 것 같았다. 기겁한 소피가 황급히 마나 스텝을 밟으며 회피했지만 만상 폭풍타는 그 정도로 피할 수 있는 것이 아니다.

"크아악!"

소피는 눈앞이 번쩍이는 순간, 온몸에 둔중한 타격을 받고 10여 미터나 날아갔다. 땅바닥에 거꾸로 처박힌 소피의 한쪽 어깨가 부서지고 척추가 부러져 피가 콸콸 쏟아져 나왔다.

그가 남은 한 손으로 땅을 움켜쥐며 가까스로 부르짖었다.

"네놈이 이 정도라니, 그러나 검은 탑은 강하다. 오늘 나는 여기서 죽지만 너도 곧 죽을 것이다."

소피의 눈에는 검은 탑에 대한 믿음이 가득했다. 그것은 마치 광신도가 교주를 믿는 듯한 눈빛이었다. 그것을 본 타마는 머리를 흔들었다.

"검은 탑이라, 하나 더 알려주지. 너희 검은 탑뿐이 아니라 아케이드 전사단까지 쥬신 영지에 침공했지만 모두 전멸했다. 알겠나? 우리 주군께서는 너희뿐만이 아니라 아케이드 전사단까지 이 세상에서 없앨 것이다. 죽어도 알고 가라."

고통 속에 희미한 웃음을 짓던 소피의 얼굴이 파랗게 질렸다. 아케이드 전사단이 쥬신 영지를 침공하다니? 게다가 그들이 전멸했다고 한다. 소피는 절망을 느꼈다. 아케이드 전사단은 검은 탑이 인정하는 호적수이다. 그런데 그들이 이곳에서 참패를 당했다면 쥬신 영지는 결코 쉬운 상대가 아니었다.

"무서운 놈들, 그래도… 그래도 검은 탑은… 강하다, 커억!"

스르륵 엎어진 소피가 절을 하는 자세로 땅 바닥에 머리를 박았다. 죽으면서도 검은 탑이 쥬신 영지를 멸망시켜 주길 바라듯이…….

"그래, 너는 그렇게 믿고 싶겠지. 그러나 쥬신 영지에는 우리의 주군이 계신다. 그분이 있는 한 우리는 패하지 않아."

모닝스타에 묻은 피를 털어버린 타마가 말에 박차를 가했다.

"가자. 마틴을 잡아야 한다."

"충!"

두두두두!

블랙울프들이 먼지를 일으키며 떠나간 자리에는 팔다리가 잘리고 찢겨진 발키리들의 시체가 핏물 속에 누워 있었다.

쩌, 쩌쩌.

"마틴 공작님, 저희들을 데려가십시오!"

"사, 살려주시오!"

코모라 성이 저 앞에 보이는 들판에서 마틴의 부하들은 하나둘 쓰러지고 있었다. 대지를 뒤흔들며 달려오는 블랙울프들이 말 위에서 활을 당겼다 놓으면 수많은 화살들이 비처럼 날아갔다. 귀족들이 화살에 맞아 단말마의 비명을 지르는 소리가 귀에 들렸지만 마틴은 정신없이 채찍질을 하였다. 그의 갑주가 땀으로 흠뻑 젖어 미끈거렸다.

'살아야 해. 나 마틴이 이렇게 죽을 수는 없어. 암, 살아서 반드시 왕이 되어야 한다. 그깟 귀족이나 군사들은 나만 살아 있으면 얼마든지 있다. 제발 마왕님, 주신님, 나를 도와주옵소서.'

마틴은 평소에는 믿지도 않는 주신과 마왕을 번갈아 부르며 기도를 올렸다. 살 수만 있다면 아내와 딸도 서슴없이 바치고 싶은 것이 지금의 마틴이었다. 뒤에서 쫓아오는 블랙울프들의 함성 소리에 척추를 치고 올라오는 공포의 감정이 머리를 찌르르 울린다.

폐허가 된 코모라 성에서 쫓고 쫓기는 무리들을 내려다보던 마도사 켈프는 입맛을 다셨다.

"쯧쯧, 전멸이로구만."

먼지가 뽀얗게 일어나는 초원에 마틴과 젬마를 비롯한 서너 명의 전사가 죽을힘을 다해 달려오고 그 뒤를 100여 기의 블랙울프가 맹렬한 속도로 추격해 오고 있었다.

그것을 보던 켈프의 눈에 잔인한 미소가 어렸다.

"100년간 수련을 마치고 출도한 나 켈프의 첫 선물이다, 벌레들이여. 마왕 플레이너스의 마력을 받아보아라. 블랙 브레스."

켈프가 두 손을 들고 마주치며 주문을 외치자 맑은 하늘에서 천둥소리가 울렸다.

우르릉, 콰콰콰콰!

켈프의 손목에 차여진 커다란 팔찌를 향해 주변의 마나가 요동치며 모여들었고 곧이어 검붉은 독의 구름이 되어 쏟아져 나왔다. 그것은 단 한 방울이라도 맞으면 어떤 물질이라도 녹이는 마왕 플레이너스의 마력으로 독성을 가진 브레스다. 거대한 드래곤의 모습을 한 독의 마나가 무서운 속도로 블랙울프들을 향해 날아들었다.

"피해라, 독이다!"

타마는 공기가 뒤틀리며 무시무시한 속도로 들이닥치는 브레스를 보고 말 위에서 몸을 날렸다. 그러나 전사들은 한발 늦었다. 검은 구름 같은 브레스가 덮치자 무서운 참변이 일어났다.

"아악, 으악!"

블랙브레스는 갑주와 사람, 말과 무기까지 한순간에 녹여 물로 만들어 버렸다. 지글지글 끓으며 녹아내리는 사람들의 모습은 끔찍했다. 블랙울프들이 고통에 몸부림치며 뼈가 하얗게 드러나는 것을 본 타마는 이를 갈았다.

"크하하, 이것이 위대한 8서클 마도사. 나 켈프의 힘이다. 모조리 죽여주마."

초원이 울리도록 고함을 지른 켈프가 몸을 허공에 둥둥 띄우고 날아왔다.

"오냐, 내가 네놈을 죽여주마."

블랙울프들이 뼈까지 독에 녹아내리는 것을 본 타마가 허공으로 날아올랐다. 분노한 그의 입에서 벼락같은 외침이 터졌다.

"만상 연환타(聯換打)."

모닝스타가 허공에 수많은 궤적을 그리며 겹겹이 밀려갔다. 그것을 본 켈프는 손을 쳐들었다.

"감히 검은 탑의 3대 마도사인 나 켈프에게 덤비다니, 벌레 같은 놈들, 뼈까지 없애주마. 파이어 스톰."

켈프의 팔찌가 부딪치며 불꽃이 일어나자 거대한 화염의 폭풍이 일어났다. 지독한 고온의 화염이 새파란 빛을 머금고 쇄도해 들어온다.

"피하세요, 타마님."

공중으로 솟구쳐 오른 지프리드가 검을 휘둘렀다.

"혈천 참마폭(斬魔爆)."

콰콰쾅, 콰쾅.

이글거리는 열기를 동반하고 모든 것을 태워 버리며 쏘아져 오던 거대한 불의 기둥이 참마폭과 부딪치며 폭발을 일으

컸다. 산지사방으로 흩어진 불덩이들이 땅 위에 움푹움푹한 구덩이를 만들었다.

휘오오.

급속하게 공기가 타버리자 주변이 바람의 회오리에 휘말려 돌아갔다.

"크하하! 역시 소드 마스터라 조금 다르구나. 하지만 그 정도로는 나를 당하지 못한다. 어디 죽어 봐라. 헬파이어."

켈프가 죽음의 헬파이어를 시전하자 새하얀 지옥의 불길이 지상에 강림하였다.

쿠쿠쿠쿠.

헬파이어가 날아가는 곳은 모든 것이 불타고 녹아내렸다. 극열의 뜨거운 기운이 모여들자 타마와 지프리드는 경공을 사용해 양쪽으로 갈라졌다. 어찌나 뜨거운 열기인지 그렇게 피했지만 갑주가 주글주글해졌다. 타마는 이를 악물었다. 저놈은 지프리드와 힘을 합쳐도 이길 수 없는 강자였다. 하지만 부하들을 죽인 놈을 두고 물러설 수는 없었다.

"지프리드, 합공이다. 놈을 죽이지 못하면 오늘 이곳에 뼈를 묻자."

"예, 타마님. 까짓것 한번 죽어봅시다."

두 사람이 양쪽에서 켈프를 노리며 서서히 다가들었다. 그것을 본 켈프는 가소롭기 짝이 없었다. 겨우 소드 마스터 수준을 가지고 덤벼들다니, 죽음으로 뛰어드는 저들이 어이가 없었다.

"내가 왜 8서클 마스터인지 보여주마. 라이트닝 인퍼, 뭐지?!"

사방을 공격하는 뇌전의 마법을 시전해 가소로운 자들을 갈가리 찢어 죽이려던 켈프는 대지가 흔들리는 소리에 머리를 돌렸다. 초원의 한쪽에서 시커먼 구름이 하늘땅을 가리며 일어나고 있었다.

두두두두!

우우우우.

말들이 달리는 소리, 산천을 뒤흔드는 야생적인 고함 소리온 초원이 벌컥 뒤집히는 것 같았다. 새카만 검은 물결이 초원으로 밀려들고 있었다.

"주, 주군이시다!"

"주군께서 오셨다!"

타마와 지프리드의 입에서 동시에 감격에 찬 목소리가 튀어나왔다. 검은 물결의 선두에 서서 말을 달려오는 사람은 분명 자신들의 주군인 헤럴드였다.

"빠, 빨리 텔레포트 진을 가동시켜라. 어서."

젬마는 허공으로 몸을 띄우는 헤럴드를 보는 순간 혼비백산하여 소리쳤다. 10만도 넘어 보이는 저 블랙울프들과 하늘 위로 달려오는 헤럴드를 켈프가 이길 수는 없었다. 한시라도 빨리 이곳을 벗어나야 했다. 멍해서 바라보고 있던 10여 명의 마법사들이 일제히 주문을 외쳐 마법진을 가동시켰다.

"마왕 플레이너스의 힘이여, 여기로 오라. 플레이너스의 종들인 우리가 간절히 바라노니, 텔레포트."

파아아~

마법진이 가동되고 검은 마나들이 공간을 열기 시작하자 거대한 마나의 파장이 일어났다. 켈프는 도망치려는 젬마를 보며 히죽이 웃었다. 그의 눈은 오직 자신을 향해 벼락처럼 다가오는 헤럴드를 쏘아보고 있었다. 저 어린 애송이가 그랜드 마스터라고 한다. 저자에게 검은 탑의 3대 마스터 중 하나인 화염의 마도사 파타토니가 죽었다는 것을 그는 알고 있었다.

켈프는 승부욕이 가슴속을 치고 올라왔다. 저놈을 여기서 죽여 검은 탑의 무서움을 세상에 알리고 자신의 이름을 알리고 싶은 명예욕이 솟구쳤다. 그전에 저 피라미 두 놈을 없애야 했다.

그의 손이 타마와 지프리드를 가리켰고 팔찌가 요사스런 빛을 뿌리기 시작했다.

"네놈들은 먼저 죽어줘야겠다. 바인딩, 트윈 싸이클론."

눈에 보이지도 않는 검은 마나가 타마와 지프리드를 묶어 버렸고 스크류처럼 회전하는 두 개의 검은 바람의 회오리들이 번개처럼 쇄도해 들었다. 타마와 지프리드는 몸을 피하려 했지만 8서클 마스터 최고의 힘을 당할 수가 없었다. 타마와 지프리드가 안간힘을 쓰는 순간 무서운 음파가 마나를 헝클 어뜨렸다.

"멈춰라!"

켈튼은 뇌를 울리는 엄청난 목소리에 그만 속이 뒤집히는 것 같았고 마나가 역류하는 것을 느꼈다.

"크윽, 대체 이 소리는……."

기겁하여 급히 마법을 풀어버린 켈프가 눈앞에 들이닥치 는 헤럴드를 쏘아보았다. 그가 천지 무에 있는 음공의 하나인 천지후(天地吼)의 효능을 알 수가 없었다. 이 세상의 사악한 모든 기운을 제거하는 천지후의 위력에 당한 켈프가 잔뜩 긴 장하여 소리쳤다.

"네가 헤럴드라는 애송이냐?"

"나이를 많이 먹더니 노망이 들렸나? 대접을 받으려면 주 둥이를 잘 놀려."

"뭐, 뭐라. 이놈, 죽어라. 카오스."

분노한 켈프는 혼돈의 마나, 카오스 마법을 시전했다. 대기 에 섞여 있던 혼돈의 마나가 급격하게 몰려들어 하나의 기둥 으로 뭉쳤고 무서운 속도로 헤럴드를 향해 쏘아져 들어왔다. 그러나 켈프는 어이없는 실수를 하였다는 것을 모르고있었 다. 카오스 마법은 헤럴드에게 너무도 친근한 마나다. 밀려드 는 혼돈의 마나를 본 헤럴드의 두 손이 둥그런 태극을 그렸 다.

쿠쿠쿠쿠!

밀려들던 혼돈의 마나가 커다란 원안으로 빨려들더니 곧 무시무시한 화염으로 변해 버렸다.

천지무에 있는 흡의 구결을 시전한 헤럴드의 입에서 조용한 말이 흘러나왔다.

"탄(彈)."

파앗, 콰아아.

태극 원 안에서 뜨거운 열기를 뿜으며 소용돌이치던 극양의 화염이 켈프를 향해 쏘아져 나갔다. 그것을 본 켈프의 눈이 휘둥그레졌다. 대체 저건 뭐란 말인가? 쏘아보낸 카오스 마나를 다시 돌려보낸다?! 도저히 믿을 수 없는 일이 지금 눈앞에서 벌어졌다.

"네, 네놈이 마법까지 아는구나. 간교한 놈."

이를 부드득 간 켈프가 급히 블링크를 시전하여 회피했다. 하나 그것을 그냥 둘 헤럴드가 아니었다. 헤럴드의 몸이 번쩍하더니 순간적으로 켈프의 면전에 나타났다. 너무도 빨라서 순간 이동을 한 것 같아 보이지만 사실은 천지무의 무공으로 이형환위를 한 것이었다.

"으헉!"

기겁한 켈프가 블링크를 시전하려는 순간, 헤럴드의 손이 켈프의 목을 그러쥐었다.

"끄끄윽!"

목이 틀어 잡혀 숨도 쉴 수 없게 된 켈프는 눈앞에 뿌옇게 되는 것을 느끼며 정신이 아득해졌다. 그의 흐릿해지는 의식 속에 헤럴드의 말이 들려왔다.

"죽어도 알고 죽어라, 마법은 천지무의 무공을 당할 수 없다. 그건 바로 쥬신 민족의 무공이니까."

"무, 무서운 무공. 켁!"

우두득!

목이 잔등으로 돌아간 켈프가 혀를 개처럼 길게 빼물고 털썩 바닥으로 떨어져 내렸다. 8서클 대마도사 치고는 너무도 허망한 죽음이었다.

"와~"

블랙울프들이 대마도사의 죽음을 보고 탄성을 질렀다.

"주군, 신 타마. 마틴의 침공을 물리쳤습니다."

땅 위에 내려선 헤럴드를 향해 타마와 지프리드가 허리를 굽혔다.

"수고했다. 타마, 지금 이 시각부터 타판파스 왕국은 우리가 접수한다. 수도로 진격하라."

"충!"

고개를 쳐든 타마와 지프리드는 가슴이 벅차올랐다. 타판파스의 접수, 그것은 주군이 이 땅의 주인이 되겠다는 뜻이 아닌가! 이제 이 땅의 왕은 바로 자신들의 주군이었다.

"가자."

두두두두!

쥬신 영지의 블랙울프들이 타판파스 왕국의 수도 카사코브 시를 향해 파도처럼 밀려갔다. 대륙의 정세를 변화시킬 거센 광풍이 타판파스 초원에서 시작되었다.

*   *   *

카사코브 시는 본래 타판파스 왕국의 수도였다. 그러나 예전 왕궁은 불타고 그 터에는 재 가루만 날아다녔다. 지금 타판파스 왕국은 3개의 세력이 각축전을 벌이는 난세였다. 그러던 어느 날 카사코브 시에 새로운 소식이 전달되었다. 그것은 검은 가죽옷을 입은 블랙울프들이 수도에 입성하면서부터였다. 카사코브 시에 들어선 블랙울프들은 조지 공작과 마틴 공작의 성을 점령하고 가족들과 부하들을 모조리 체포하고 노예로 낙인찍었다.

그때서야 사람들은 조지 공작과 마틴 공작이 쥬신 영지와의 전쟁에서 패했다는 것을 알게 되었다. 그리고 석 달이 지난 지금 옛 왕궁 터에는 백색의 거대한 궁전이 하늘을 찌를 듯 그 모습을 드러냈다.

"이보게, 자네 포고를 봤나?"

카사코브 시의 가장 큰 번화가인 스몰렌 거리의 식당에서 상인 차림의 사내가 포도주를 마시며 하는 말에 동료가 고개를 들었다. 그가 친구를 한심하다는 듯이 바라보았다.

"자넨 이제야 봤나? 난 아침에 이미 소식을 알았네. 세금을 40%만 내면 된다는 헤럴드 후작님의 포고가 이미 떨어졌지. 흐흐 이제 살 만하게 되었네."

동료의 말에 친구가 눈을 동그랗게 떴다. 포고가 붙은 것은 방금 전이다. 그런데 어떻게 알았단 말인가?

"아니, 방금 붙은 포고를 자네는 미리 알았단 말인가? 어떻게?"

"흐흐, 내 아들이 블랙울프 군에 들어갔다는 것을 모르는 모양이군."

동료는 친구를 슬쩍 건너다보며 흡족한 투로 말하였다.

"자네 아들은 마틴 공작의 군사가 아니었나, 그들은 모두 포로가 됐다고 했는데……."

"헤럴드 후작님께서 군사들은 죄가 없다고 하시면서 부하로 받아들였네. 원래는 집으로 가고 싶은 사람은 가라고 했지만 내 아들은 블랙울프에 자원했지. 지금은 매일 훈련을 받고 있어. 아마 얼마 후에는 훌륭한 블랙울프 전사가 될 거야."

동료가 흐뭇하게 포도주를 마시는 것을 본 친구가 입맛을 쩝 다셨다. 지금 타판파스 왕국의 주인은 헤럴드 후작이다. 그리고 블랙울프 전사들은 후작의 가장 무서운 군사들이다.

그 블랙울프 군에 들어갔다는 것은 앞날이 보장된 것이나 마찬가지였다.

“이보게, 그뿐인 줄 아나, 조금 있으면 대관식이 진행될 거야.”

“대, 대관식이라니? 그럼 헤럴드 후작이 왕이 된단 말인가?”

친구가 눈을 부릅뜨며 하는 말에 동료는 고개를 끄덕였다.

“당연하지, 그분이 아니면 누가 왕이 되겠는가? 안 그런가?”

“그야, 그렇지. 그분이 왕이 된다면 타판파스 왕국 사람들은 잘살게 될 거야!”

친구는 고개를 끄덕였다. 쥬신 영지의 사람들은 세금이 적고 귀족이라고 해도 함부로 행패를 하지 못한다. 평민들에게도 사람의 권리를 보장하는 곳이 바로 쥬신 영지였다. 오죽하면 창녀들까지 쥬신 영지로 가려고 했겠는가? 헤럴드 후작이 왕이 된다면 타판파스 왕국은 정말 살기 좋은 나라가 될 것이 분명했다. 머리를 끄덕이며 감탄을 하던 동료가 갑자기 눈을 반짝였다. 그에겐 아들은 없지만 딸이 있었다.

“이보게, 우리가 친구로 지낸 지 벌써 30년이 되었지?”

“벌써 그렇게 되었군. 자네를 처음 만났을 때는 솜털이 보송보송했는데 허허, 세월은 당할 수 없구만.”

그러자 친구가 가까이 다가앉았다.

“그래, 우린 이젠 늙었어. 그래서 말인데 우리의 우정을 영원히 할 방법이 있네.”

"그게 뭔데, 사람은 늙으면 죽게 돼 있다네."

동료의 말에 친구가 포도주를 부어주며 웃음을 지었어.

"이봐, 자넨 아들이 있고 난 딸이 있네. 우리는 늙어 죽겠지만 내 딸과 자네 아들이 결혼을 하면 우린 영원한 친구가 되는 것이 아니겠나, 어떤가?"

"뭐라고? 그러니까 자네 딸과 우리 아들을 맺어주자는 것인가? 아니, 그 말괄량이를 내 며느리로 맞으라고? 안 돼."

동료가 눈을 부라리자 친구가 손을 내저었다.

"말괄량이라니. 그야 어렸을 때 일이고 자네도 보면 알겠지만 내 딸이 건강하겠다, 힘도 쓰겠다, 그리고 지금은 숙녀가 되었지. 제발 그 어릴 때 생각은 버리게."

"흠, 뭐 그렇다면야 나도 반대할 필요가 없지, 흐흐."

동료의 말에 친구가 손을 덥석 잡았다.

"자, 그럼 우린 이젠 사돈이네. 사돈이 된 걸 기념으로 한 잔 쭉 내자구."

"그래, 사돈을 된 걸 축하해서."

두 사람이 서로의 잔을 부딪치고 잔을 비웠다. 지금 타판파스에서 블랙울프들은 선망의 대상이었다. 딸 가진 부모들은 그들을 사위로 삼으려고 눈이 벌게 있었다. 그건 바로 헤럴드의 친위대가 블랙울프들이기 때문이었다. 게다가 블랙울프들은 용맹성과 사내들의 우상이 되어가고 있었다. 타판파스 사람들은 초원의 민족답게 강한 것을 제일로 치는 사람들이니 당연한 것이었다.

흥청거리는 식당의 한쪽 구석에 앉아 와인을 마시던 로브가 자리에서 일어났다. 식탁에 은화를 꺼내놓은 로브가 밖으로 걸어나갔다. 비록 로브를 입었지만 통통 튀는 걸음걸이로 보아 분명 여자인 것 같았다.

"후~ 이제 타판파스는 그자가 모든 것을 차지했어, 조금 있으면 왕이 되겠지."

로브의 입에서 정말 여자의 맑은 목소리가 흘러나왔다. 걸음을 옮기던 로브가 갑자기 발길을 멈췄다. 어느새 번화가를 벗어나 골목길에 들어섰던 것이다.

"흐흐, 걸음새를 보니 분명 여자 같은데 이런 환락가에 들어오다니, 몸을 팔고 싶다면 우리가 사주지, 어떤가?"

느끼한 말을 하는 자는 거의 2미터에 달하는 키를 가진 엄청난 몸집의 남자였다. 그의 뒤에는 6명의 남자들이 게슴츠레한 눈길로 로브를 훑어보고 있었다.

"꺼져라, 오래 살고 싶으면."

로브의 입에서 차가운 말소리가 흘러나오자 거구가 몸을 뒤로 젖히고 낄낄거렸다.

"이거 가시 돋친 장미인 걸. 좋았어, 오늘 밤의 여자는 너를 택한다. 애들아, 저 여자를 모셔라."

"예, 형님."

일제히 허리를 꺾어 대답한 6명의 사내가 비릿한 웃음을 흘리며 다가온다.

"크크, 아가씬지, 아줌만지는 모르지만 우리 형님이 찍었으니 영광으로 알라고. 우리 형님은 카사코브 시의 휴리아야, 알겠나?"

졸개들의 말을 들은 로브는 머리를 흔들었다. 이제야 이들의 정체를 안 것이다.

카사코브 시의 개망나니 휴리아. 원래 휴리아란 이름은 지금은 멸종되어 없어진 상반신은 사람의 몸이고 하반신은 뱀의 형태인 유사인종을 지칭하는 이름이다. 그러나 그 종족은 고대에 멸종되었고 지금은 여자들을 납치하거나 색을 밝히는 변태를 지칭하는 대명사였다.

로브가 머리를 흔드는 것은 휴리아라는 자의 정체를 알기 때문이었다. 이자는 카사코브 시의 도둑 길드장이다. 도둑질과 여자의 납치, 인신매매를 일삼는 쓰레기들의 조직이 도둑 길드였고 그들의 마스터가 바로 거인 휴리아였다.

"쓰레기들이군."

로브의 입에서 나오는 말에 도둑들은 눈이 뒤집어졌다. 감히 자신들은 상대로 쓰레기라고 하다니, 여태껏 자신들 앞에서 이런 말을 한 자는 없었다. 아니, 계집이라면 당연히 도망치려고 하거나 아니면 무릎을 꿇고 살려달라고 애원하는 것이 정상이었다.

그러면 느긋하게 조리돌림을 시키고 괜찮으면 사창가에

팔아넘기는 것이 이들의 일이었다.

그런데 이년은 겁도 없이 자신들에게 쓰레기라고 하고 있었다.

"죽일 년, 네년은 그 한마디로 죽을 때까지 사창가에서 남자들의 노리개가 돼야 할 게다. 뭐 하느냐? 저년을 잡아라."

"옛, 형님."

허리를 굽적한 6명의 도둑들이 앞뒤로 포위하고 다가왔다.

"그냥 가면 안 될까? 난 너희 같은 쓰레기들을 상대하고 싶지 않거든."

로브의 말에 앞에 섰던 행동 대장이 벼락같이 다가들며 주먹을 내질렀다.

"보자 보자 하니까 이년이 겁을 상실했군, 네년을 잡아 주리를, 크악!"

주먹을 내지르며 씨벌이던 행동대장이 그만 오크 목 따는 듯한 비명을 내질렀다. 그의 손이 로브에게 잡혀 있었는데 순식간에 비틀리고 있었다.

우두득, 꽈자작.

"끄억!"

털썩.

지독한 고통으로 눈이 하얗게 된 행동대장이 입에 거품을 물고 나동그라졌다. 쓰러진 그의 팔은 기형적으로 비틀려 있었다. 아마 팔이 회복되어도 불구를 면치 못할 것이다.

그것을 본 도둑들이 숨겨두었던 대거를 뽑아 들었다. 이년은 보통 년이 아니었다.

서로의 눈을 맞춘 그들이 동시에 고함을 질렀다.

"쳐라!"

휘익.

그 순간 로브의 신형의 바람처럼 그들의 사이로 스며들었다. 로브 속에서 나온 하얀 손이 바람처럼 누비며 도둑들을 쳐 갈기는데 어찌나 빠른지 미처 눈이 따라가지 못할 정도였다.

"으윽, 아이고!"

숨 한 번 들이켜는 순간에 6명의 도둑들이 땅바닥을 뒹굴며 몸부림쳤다. 그것을 본 휴리아가 기겁하여 몸을 뒤로 돌렸다. 자신들의 힘으로는 어쩔 수 없는 강자였다.

'시발, 잡히면 죽는다.'

몸을 홱 돌려 귀에서 바람이 일도록 도망치던 휴리아는 그만 눈앞에 불이 번쩍이는 것을 느끼며 쓰러졌다. 그의 입에서 한마디 말이 흘러나왔다.

"어젯밤 꿈자리가 사납더니, 컥!"

쓰러진 휴리아의 목을 작은 발이 짓밟았다.

"이런 쓰레기들도 쓸모가 있을까?"

혼자 중얼거리던 로브가 머리를 뒤로 젖혔다. 그 순간, 여자의 얼굴이 달빛에 드러났다.

"헉! 처, 천사다!"

"세, 세상에!"

땅바닥에 무릎을 꿇고 앉아 자신들의 마스터가 단숨에 패대기쳐지는 것을 보고 있던 도둑들이 헛바람을 들이켰다. 달빛에 드러난 여자의 모습은 엘프의 아름다움 그 이상이었다.

바다의 냄새를 당장 풍길 것 같은 진한 색의 푸른 머리와 수정처럼 맑고 뽀얀 얼굴이 달빛에 반사되어 미의 여신 같았다.

"너희들, 도둑 길드가 맞지?"

"예, 마, 맞습니다. 허억."

여자의 아름다움에 취해 자신도 모르게 대답한 도둑들이 입을 손으로 틀어막았다. 도둑들은 정체를 노출시키면 사지를 절단하는 형벌을 받는다. 그런데 어떻게 된 것인지 저 여자의 얼굴을 보면 입에서 무슨 소리가 나가는지도 모르고 답변한다.

"좋아, 너희 본부로 가자."

"예, 또?"

다급히 입을 감싸 쥔 도둑이 휴리아를 바라보았다. 휴리아가 신음을 흘리며 깨어났다.

"이젠 정신이 들었나?"

휴리아는 머리가 깨질 듯이 아파왔다. 그러나 자신을 이렇게 만든 여자의 말소리가 들리자 이를 갈며 머리를 들었다.

"내 네년을 잡아서 사지를 찢어 오크 먹이로, 허억?!"

말을 하던 휴리아는 입을 쩍 벌렸다. 천사 같은 그녀의 모습이 찢어질 듯 부릅뜬 휴리아의 눈에 안겨왔다. 휴리아는 입에서 침이 질질 흐르는 것도 모르고 그녀를 바라보았다. 도둑 길드장을 하면서 수많은 여자를 품어 보았지만 이런 여자는 생전 처음이었다.

"오크 먹이가 뭐? 더 말해봐."

여자의 말에 휴리아는 황급히 고개를 흔들었다.

"아, 아닙니다. 그런데 무엇을 바라는지?"

"너희 도둑 길드의 본부로 가자. 참고로 더 이상 나에게 덤비면 살아남을 수 없을 거야. 내가 바로 아이스 왕국의 레드 스콜피언이거든. 명심하도록."

그녀가 말을 하면서 단검을 뽑더니 옆에 있는 석상을 향해 휘둘렀다.

파앗.

레드 스콜피언의 단검에서 무지갯빛이 뿜어 나오더니 석상을 가르고 지나갔다. 그리고 아무 일 없는 것 같던 석상이 스르르 미끄러지더니 땅 위에 떨어졌다.

"저건!!"

휴리아를 비롯한 도둑들이 온몸을 경직시켰다. 저건 분명한 오러 블레이드였고 석상의 잘려진 면은 마치 너무도 매끈했다.

‘무서운 여자다!’

‘덤비면 모두 죽는다!’

도둑들의 한결같은 생각이었다. 일반 전사들도 힘든데 소드 마스터 급이라면 도둑 길드가 모두 달려들어도 승패는 뻔하다. 모두 시체만 남게 될 것이다.

“아, 알겠습니다. 모시겠습니다.”

휴리아가 허리를 직각으로 굽히며 공손히 말했다. 도둑 길드의 본부로 가면서 이레인은 저 멀리 하얀 백색의 대리석으로 지어진 왕궁을 바라보았다. 조만간 대관식을 치르면 헤럴드는 왕이 될 것이다.

‘헤럴드, 내가 왔어. 내 순결을 빼앗은 널 용서할 수 없어.’

이레인은 작은 주먹을 움켜쥐었다. 저기에 자신의 순결을 뺏어간 그 얄미운 사내가 있었다.

지금 이레인은 검은 탑에도 돌아가지 못하고 있었다. 임무에 실패한 사람을 검은 탑에서는 살려두지 않는다. 곧바로 발키리로 만드는 것이 검은 탑의 법칙이었다.

그러나 이레인은 이성을 잃은 살인 병기 발키리가 되는 것은 싫었다. 그리고 자신의 순결을 뺏어간 헤럴드를 잊을 수가 없었다. 그것이 미움인지, 죽이고 싶은 마음인지, 자신도 종잡을 수가 없었다. 그의 발걸음이 이곳으로 향한 것은 당연했다.

도둑들의 뒤를 따라가는 이레인의 눈에 맑은 이슬이 흘러내렸다.

　하얀 백색의 궁전은 수많은 블랙울프 전사들이 경계를 서고 있었다. 헤럴드가 타판파스 초원을 일통하자 드워프 자치 왕국에서는 20만의 드워프들이 밀려와 단 석 달 동안에 왕궁을 완성했다. 그들은 이전처럼 마지못해 일하는 것이 아니라 온갖 열성을 다해 이 궁전을 완성하였다. 그 바람에 쥬신 궁이라 이름 붙인 백색의 궁전은 이 대륙에서 가장 멋지고 화려한 궁으로 우뚝 일어섰다.

　"아스톤 제국은 지금 전쟁 준비에 박차를 가하고 있어요. 현재 바람의 계곡 쪽에 집결하는 군사들만 70여만에 달하고 있어요. 하지만 아직은 출전할 것 같지는 않아요."

　샤칸이 하는 보고를 들으며 헤럴드는 창밖으로 보이는 정원을 내다보고 있었다. 아름다운 분수대에 물이 뿜어져 나오고 있고 따뜻한 봄바람에 피어난 수만 가지의 꽃들이 꽃 바다를 만들고 있었다. 그 사이로 화려한 옷을 입은 시녀들이 분주하게 오가고 있었다.

　"니힐리스 제국은?"

　"그들은 아직 침묵을 지키고 있어요, 로즈 정보원들의 보고에 의하면 니힐리스 제국의 황태자들이 서로 황권을 차지하려고 세력을 모으고 충돌하고 있다고 해요. 조만간 피바람이 불 수도 있다는 것이 정보부의 의견이에요."

샤칸은 새로이 조직된 왕국의 정보부 일을 맡고 있었다. 헤럴드는 머리를 돌렸다.

"어쨌든 대관식을 한 다음 가장 먼저 아스톤 제국을 처리해야 해. 그쪽으로 정보원들을 침투시켜. 니힐리스 제국은 그 다음이야."

"알았어요. 그리고 대관식 이후에 꼭 사냥 경기를 해야 해요?"

"당연하지, 왜 무슨 문제가 있어?"

"그건 아니지만 카사코브 산은 너무 험해서 경호가 어려워요."

"그건 걱정하지 마. 설사 위험이 있다고 해도 수백 년간 내려오던 행사를 안 할 수는 없어. 그렇게 알고 준비하도록."

헤럴드의 말에 샤칸은 고개를 끄덕였다. 타판파스 왕국은 나라에 경사가 있을 때는 국민들이 모두 떨쳐나서 사냥 경기를 한다. 여기에는 기사들과 전사들, 군사들, 심지어 용병들까지 참가한다. 그곳에서 가장 많은 짐승을 사냥한 사람에게 기사의 칭호를 내리며 많은 상금까지 하사하는 것이 풍습으로 굳어져 있었다.

샤칸이 걱정하는 것은 아직 나라가 안정되지 않은 것 때문이었다. 마틴과 조지 공작파로 있던 수많은 귀족들 중에서 악질들은 숙청하여 노예로 만들었지만 아직 그 뿌리는 많이 남아 있었다.

　그들이 앞으로 어떻게 행동할지는 아직 모르고 있었다. 정보를 책임진 샤칸으로서는 근심할 수밖에 없었다. 그러나 그 때문에 사냥 경기를 그만둘 수는 없다는 것이 헤럴드의 생각이었다.

　이젠 경호에 최선을 다하는 수밖에 없었다. 샤칸이 마음을 놓을 수 있는 것은 헤럴드의 무력이었다. 이 대륙에서 헤럴드를 어찌해 볼 사람은 몇 명 되지 않을 것이다. 하지만 숨어서 노리는 칼날은 아무리 강해도 막기 힘든 것이 사실이었다.

　그렇게 대관식 날은 눈앞으로 다가오고 있었다.

*　　　*　　　*

　쥬신의 궁으로 통한 길로 사람들이 하얗게 몰려간다. 아이, 어른, 젊은이, 늙은이 할 것 없이 밀려가는 사람들의 얼굴은 희열로 가득 차 있었다. 오늘이 바로 쥬신 왕국을 선포하는 날이고 새로운 왕이 대관식을 하는 날이다.

　하얗게 빛나는 대리석 궁전이 보이는 성문이 활짝 열려져 사람들을 받아들이고 있었다.

　"여러분, 밀지 마세요. 자리는 얼마든지 있습니다."

　"자자, 밀지 말고 천천히 들어가세요."

　쥬신 궁의 성문 앞에서 블랙울프 전사들이 소리치며 질서를 잡고 있지만 마구잡이로 밀고 들어오는 사람들을 어떻게 할 도리가 없었다. 쥬신 궁의 광장은 엄청나게 크다. 그러나 사람들은 막무가내였다. 누가라도 먼저 들어가 앞자리를 차지해야 새로운 왕으로 등극하는 헤럴드를 자세히 볼 수 있기 때문이었다.

"이거 어떡하죠?"

이마에 흐르는 땀을 씻으며 블랙울프 전사가 하는 말에 성문을 지키고 있던 백인장이 뒤로 물러섰다.

"모두 물러서. 어차피 다 들어갈 사람들이다."

그제야 블랙울프 전사들이 성문에서 물러섰다. 그러자 사람들이 물밀듯이 안으로 밀려들어 갔다. 그것을 보던 한 전사가 땀을 씻으며 중얼거렸다.

"허 참, 세상 좋아졌네. 왕궁의 대관식에 평민들이 들어가다니!"

"그야 우리 주군께서 그만큼 위대한 분이시기 때문이 아닌가!"

"그래, 당연한 것이지!"

전사들은 밀려들어 가는 사람들을 보며 뿌듯해하고 있었다. 예전 같으면 어림도 없는 일이 지금 벌어지고 있는 것이다. 본래 평민들은 귀족의 노예나 다름없는 것이 이 대륙에 존재하는 모든 나라들의 공통된 법이다. 그러나 초원을 일통한 헤럴드는 법을 제정하여 귀족이라도 함부로 사람들을 처형하지 못하게 했고 각 영지들에 법관을 파견하여 법대로 시행하도록 하였다. 그로 인해 타판파스 왕국 민들의 헤럴드에 대한 지지는 절대적이다.

그리고 연이어 발포된 세금의 40% 실시는 왕국 민들의 가슴속에 헤럴드를 구세주로 만들어 버렸다. 이 나라 어디를 가나 평민들은 모두 만세를 부르고 있었다.

쥬신 왕궁의 정면에는 엄청나게 큰 광장이 있다. 드워프들이 궁을 만들면서 거대한 광장을 건설했는데 이 광장에는 누구도 모르는 비밀이 숨겨져 있다. 평시에는 거대한 광장으로 분수대와 꽃밭이 화려하게 피워져 있지만 일단 유사시에는 무서운 함정으로 변한다.

만약 적이 침입해 들어올 때 쥬신 궁 친위대장의 방에 있는 기관 장치를 작동시키면 광장은 수많은 인공적인 벽이 솟아오르고 미로로 변한다. 그리고 각 미로마다 화살을 쏠 수 있는 장치들이 작동하여 침입자들을 벌집처럼 만들어 버리고 전사들이 공격할 수 있는 진지들이 만들어져 있다. 한마디로 멋모르고 쳐들어왔다 가는 살아갈 수 없는 곳이었다.

그러나 지금은 대관식을 위한 평화롭고 장엄한 광경만이 펼쳐져 있다.

광장의 맨 앞에는 쥬신 궁의 아름다운 로비가 있고 그 앞으로 1,000명의 블랙울프 전사가 예복을 입고 정렬해 있다.

둥둥! 둥둥!

갑자기 사람들로 웅성거리던 광장에 둔중한 북소리가 은

은하게 울려 퍼졌다. 그와 동시에 맨 선두에 있던 블랙울프 전사단장이 구령을 질렀다.

"새로운 쥬신 왕국의 국왕 폐하를 향하여 발검!"

"충성!"

"충성!"

블랙울프 전사들이 외치는 충성의 메아리가 쩌렁쩌렁 울려 퍼졌다. 충성을 외치는 전사들 가운데 국왕의 황금색 옷을 입은 헤럴드가 시종들과 함께 나타났다.

그의 앞으로 타판파스 왕국 대신전에서 온 대신관이 법복을 질질 끌며 걸어갔다.

"그대는 오늘 하늘에 계신 위대한 우리들의 아버지이신 전쟁의 신 에시메드의 은총으로 이 땅의 왕으로 선택되었다. 그대는 진정으로 이 나라의 백성들을 자신의 자식처럼 보살피겠다는 것을 맹세할 수 있는가?"

타판파스 초원의 사람들은 전쟁의 신 에시메드를 신봉하고 있고 대부분이 에시메드의 신자들이다. 헤럴드는 대신관의 앞에 무릎을 꿇었다.

"나 헤럴드는 이 나라의 백성들을 내 몸의 한 부분처럼 여기며 보살필 것을 에시메드 신 앞에 맹세합니다!"

숨소리 하나 없이 조용한 광장에 헤럴드의 낭랑한 말소리가 울려 퍼졌다. 그것을 보는 샤칸의 눈에 눈물이 핑 돌았다. 초원의 황야에서 헤럴드를 만나 지금까지 수많은 사선을 헤처 왔고 이제 저이는 이 나라의 왕으로 우뚝 일어섰다. 그러나 아직은 갈 길이 더 많았다.

샤칸은 두 주먹을 꼭 쥐며 속으로 중얼거렸다.

'쥬신 왕국을 제국으로 만들 거야. 그래서 저이가 제국의 황제로 세상을 호령하는 그날이 오게 만들고 말겠어.'

눈물이 흘러내려 뿌옇게 흐린 샤칸의 눈에 대신관이 헤럴드에게 왕관을 씌워주는 것이 보였다.

"그대 쥬신의 왕이여, 전쟁의 신 에시메드의 대변인인 나는 오늘부터 헤럴드 르 쥬신이 용맹의 신인 에시메드의 아들로, 이 나라의 국왕으로 되었다는 것을 만방에 선포하노라."

왕관을 씌워준 대신관이 한 발 물러서서 헤럴드의 앞에 무릎을 꿇었다. 그리고 두 손을 들고 외쳤다.

"위대한 쥬신의 왕, 헤럴드 르 쥬신 폐하 만세!"

"국왕 폐하 만세!"

"만, 만세!"

블랙울프 전사들이 일제히 번쩍이는 검을 뽑아 들고 만세를 외쳤다. 광장에 모인 수만의 카사코브 시 시민들이 두 손을 들고 만세를 외쳐 쥬신궁이 떠나갈 듯하였다.

햇빛에 번쩍이는 왕관을 쓴 헤럴드가 손을 들어 올렸다.

"나는 오늘 쥬신의 왕으로서 다음과 같이 선포한다. 귀족들도, 평민들도 모두 나의 백성들이고 자식들이다. 따라서 귀족이라고 평민을 함부로 죽이거나 폭행하는 자는 쥬신 왕국의 법에 의하여 엄중한 처벌을 받게 될 것이다. 또한 나는 이 나라의 왕으로 모든 노예들을 해방한다. 단, 국가를 반역한 자들이나 그 가족들은 누구를 막론하고 노예에서 벗어날 수 없다. 평민이라도 능력이 있는 자는 국가의 관리로 등용되며 귀족의 작위를 받을 수 있다. 앞으로 쥬신 왕국은 신분에 관계없이 철저한 능력에 의하여 운영될 것이다. 따라서 평민들도 능력이 있는 자들은 각 관가에 자원하라. 이것이 쥬신의 왕으로 내리는 첫 어명이다."

헤럴드의 말이 끝나자 수많은 평민들이 광장에 무릎을 꿇었다. 세상에, 신분에 관계없이 관리로 등용하다니, 이것은 천지가 개벽할 일이었다. 한평생 귀족들의 횡포를 받으며 파리 같은 목숨을 연명하던 평민들의 눈에 감격의 눈물이 폭포처럼 흘러나왔다.

"감사합니다, 국왕 폐하!"

"국왕 폐하 만세!"

"쥬신의 왕 만세!"

사람들이 감격에 차서 부르는 만세 소리가 쥬신 궁을 들썩거렸고 카사코브 시를 뒤흔들었다.

수천 년간 내려오던 귀족만의 법이 무너지고 새로운 시대가 열린 것이다.

만세를 부르는 사람들의 틈에 섞여 무릎을 꿇고 있는 갯들리츠는 이를 부드득 갈았다. 자신이 차지해야 할 저 자리에 앉아 있는 헤럴드를 당장 쳐 죽이고 싶었다.

'헤럴드, 그래 맘껏 좋아해라. 그것도 오늘 만이다. 내일이면 너는 저승에서 헤매고 있을 것이다. 흐흐흐.'

쥬신 영지의 공격이 실패로 돌아가고 블랙울프군이 파죽지세로 공격해 오자 재빨리 몸을 피한 갯들리츠는 카사코브 시로 몸을 피했고 새로운 음모를 꾸미고 있었다.

빠라팜, 빠라팜, 빰빰파.

국왕의 즉위식을 알리는 흥겨운 나팔소리가 울리는 쥬신 궁을 빠져나온 갯들리츠는 수도에 있는 사이렌 전사단에 들어섰다. 이 사이렌 전사단은 타판파스에 있는 4대 전사단의 하나로 본래는 마틴 공작파의 지원을 받던 곳이었다.

"오셨습니까?"

방에 들어서자 전사단의 부단장인 케이가 반갑게 맞이한다.

"준비는 되었는가?"

"걱정 마십시오. 아그사이 산의 협곡에 죽음의 마법진을 설치했습니다. 그리고 내일 마법진이 폭발하는 것과 때를 같이하여 아스톤 제국이 바람의 협곡으로 공격을 시작할 것입니다."

케이의 말에 갯들리츠는 지글지글 끓던 마음이 어느 정도 안정된 감을 느꼈다. 아그사이 산은 마치 사람이 두 팔을 벌린 것처럼 생긴 거대한 산으로, 왕궁에서 사냥 경기를 하는 곳이다.

　그곳은 국왕의 소유지로 하나의 거대한 골짜기와 두개의 산줄기가 양옆으로 줄기줄기 뻗어 있는 곳이어서 일을 성사시키기에는 맞춤한 곳이다.

　"좋아, 내일 헤럴드의 목숨을 끝장낸다."

　"당연하죠. 놈은 빠져나갈 곳이 없습니다, 아무리 그랜드 마스터라고 해도……."

　케이의 말에 갯들리츠는 머리를 끄덕이며 저 멀리 보이는 백색의 웅장한 쥬신 궁을 노려보았다. 내일이면 저 궁이 자신의 것이 된다. 저절로 입가에 웃음이 지어졌다.

　타판파스 초원에 있던 4대 전사단은 중소 전사 연합과 헤럴드에 의해 모두 괴멸되었고 지금 남은 것은 사이렌 전사단이 유일하다. 그러나 그들의 운명도 바람 앞의 등불이었다.

　헤럴드는 조지 공작파와 마틴 공작파의 일당들을 모두 숙청하고 있었다. 언제 숙청의 칼날이 떨어질지 몰라 전전긍긍하고 있던 그들이 갯들리츠의 제의를 받아들인 것은 어쩌면 당연한 것이었다. 갯들리츠는 이 일을 성사시키기 위해 아스톤 제국의 검은 탑과 손을 잡았고 검은 탑은 흔쾌히 승낙하며 마법사들을 보내주었다. 그리고 이번 일에 검은 탑에서 만든 첫 마법 무기가 사용될 것이다.

　갯들리츠의 얼굴에 승리자의 웃음이 넘실거렸다. 헤럴드가 아무리 날고뛰는 그랜드 마스터라고 해도 죽음을 피할 수는 없었다.

운명의 카운트다운이 다가오고 있었다.

카사코브 시의 동쪽 변두리에는 빈민가가 있다. 이곳은 인생의 실패자들과 거지들, 늙은 퇴기들과 부랑배들이 모여 사는 곳으로 사람들이 얼씬도 하지 않는 곳이다. 그러나 이곳도 사람이 사는 곳인 이상 그들만의 삶의 방식이 존재한다. 봄날의 햇볕이 따뜻하게 내려 쪼이는 오후, 한 명의 거지가 숨을 헐떡이며 달려와 폐허가 된 옛 신전의 자리에 들어섰다.

그가 나타나자 아무도 없는 것 같던 폐허 속에서 날카로운 목소리가 조용하나 위압적으로 울려 퍼졌다.

"누구냐?"

"예, 우두페커(딱따구리) 3호입니다. 급한 보고를 하러왔습니다."

그러자 폐허 속에서 세 명의 사내가 불쑥 나타났다. 가운데 선 남자가 눈짓을 하자 두 명의 남자가 다가와 3호의 몸을 수색하였다.

"아무것도 없습니다."

"좋아, 들어가라."

부하의 말에 그제야 남자가 신전의 부러진 기둥 사이에 교묘하게 나 있는 입구를 가리켰다. 이곳이 카사코브 시의 도둑 길드의 본부다.

반쯤 허물어지고 보잘것없는 신전의 지하에는 양쪽으로 방이 나 있고 길게 늘어진 복도의 끝에 가면 도둑 길드 마스터의 방이 있다. 그러나 지금 마스터의 방에는 한 명의 여자가 앉아 있었다.

"그래서?"

로브를 입고 앉아 있는 여자의 차가운 말에 길드장 휴리아가 공손히 보고를 하였다.

"명하신 대로 사이렌 전사단에 감시를 붙였습니다. 그런데 오늘 들어온 보고에 의하면 그들이 마법사들로 보이는 자들과 함께 아그사이 산에 무엇인가 매몰하고 있었다고 합니다."

휴리아의 말에 꼼짝 움직임이 없이 앉아 있던 로브의 머리가 번쩍 들렸다.

"마법사라고 했느냐?"

"예, 분명히 마법사라고 했습니다."

휴리아는 잔등에 땀이 흐르는 것을 느끼며 황급히 대답했다. 뭔가 위험하다는 것을 본능적으로 느꼈다. 그리고 레드 스콜피언이라는 저 아름다운 여자가 얼마나 무서운지도 이미 몸으로 겪어 알고 있었다.

저 여자를 겁탈하려고 하다가 오히려 잡혀왔을 때 휴리아는 다시 기회를 보아 도둑 길드의 싸움꾼들을 투입했었다. 그리고 정말 소름이 끼치는 무서움을 겪었다.

난다 긴다 하는 도둑 길드의 특급전사들이 저 여자에게 비참하게 쓰러지는 것은 잠깐이었다. 게다가 몇 명은 순식간에 목이 잘려 황천으로 떠났다. 그날부터 휴리아는 정신적으로 완전히 레드 스콜피언 이레인에게 굴복당하고 말았다. 하여 이 여자가 요구하는 것은 도둑 길드를 총동원하여 집행할 수밖에 없었고 그의 간절한 바람은 이 여자가 하루 빨리 목적을 이루고 이곳을 떠나주는 것이었다.

"매몰하는 것을 봤다는 자를 데려와라."

"알겠습니다."

휴리아가 나가고 잠시 후 3호가 안으로 들어와 무릎을 꿇었다.

"말해보라, 네가 본 것을."

"예, 아그사이 산의 골짜기에 묻은 물체는 검은 구(球)체였습니다. 그들은 그것을 골짜기에 수십 개나 묻었고 무엇인가 이상한 것들을 사방에 설치했습니다."

머리를 조아리며 보고하는 3호를 보던 이레인은 퍼뜩 떠오르는 생각이 있었다.

'마뢰(魔雷)다! 그것이 벌써 완성됐단 말인가?

"알았다, 나가보아라."

3호가 밖으로 나가자 이레인은 생각에 잠겼다. 마뢰는 본래 검은 탑에서 수십 년간 연구를 하던 마법 폭발물이다. 그러나 제대로 성공한 적은 한번도 없었다. 그런데 그것이 아그사이 산에 매몰되었다면 완성되었다는 것을 뜻한다.

그리고 이번 일에 검은 탑이 개입했다는 것을 의미했다.

'마뢰라면 위험하다.'

이레인의 머리에 헤럴드의 얼굴이 떠올랐다. 자신의 오랜 충복이었던 샬롯과 콜슨이 헤럴드에게 죽던 일도 생각난다. 그리고 단단한 근육질의 헤럴드의 몸도 느닷없이 머리에 떠올랐다.

'이런 내가 무슨 생각을……'

이레인은 자신도 모르게 얼굴이 화끈 달아오르는 것을 느꼈다. 그녀는 자신의 손바닥을 내려다보았다. 자신의 마나는 변했다. 세인들은 검은 탑의 숨은 어쌔신인 블랙 클라우드가 소드 마스터 급이라고 생각하지만 사실 그녀는 최상급일 뿐이었다. 그러나 이레인은 최상급의 실력으로 소드 마스터들도 암살하곤 하였다. 그건 그녀의 은신술이 뛰어났고 그만큼 살인 기술이 높았기 때문에 가능한 것이었다. 그러나 이제는 정말로 소드 마스터가 되었다.

헤럴드와 정사를 가진 이후, 그의 몸속에 흐르는 마나는 찬란한 무지개 색으로 변했고 온몸에 마나가 충만했다. 이 모든 것이 그자 헤럴드 때문이었다.

"어떡하지, 이 사실을 모르면 그는 죽을 수 있다."

이레인은 방 안을 맴돌며 모대기고 있었다. 마뢰는 그만큼 무서운 폭발물이었다. 마뢰가 터진다면 헤럴드라도 생명을 부지하기는 쉽지 않을 것이다.

"그는 내 순결을 빼앗았고 나의 충복들을 죽인 자야. 죽어 마땅해."

혼자 중얼거리고 돌아선 이레인의 두 어깨가 축 쳐졌다. 도저히 마음속에 이는 갈등을 억제하기 힘들었다. 그를 죽이려 여기까지 왔는데 왜 그런지 마음이 편치 않았다.

＊　　　＊　　　＊

쥬신 궁의 후원에 있는 별궁으로 가는 길은 아름다운 꽃밭으로 덮여 있다. 향기로운 꽃향기가 코끝으로 스며들었지만 샤칸은 내일의 일 때문에 생각 속에 빠져 아무것도 느끼지 못하고 있었다.

"공작 각하를 뵙습니다."

마주 오던 시녀들이 허리를 살짝 굽히며 인사를 했지만 샤칸은 듣지 못하고 걸어가고 있었다. 그녀의 뒤를 따르며 경호하던 로즈 전사단의 여 전사들이 어서 가라고 손짓을 한다.

"샤칸 언니, 같이 가요."

쌕쌕거리며 달려와 소리를 지르는 레나 때문에 생각에서 깨어난 샤칸이 웃음을 지었다.

"얘도 참, 이젠 좀 엄숙해라, 넌 이제 후작이야."

샤칸의 말에 레나는 피식 웃었다.

"피이, 난 그런 것 상관없어. 그런데 언니는 뭘 생각하느라고 듣지도 못해?"

레나의 발랄한 목소리에 샤칸은 절로 미소가 그려졌다. 후작이 되었어도 변함이 없는 레나가 부러웠다. 하긴 발랄함이 없다면 레나가 아닐 것이다. 이번 왕국의 선포 후, 타마와 네모, 지프리드, 랑케와 샤칸은 공작의 작위를 받아 쥬신 왕국에 5대 공작이 생겨났다.

마도사 샤니와 루시, 레나, 레드 탈로스 레오나드와 위타킨의 5형제는 후작으로 봉해졌다.

레드 탈로스와 위타킨의 5형제는 소드 마스터였지만 헤럴드의 국왕 친위대에 소속되었고 그것을 만족스럽게 생각하고 있었다.

네모와 지프리드, 타마는 각각 10만의 기병대를 지휘하는 사령관이고 랑케는 마법 전사 부대를 이끌고 있다. 루시는 로즈 전사단의 단장으로, 레나는 이글 전사단장으로 임명되었다.

레나의 이글 전사단은 1만 명으로 모두 여자들로 조직된 궁기병들이다.

"으응, 내일 폐하의 호위 문제 때문에……."

샤칸의 말에 레나는 방실 웃었다. 정보부를 책임지고 있는 샤칸은 누구보다 바쁘다는 것을 레나는 알고 있었다. 원래 있던 정보망은 마틴과 조지 때문에 모두 파괴되었고 새로이 신

설한 정보망은 아직은 큰 힘을 발휘하지 못하고 있었다. 지금은 에리세드 상단을 통해 자료를 수집하는 것이 다였다.

"아유, 언니. 첫술에 배부르겠어, 조금 있으면 나아질 거야."

"그래, 그렇긴 하지. 하지만 걱정이야, 아스톤 제국과 니힐리스 제국이 호시탐탐 노리고 있는데 빨리 정보망을 완성해야 해."

"나도 도울게, 언니."

샤칸은 자신의 기분을 풀어주려는 레나는 보며 고개를 끄덕였다. 그녀들이 별궁에 들어서자 루시가 마중 나왔다.

"이제 왔군요. 언니들, 난 배가 고파 죽을 뻔했어요."

"호호, 어서 가요. 그런데 폐하는 오시지 않았어요?"

레나의 말에 루시가 머리를 저었다.

"오늘은 대신들과 저녁을 하신다고 오시지 못한대요."

루시의 말에 레나의 얼굴이 샐쭉해졌다.

"오빠는 밤낮으로 대신들, 대신들. 정말 속상해."

"레나, 오빠가 뭐니. 이제 그분은 국왕 폐하야. 우리가 존중하지 않으면 다른 사람들도 폐하를 존중하지 않아, 알겠어?"

샤칸의 노기 띤 말에 레나가 꽁지를 내렸다.

"알았어, 언니. 하지만 여긴 우리뿐이잖아."

"너 아직도."

"미안, 다신 안 그럴 게. 공작나리."

레나가 혀를 쏙 내밀고 안으로 들어가자 샤칸은 쓴웃음을
지었다.

"들어가요, 언니."

"응. 동생, 그런데 뭐 새로 들어온 정보는 없어?"

샤칸의 말에 루시가 고개를 갸웃했다. 아직 루시의 던전 길
드는 살아 움직이고 있었다.

"오늘 들어온 보고에 의하면 사이렌 전사단에 마법사들로
보이는 사람들이 왔다고 해요, 약 20명 정도, 하지만 그들은
사이렌 전사단으로 들어가서 나오지 않고 있다고 해요."

별궁으로 들어가던 샤칸이 걸음을 멈추었다.

"마법사? 20명이라고?!"

그녀의 말에 루시가 설명을 했다.

"현재 길드 성원들이 사이렌 전사단을 감시하고 있어요.
아직 별일은 없다고 해요."

루시의 말에 아무 말 없이 방에 들어선 샤칸은 멈칫했다.
그녀의 손에 작은 마법 지팡이가 잡혔다.

"누구냐? 나와라."

샤칸의 말에 루시는 어리둥절해졌고 레나는 뇌전심법을
주위에 퍼뜨렸다. 레나의 눈이 번쩍 빛을 뿌렸다. 그 순간, 어
느새 작은 궁이 손에 쥐어졌고 날카로운 파공성이 울렸다.

파앗. 퍼엉.

파란 뇌전과 함께 별궁 안의 한쪽 벽에 불꽃이 일어났다.

아무것도 없는 것 같던 별궁의 한쪽 벽에 아지랑이가 아물거리더니 로브를 입은 한 명의 사람이 나타났다.

"호호, 헤럴드의 여자들이 소드 마스터 급이라고 하더니 사실이군요."

"닥쳐! 정체를 밝히지 않으면 내 화살이 용서하지 않을 거야."

레나의 날카로운 말에 로브가 벗겨졌다. 그리고 샤칸 못지않은 아름다운 얼굴이 나타났다.

그 얼굴을 본 레나가 입을 딱 벌렸다.

"너는 아이스 왕국의 이레인!"

"우린 구면이군요. 레나 아가씨."

나타난 여자는 다름 아닌 레드 스콜피언 이레인이었다. 그녀를 본 레나가 활에 기를 실었다.

"흥, 여긴 왜 왔지? 그때는 놓쳤지만 오늘은 너를 죽여 버릴 테다."

레나가 활시위를 놓으려는 순간, 샤칸의 침착한 말소리가 멈춰 세웠다.

"레나, 그만 해."

"언니, 저 여자는 오빠, 아니, 폐하를 죽이려고 했던 여자야."

"알고 있어, 레나."

레나의 어깨를 다독인 샤칸이 이레인을 바라보았다. 두 여자의 눈이 허공에서 부딪쳐 불꽃을 튕겼다.

"난 샤칸이에요. 이미 알고 있을 테니 용건만 말하지요. 이 곳에 온 용무가 무엇이죠?"

샤칸의 말에 이 레인이 살며시 미소를 그렸다.

"역시 샤칸님이시군요! 내일 아그사이 산에 사냥을 가면 큰 위험이 있을 거예요."

"거짓말. 또 무슨 짓을 꾸미려느냐?"

레나가 앙칼진 소리를 지르며 이레인을 쏘아보았다. 그러나 이레인은 오직 샤칸만을 바라보고 있었다.

"무슨 뜻이죠? 말을 하려면 정확히 해야죠."

"검은 탑이 아그사이 골짜기에 폭발 마법진을 설치했어요, 그리고 더 위험한 것은 마뢰가 그곳에 묻혀 있는 거예요. 마뢰는 검은 탑이 수년 동안 연구한 마법 무기로 폭발하면 반경 오백 미터가 초토화되는 것이니 유의하세요. 또 다른 것도 있 겠지만 내가 알고 있는 것은 그것이 다예요. 나머지는 샤칸님 이 알아서 하세요, 그럼."

머리를 숙여 인사를 한 이레인이 몸을 돌리자 레나의 날카 로운 소리가 방을 울렸다.

"어딜 가려고! 올 때는 마음대로 왔는지 모르지만 내가 본 이상 너를 살려두지 않아."

레나의 활이 그녀를 겨누자 이레인이 차가운 목소리로 말 했다.

“뇌전의 궁사 레나, 당신의 실력이 강하다고 하지만 나 또한 소드 마스터. 이곳에서 싸우면 좋아할 것은 검은 탑뿐이에요, 철없는 아가씨.”

“뭐라고, 죽여 버릴 테야.”

레나가 공격을 하려고 했지만 샤칸이 막아섰다.

“왜 이 사실을 알려주는 것이죠?”

샤칸의 말에 이레인의 눈이 그녀를 바라보았다. 두 여자의 눈이 서로를 집요하게 바라보았다.

“내 원수를 남의 손에 죽게 하고 싶지 않아요, 내 손으로 죽이고 싶었으니까, 대답이 됐나요?”

이레인의 말에 샤칸은 머리를 흔들었다.

“아이스 왕국에서 폐하와 단둘이 있었다고 하더군요, 무슨 일이 있었나요?”

샤칸의 말에 이레인의 얼굴에 한순간 당황한 빛이 스쳐 지났다.

“무슨 소린지 모르겠군요? 그는 나의 원수일 뿐. 그럼 이만.”

간단한 목례를 한 이레인의 신형이 바람처럼 밖으로 빠져나갔다. 그것을 본 레나가 발을 굴렀다.

“아니, 언니. 저 여우를 왜 그냥 보내는 거야, 당장……!”

“그만해, 레나. 그 여자 죽이면 안 돼.”

샤칸의 말에 레나의 눈이 휘둥그레졌다. 죽이면 안 된다니? 그녀는 헤럴드의 적이다.

"레나, 네가 정신을 차렸을 때 저 여자는 이미 없어졌다고 했지?"

"응, 그런데 그게 뭐?"

"그럼 그전에는 폐하와 함께 있었다는 소리고?"

"그야 그렇겠지."

레나가 어리둥절해서 말하자 샤칸은 밖을 쏘아보았다.

"이레인, 블랙 클라우드 이레인."

샤칸이 중얼거리는 소리만이 조용한 방을 울렸다. 뭔가 있었다. 샤칸이 본 저 여자의 눈빛은 결코 원수를 죽이려고 원한에 불타는 눈이 아니었다. 아니, 오히려 헤럴드를 걱정하는 눈빛이라는 것을 같은 여자로서 느끼고 있었다.

샤칸은 입술을 악물었다. 왠지 헤럴드가 야속하고 미워졌다.

＊　　　＊　　　＊

둥둥둥둥!

아그사이 산 앞에 펼쳐진 넓은 초원에 수만 필의 말이 모여 투레질을 하고 황금빛 차일이 자리하고 있었다. 저것은 국왕이 있는 곳으로 오늘 벌어질 사냥 경기의 중심이다.

마법 증폭기를 사용한 국왕의 시종장의 말이 초원에 울려 퍼졌다.

"오늘 경기에서 가장 많은 사냥을 한 사람에게 블랙울프 전사의 칭호를 하사하며 1만 골드의 상금을 하사한다. 2등과 3등은 5천 골드의 상금을 국왕 폐하께서 직접 하사하실 것이다."

"와~"

"국왕 폐하 만세!"

시종장의 말이 끝나자 정렬해 있던 기마병들 속에서 만세의 함성이 울려 퍼지고 검들이 하늘로 추켜졌다. 이들 기마병들은 모두 쥬신 왕국의 전국에서 사냥 경기에 참가하려고 모여온 용병들과 방랑검사들, 그리고 일반 평민들이었다. 사냥 경기에 블랙울프들이나 국왕의 군사들은 일체 참가할 수 없도록 헤럴드가 규정해 놓았기 때문이었다.

블랙울프들이나 군사들이 참가한다면 경기의 형평성에 지장이 있을 것이고 일반인들은 등수에 들지 못할 것이 뻔하기 때문이었다.

황금빛 차일이 쳐져 있는 곳에 둥그런 형태로 기마진을 형성하고 있는 군사들은 헤럴드의 1만 친위대였다. 새카만 빛으로 번쩍이는 갑주를 입고 있는 친위대의 가슴에는 세 발 달린 새가 그려진 마크가 달려 있다. 헤럴드가 앉아 있는 차일의 뒤에는 위타킨의 5형제가 시립하고 있었고, 레드탈로스 레오나드는 말에 올라 친위 전사들의 선두에 서 있었다.

레드 탈로스 레오나드는 요즘은 사는 맛이 났다. 쥬신 왕국이 선포되고 국왕친위대의 대장이 됐으니 그로서는 하늘을 나는 기분이었다.

뭐니 뭐니 해도 자신은 헤럴드의 직계 부하인 것이다. 그의 뒤에는 핸더슨과 도미니크가 가슴을 쭉 펴고 주위를 둘러보고 있었다. 핸더슨은 경기에 참가하려고 온 사람들의 부러운 눈초리를 보며 입꼬리가 씰룩이는 것을 간신히 참고 있었다.

'흐흐, 내가 바로 국왕 폐하의 직계 부하 핸더슨이다.'

입꼬리를 씰룩거리는 그를 보며 도미니크는 미소를 지었다. 본래 이들은 블랙울프 전사단에 가기로 되어 있었지만 폐하께서 직접 친위 전사단에 넣어주었다. 그러니 핸더슨과 도미니크의 자부심과 긍지가 하늘을 찌를 듯하는 것이 당연했다.

"폐하, 시간이 다되었습니다."

랑케 공작의 말에 고개를 끄덕인 헤럴드가 자리에서 일어섰다.

"이제부터 폐하께서 직접 사냥 경기의 지역을 지정할 것이다. 모든 참가자들은 제자리에서 기다려라."

하얀 백마에 오른 헤럴드가 위타킨 5형제들과 함께 말을 달려 골짜기 안으로 들어갔다. 이제 저 안에 황금빛으로 빛나는 나무 막대를 꽂아 경기 참가자들이 사냥을 하면서 그곳을 벗어나지 못하게 하려는 것이다.

두두득, 두두득.

국왕의 말이 골짜기 안에 들어가자 경기 참가자들이 긴장한 표정으로 말고삐를 쥐고 기다리고 있었다.

"갯들리츠님, 드디어 놈이 들어오고 있습니다."

아그사이 산의 깊은 수림 속에 엎드려 있던 갯들리츠는 마법 통신이 오자 입이 찢어지도록 웃음을 머금었다. 놈이 함정으로 들어오고 있는 것이다. 지금 골짜기에는 마법 폭발진과 30개의 마뢰가 설치되어 있었다. 마뢰는 검은 탑에도 불과 100여 개밖에 없다. 하나 헤럴드를 없애는 일이 그 무엇보다도 중요하기에 검은 탑은 아낌없이 보내주었다.

"놈이 안에 들어오면 마법진을 가동시키게."

"알고 있소, 그리고 우리에게 명령을 하지 마시오, 우린 당신의 부하가 아니니까."

검은 로브를 입고 있는 마법사들 중에서 머리가 하얗게 센 자가 갯들리츠를 아니꼽게 보며 하는 말에 다른 마법사들도 곱지 않게 흘겨보고 있었다. 그것을 본 갯들리츠는 이를 악물었다. 이번에 쥬신 영지를 공격하는 일에 실패한 갯들리츠는 아케이드 전사단으로 돌아가지 못했다. 실패한 자신을 아케이드 전사단의 마스터가 용서할 리 없다는 것을 잘 알기 때문이었다. 그래서 검은 탑과 손을 잡긴 했지만 검은 탑은 엄연히 아케이드 전사단의 원수들이었다.

'두고 보자, 헤럴드. 저놈만 죽이면 네놈들도 모두 죽여주마.'

갯들리츠는 헤럴드를 죽인 후, 이놈들도 모두 죽여 버릴 속셈이었다. 그래야 헤럴드를 죽인 공이 자기 것으로 될 것이고 아케이드 전사단에서 용서를 받을 수 있었다.

저 아래 하얀 백마와 다섯 명의 전사가 골짜기로 들어오는 것이 보였다.

"그래, 조금만 더 들어와라. 그곳이 너의 무덤이 될 것이다. 조금만."

가슴을 졸이며 중얼거리던 갯들리츠는 눈을 비볐다. 마법진에서 얼마 멀지 않은 곳까지 온 헤럴드가 말을 세우고 아그사이 산을 쳐다보는 것이 아닌가?

"저놈이 혹시?"

하지만 갯들리츠는 머리를 흔들었다. 만약 비밀이 새어나갔다면 아그사이 산은 이미 포위되어 있을 것이다. 그러나 아직까지 그런 기미는 어디에도 없다.

"꿀꺽."

갯들리츠의 주변에 숨어 검을 쥐고 있는 귀족들이 침을 넘기는 소리가 마치 우렛소리처럼 들려왔다. 지금 이곳에 와 있는 귀족들은 마틴과 조지 공작을 따르던 자들로 언제 숙청될지 알 수 없는 자들이다. 이들이 거느린 군사들이 총 3만. 수림 속에 숨어 있는 무력이다.

갯들리츠는 마법진이 폭발하는 순간에 이들 3만을 내몰아 폭발로 부상을 당한 헤럴드를 척살할 생각이었다. 그가 머리를 굴리는 순간이다.

갑자기 쩌렁쩌렁한 말소리가 고막을 강타했다.

"산속에 숨어 있는 군사들은 들어라! 나는 쥬신 왕국의 국왕 헤럴드 르 쥬신이다! 너희들은 지금 귀족들에게 속아 죽음의 길로 나섰다! 나는 국왕으로서 잘못된 길에 들어선 너희들을 수수방관할 수 없다! 지금 이 산은 포위되어 있다! 투항하는 군사들은 이유를 묻지 않을 것이며 쥬신 왕국의 군사로 받아줄 것이다! 그러나 항거하는 자들은 블랙울프 전사들의 공격이 얼마나 무자비한가를 보게 될 것이다! 투항하라, 이것이 나 국왕의 마지막 자비다!"

헤럴드의 말이 마나를 싣고 옆에서 말하는 것처럼 낭랑히 울려왔다. 아무것도 없는 것처럼 조용하던 숲 속에 대혼란이 일어났다. 군사들이 자리를 차고 일어나기 시작한 것이다.

현재 쥬신 왕국의 블랙울프 전사들은 30만이다. 거기다 일반 기병들이 50만, 도합 80만의 엄청난 무력이다. 만일 그들이 이 아그사이 산을 포위했다면 끝장이다.

군사들이 혼란을 일으키자 갯들리츠는 얼굴이 하얗게 질렸다. 저놈은 이미 알고 있었다.

"이게 어떻게 된 일이오?"

검은 탑에서 온 마도사가 얼굴이 푸르죽죽해서 갯들리츠를 노려보았다. 아무도 모르는 극비 작전이라고 하지 않았는가? 그러나 이미 승패는 갈라졌다. 국왕이 알고 있으면서도 이곳에 나왔다는 것은 승산이 확실하다는 뜻이다.

"지금 그걸 따질 때요? 빨리 마법진을 폭발시키시오. 그리고 이곳을 빠져나가야 하오."

갯들리츠의 말에 마도사는 이를 악물었다. 이제는 마법진을 폭발시켜 혼란을 조성하고 빠져나가야 했다.

"이 일에 대해서는 당신이 책임져야 할 것이오."

결심을 내린 마도사가 메모라이즈한 마법 폭발 장치를 작동시키려고 하는 순간이다.

촤악, 서걱!

뭔가 날카로운 것이 섬광처럼 지나갔고 마도사는 아뜩한 고통을 느꼈다.

"큭, 이, 이게 대체?"

아연해서 부르짖는 그의 눈에 땅바닥에서 펄떡펄떡 뛰는 자신의 잘려진 손목이 보였다.

"너, 너는 누구냐?"

마도사는 마법 폭발 장치를 한 손에 빼앗아 든 로브를 보며 온몸을 부들부들 떨었다. 방금 전의 솜씨로 보아 저자는 무서운 실력자였다. 자신의 부하들 중에 저만 한 실력자는 없다. 그렇다면 저자는 분명 헤럴드의 부하일 것이다.

"오랜만이군요, 사쿤다님."

갑자기 로브를 입은 자의 입에서 여자의 낭랑한 말소리가 흘러나왔다. 그 목소리를 듣는 순간 6서클 마도사 사쿤다는 온몸에 소름이 돋는 것을 느꼈다. 그의 옆에 있던 마법사들도 황급히 물러섰다.

습격자가 한 손으로 로브를 젖히자 푸른 머리의 아름다운 여자가 나타났다. 그녀의 얼굴을 본 마법사들이 숨을 헉! 하고 들이켰다.

"블랙 클라우드 이레인!"

사쿤다가 헛소리처럼 나지막한 비명을 질렀다. 옆에 있던 마법사들은 얼굴이 하얗다 못해 파랗게 변했다. 블랙 클라우드는 검은 탑의 전설적인 어쎄신이다. 그런데 그녀가 왜 자기들을 막아선단 말인가?!

"그대는 블랙 클라우드, 어째서 이런 행동을 하는 것이오? 우린 한편인데……."

사쿤다의 말에 이레인이 차가운 미소를 지었다.

"난 어쎄신 이전에 여자다. 사쿤다, 너는 네 여자를 해치려는 자가 있다면 어떻게 할까?"

이레인의 말에 사쿤다는 눈을 크게 떴다. 얼음처럼 차가운 살인자 블랙 클라우드, 그녀에게 남자가 생겼다. 그것도 다른 사람이 아닌 헤럴드라는 뜻이 아닌가? 이건 최악의 수였다.

"그, 그럼 헤럴드가 당신의 남자?!"

"거기까지, 나를 만난 네 운명을 저주하도록."

촤악!

"끄억!"

이레인의 말이 끝나는 순간, 사쿤다는 머리통이 박살이 남을 느꼈다. 하나 사실은 이레인의 검이 수직으로 머리를 갈라 버렸고 사쿤다의 머릿속에 있던 피와 하얀 뇌수가 한순간에 쏟아져 버렸다.

"으, 으악! 도망쳐라!"

마법사들이 혼비백산해서 사방으로 흩어졌다. 그러나 그들은 도망칠 길이 없었다. 숲 속에서 천지를 울릴 듯한 함성이 울리고 검은 갑주들이 사방에서 밀려왔다.

"모조리 죽여라! 저놈들은 폐하를 시해하려던 놈들이다!"

레나의 쩽쩽한 고함 소리가 들리고 화살이 하늘을 덮고 날아왔다.

슉슉슉슉!

"컥, 크악!"

사방이 화살이 쏟아지는 소리와 죽어가는 사람들의 처참한 비명 소리뿐이다. 질겁한 군사들이 창칼을 집어던지고 모두 무릎을 꿇었다. 군사들로서는 국왕 군에 대항하여 목숨을 바칠 하등의 필요가 없었다. 게다가 국왕 폐하께서 항복하면 죄를 묻지 않겠다고 하시지 않았는가! 귀족들과 샤이렌 전사들만이 어설프게 반항했지만 블랙울프 전사들의 검에 맞아 무리로 쓰러졌다. 그들로서는 블랙울프 전사들의 검술을 도저히 당할 수가 없었다.

두두두두!

"죽여라, 오늘의 경기는 반역자들을 많이 죽이는 사람들로 결정한다는 폐하의 어명이시다."

시종장의 목소리가 초원에 울려 퍼지자 사냥 경기에 참가하였던 용병들과 방랑 검사들, 젊은이들이 눈에 불을 켜고 밀려들었다. 블랙울프들에게 이리저리 밀려 도망치는 샤이렌 전사들과 귀족들을 잡는 것은 짐승을 잡는 것보다 더 쉬운 사냥이었다.

"죽여라!"

"반역자들을 잡아라!"

촤악, 촤악, 촤악.

"크악! 아악!"

도망치던 귀족들과 샤이렌 전사들이 달려온 경기 참가자들에게 두 동강이 나고 창에 찔려 그대로 엎어졌다. 말 그대로 아그사이 산에서는 사람을 사냥하는 최초의 경기가 벌어졌다.

촹, 촤앙, 촹.

산의 정상에서는 갯들리츠가 롱 소드를 들고 눈이 시뻘겋게 되어 이레인을 몰아붙이고 있었다. 갯들리츠는 이제는 도망칠 곳도 없다는 것을 직감적으로 깨달았다. 산 전체가 포위되었고 투항한 군사들 외에 도망치던 귀족들과 샤이렌 전사들이 무자비하게 참살되고 있었다. 게다가 자신은 이제 갈 곳도 없었다.

"이년, 네가 헤럴드의 계집이라면 차라리 잘됐다. 네년을 죽여 놈의 가슴이 찢어지는 것을 봐야겠다. 죽어라.”

갯들리츠의 검에서 2미터 이상이나 되는 오러 블레이드가 빨랫줄처럼 줄기줄기 뻗어 나와 연속으로 이레인을 공격했다. 이레인은 매섭게 공격해 들어오는 갯들리츠의 검을 혼신을 다해 막아내고 있었다. 하지만 점점 수세에 몰리고 있었다. 원래 이레인은 어쎄신이지 전사가 아니다. 그런 그녀가 소드 마스터 중급이 된 지 오랜 갯들리츠와 정면으로 대결한다는 것은 사실상 무리였다. 만약 이레인이 소드 마스터가 되지 못했다면 벌써 죽음을 맞았을 것이다.

휘익, 촤앙, 억.

이레인은 목으로 올라오는 핏물을 억지로 삼켰다. 갯들리츠의 검을 막은 손아귀가 찢어지며 피가 쏟아져 내렸다. 하지만 언제 상처를 돌볼 새가 없었다. 갯들리츠의 빛살 같은 검격이 무서운 속도로 쇄도해 들었다.

“죽어라, 이년!”

이레인을 이를 악물고 온몸의 마나를 끌어올렸다. 그녀의 숏 소드에서 찬란한 오러 블레이드가 솟구쳤다.

“어림도 없는 소리, 난 블랙 클라우드 이레인이다.”

그녀가 온몸을 돌진해 들어가려는 순간이다. 뭔가 희끗하더니 그녀의 어깨를 잡아 뒤로 밀어놓았다.

“물러서! 이런 싸움은 남자에게 맡겨야 해, 알았나?”

깜짝 놀란 그녀의 꽃술 같은 커다란 눈에 헤럴드의 듬직한 모습이 확대되어 들어왔다.

"흥, 비키세요. 이 싸움은 나의 싸움이에요."

"아내의 일은 남편의 일이지, 내가 제 여자도 지키지 못하는 그런 사람으로 남기를 바라나?"

헤럴드가 빙그레 웃으며 하는 말에 이레인은 그만 숨이 콱 막혔다.

'아내라고? 자기의 여자!'

이레인의 커다란 눈에 눈물이 주르륵 흘러내렸다. 저 남자, 자신을 아내라고 불러주었다. 이레인은 왠지 마음이 편안해지는 것을 느꼈고 온몸의 힘이 쭉 빠져 버렸다.

"언니, 힘을 내세요."

어느새 다가왔는지 샤칸이 쓰러지는 그녀를 안아주며 다급히 소리쳤다.

"괜찮아요, 샤칸님."

겨우 몸을 수습한 이레인이 붉어진 얼굴을 급히 숙였다. 샤칸을 보기가 너무도 죄스러웠다.

하지만 샤칸은 이럴 줄 알았다는 듯이 헤럴드의 잔등을 쏘아보고는 한숨을 쉬었다.

"흐흐, 헤럴드 이놈. 이 원수 놈, 오늘 네놈을 반드시 죽여주마."

갯들리츠가 악을 쓰며 오러 블레이드를 최대로 뿜어내었다. 붉은 오러 블레이드가 거의 3미터나 되게 뿜어져 나왔다.

그 모습을 본 헤럴드가 나직하게 입을 열었다.

"갯들리츠라고 했나? 넌 오지 말아야 할 곳에 왔다. 난 예전에 맹세한 적이 있지. 배신자들은 씨를 말려 버리겠다고, 특히 스텔리츠 가문은 누구도 살려두지 않는다."

말이 끝나는 순간, 헤럴드의 손에서 희뿌연 주먹의 빛이 날아갔다.

"어림도 없다, 이놈. 내 네놈을… 끅!"

롱 소드를 들어 날아오는 희뿌연 주먹을 막으려던 갯들리츠는 비명을 지르며 비틀하였다. 헤럴드의 의지대로 뻗어나간 극음의 결정체가 갯들리츠의 몸을 순식간에 얼려 버렸고 머리통을 박살내 버렸다. 헤럴드는 이미 마음이 일면 기가 움직이는 자연과 일체가 된 경지였으니 갯들리츠는 무엇이 어떻게 된지도 모르고 그만 죽음을 맞고 말았다.

콰당, 와자작.

벌렁 넘어진 갯들리츠의 몸뚱이가 수백 개의 얼음으로 흩어져 버렸다.

"홍, 그러게 감히 어딜 덤벼, 덤비긴. 미련한 놈."

피가 묻은 대거를 틀어쥐고 달려온 핸더슨이 잘게 부서진 얼음덩이를 보고 침을 퉤 뱉었다.

돌아선 헤럴드가 이레인의 앞으로 다가왔다.

"잘 왔소."

단 한마디를 한 헤럴드가 샤칸을 바라보고는 말없이 돌아

내려갔다. 그것을 본 샤칸은 한숨을 내쉬고는 이레인에게 돌아섰다. 샤칸은 헤럴드의 눈에서 이해하여 달라는 마음을 읽었던 것이다.

'미워 죽겠어, 정말.'

"언니라고 불러도 되겠죠, 잘 오셨어요."

"고마워요, 샤칸님."

이레인이 기어들어 가는 목소리로 말하자 샤칸은 살며시 숨을 내쉬었다. 그녀의 눈에 저쪽에서 주먹을 움켜쥐고 경공을 펼쳐 달려오는 레나가 보였다. 레나의 얼굴이 분노로 빨개져 있는 것이 보였다.

'아하, 레나에게 어떻게 설명하지. 하여간 저 바람둥이.'

샤칸은 친위대 전사들에게 둘러싸여 내려가는 헤럴드를 원망스럽게 바라보았다.

초원에서는 도망치던 귀족들을 포위한 사람들이 닥치는 대로 찍어 죽이고 있었다. 귀족들의 비명 소리, 살려달라고 아우성치는 소리가 처절하게 울렸지만 그들은 마지막 한 명까지 핏속에 쓰러지고 나서야 초원의 살육전은 막을 내렸다. 이날의 암살 시도로 쥬신 왕국에 남아 있던 마틴과 조지 공작을 추종하던 세력을 종말을 고하게 되었다.

CHAPTER
02

바람의 초원

THE Warrior
Gale of Wind

아스톤 제국의 황성이 있는 데스크로드 시는 요즘 물가가 하늘 높은 줄 모르고 치솟고 있었다. 제국은 이번에 쥬신 왕국과의 전쟁 준비로 수많은 군사들을 징집했고, 그에 따라 물가 역시 올라가고 있었다. 데스크로드 성의 서쪽에 있는 참회의 신전이 있는 곳에는 에리세드 상단의 데스크로드 지부가 있다.

따뜻한 햇살이 비치는 나른한 오후, 정문을 지키고 있던 용병은 말발굽 소리에 눈을 번쩍 떴다. 상인 차림을 한 세 명의 남녀와 용병 차림의 7명의 남자가 다가오는 것이 보였다.

"여기가 에리세드 상단인가?"

맨 앞에 말을 타고 있는 사내가 묻는 말에 용병은 힐끗 고개를 들어 일행을 둘러보았다. 20대 초반의 젊은 남자와 레이디용 모자에 베일을 두른 아가씨, 그리고 30대 중반의 상인풍의 남자, 아무리 봐도 다른 상단에서 온 사람들 같았다. 요새 데스크로드 시는 물자가 부족해서 남부 왕국에서 상인들이 많이 들어오고 있었다.

"어디서 오시는 분들이오?"

용병이 하품을 하며 묻는 말에 맨 앞에 서 있던 핸더슨은 피식 웃었다. 자신도 이전에는 용병이었지만 이 정도는 아니었다. 이래 가지고는 전쟁이 일어나면 제일 먼저 칼에 맞을 것이다.

"우린 에리세드 상단 본부에서 왔다. 지부장에게 안내하라."

졸음에 잠겨 있던 용병이 눈을 번쩍 떴다. 에리세드 상단 본부에서 나왔다면 이들은 지부장의 직속상관이다. 용병이 급히 허리를 굽혔다.

"어서 오십시오! 안에 연락을 하겠습니다!"

잠시 후, 안에서 나온 집사의 안내를 받으며 일행은 화려한 정원으로 들어섰다. 분수가 뿜어지는 정원을 본 핸더슨이 두덜거렸다.

"젠장, 이곳은 전쟁의 바람도 미치지 못하는군. 완전 평화의 낙원이네."

핸더슨이 두덜거리자 도미니크가 혀를 찼다.

"어이구, 자넨 뭐가 그리 불만이 많아. 상인들이 전쟁과 무슨 상관인가, 돈만 벌면 되지."

"하긴 전쟁이 일면 상인들은 돈을 더 벌수 있으니 오히려 좋겠군, 쩝."

혀를 찬 핸더슨은 힐끔 헤럴드를 쳐다보았다. 그러나 30대 중반의 얼굴로 모습을 바꾼 헤럴드는 무표정하게 지부의 정원을 바라보고 있었다. 귀족의 집처럼 꾸려진 웅장한 건물, 사방에 돌아다니는 어여쁜 하녀들, 정원의 곳곳에서 풍겨오는 음습한 살기들, 이곳은 상단의 지부가 아니라 마치 비밀 전사단 같았다.

"이레인, 이곳의 어쎄신이 몇 명이지?"

헤럴드의 전음에 베일을 두른 이레인이 마나 메시지를 보냈다.

"항시 대기하고 있는 어쎄신은 30명이에요, 총인원은 100명입니다."

알 듯 말 듯 고개를 끄덕인 헤럴드가 앞으로 걸음을 옮겼다. 지부 건물의 계단에 둥그런 공 같은 비대한 몸집의 지부장이 구르듯이 달려오는 것이 보였다.

"안녕하십니까? 제가 데스코르드 지부의 지부장 알마르 입니다, 감찰관님."

헤럴드가 내보이는 패를 본 알마르가 허리를 깊숙이 굽

했다.

"알마르, 우린 많이 피곤하다, 조용한 방이 있나?"

"예, 조용하고 아늑한 방이 있습니다, 저를 따라오십시오."

알마르가 굽실거리며 안내한 곳은 후원에 있는 별채였다. 이곳은 정말 아름다운 무릉도원이었다. 인공적으로 만든 기암괴석들이 즐비하고 연꽃들이 피어 있은 호수에 정자도 있었고 아름드리나무가 우거진 수림도 있었다.

"마음에 드시는지요? 이곳은 상단의 본부에서 오는 귀빈들만 드는 곳입니다."

알마르가 손을 비비며 헤럴드의 눈치를 살폈다.

"알마르, 에리세드 지부가 언제부터 어쎄신들의 본거지가 되었지?"

감찰관이라는 자의 옆에 있던 베일을 쓴 아가씨의 입에서 느닷없이 나온 말에 알마르는 기겁을 하였다. 이곳이 어쎄신들의 본부라는 것은 검은 탑도 모르고 있는 극비 중의 극비다.

선량한 표정을 짓고 있던 알마르의 얼굴에 진한 살기가 어렸고 눈매가 잔인하게 변했다.

"너희들은 평범한 감찰관이 아니로구나. 차라리 몰랐으면 좋았을 것을, 이곳의 정체를 알았으니 모두 죽어줘야겠다."

알마르의 말이 끝나는 순간, 지붕에서 날카로운 소리가 들리며 무수한 독침들이 쏟아져 내렸다.

쉿쉬쉬쉿.

수도 없이 쏟아지는 독침들은 한대만 맞아도 폐가 졸아 들어 질식하여 죽는 무서운 독침들이다. 비웃음을 띠고 있던 알마르는 눈이 둥그레졌다. 얼마나 놀랐는지 입가로 침이 질질 흘러나왔다. 왜 안 그렇겠는가? 헤럴드를 중심으로 찬란한 무지갯빛의 둥그런 막이 사람들을 둘러쌌고 독침들이 모두 튕겨 나가고 있었다.

"이, 이런……."

알마르는 턱이 떨어질 듯 벌리고는 외마디 소리를 질렀다. 그가 어쎄신들에게 공격 명령을 내리려고 하는 순간이다. 베일을 쓰고 있던 아가씨가 천천히 걷어 올렸다.

"알마르, 헤어진 지 얼마나 되었다고 상관을 공격하지?"

베일이 없어진 이레인의 얼굴을 본 알마르가 바닥에 머리를 박았다.

"길드장님을 뵙습니다!"

"우선 부하들을 물려라."

"예, 길드장님. 명을 받습니다."

알마르의 명을 받은 부하들이 모두 물러가자 헤럴드는 웃음을 짓고 이레인을 바라보았다.

"이만하면 괜찮아."

헤럴드의 칭찬에 이레인이 얼굴을 붉혔다. 사실 이곳은 이레인이 길드장으로 있는 어쎄신 길드의 본부였다. 이레인은 검은 탑에서 블랙 클라우드라는 이름으로 악명을 떨치고 있지만 자신의 조직을 별도로 가지고 있었다. 지금으로부터 50년 전, 아스톤 제국의 어쎄신 길드는 이레인의 아버지가 길드장이었다. 그러나 그녀의 아버지는 검은 탑에 포로가 되었고 그들의 일을 해주는 대가로 길드를 보존하게 되었다. 그때부터 어쎄신 길드는 독자적으로 영역을 구축하기 시작했고 이레인은 블랙 클라우드로 활약하면서도 조직을 키우는 것을 소홀히 하지 않았다. 지금은 아스톤 제국에 어쎄신 조직이 깊이 뿌리를 내렸고 조직원도 300명이나 되어 있었다. 헤럴드는 이들의 준비 상태를 알아보기 위해 일부러 도발을 건 것이다.

"아직 많이 부족해요."

이레인의 말에 헤럴드는 알마르를 바라보며 입을 열었다.

"알마르라고 했던가?"

"예, 예? 그, 그렇습니다."

알마르는 지금 길드장에게 반말을 서슴없이 하고 있는 헤럴드를 어떻게 대할지 몰라 머릿속이 혼란스러웠다. 언제나 얼음처럼 차갑던 길드장이 봄날의 꽃처럼 화사하게 된 것도 이해하기 힘들었고 이 남자의 한마디 말에 얼굴을 붉히는 길드장이 이해가 안 되었다.

"알마르, 그분은 내가 모시는 분이시다. 앞으로는 그분의 명에 무조건 복종해라, 알았느냐?"

이레인의 말에 지부장은 고개를 숙였다.

"알았습니다, 길드장님."

"그럼 내가 말하지. 난 쥬신 왕국의 헤럴드다. 내가 누군지 알겠나?"

헤럴드의 말에 알마르는 정신이 번쩍 들었다.

쥬신 왕국의 국왕 헤럴드, 그랜드 마스터이며 대적할 자가 없다는 광풍의 전사! 아이스 왕국을 통일시켜 주었고 타판파스 초원을 단기간 동안에 제패한 입지전적인 인물이고 이 시대의 풍운아. 지금 아스톤 제국이 전쟁 준비를 하는 것도 바로 눈앞의 이 남자를 격파하려고 하는 짓이라는 것을 세상 사람들이 모두 알고 있는 사실이다.

'역시 길드장님이시다!

알마르는 속으로 감탄을 했다. 가만 보니 헤럴드와 이레인의 사이가 보통 같지가 않았다. 그렇다면 어쎄신 길드가 검은 탑의 손아귀에서 벗어나는 것도 시간문제였다. 그동안 검은 탑의 눈치를 보느라고 얼마나 숨을 죽이며 살았던가? 이제는 날개를 펼칠 때가 드디어 온 것이다.

"예, 폐하. 명만 내리십시오."

"머리 회전이 빠른 자로군. 좋다, 난 너희 길드를 검은 탑에서 해방시켜 주겠다. 단 검은 탑을 말살시키는 데 너희들이 도움을 줘야 한다, 할 수 있느냐?"

헤럴드의 말에 알마르는 잠시 멈칫했지만 활기차게 대답했다.

"폐하의 명이라시면 무엇이든지 하겠습니다."

"좋아, 그럼 너희들을 믿겠다."

데스크로드 시에 둥지를 틀고 있는 듯 없는 듯 숨을 죽이고 있던 어쎄신 길드가 드디어 어둠속에서 기지개를 켜기 시작했다.

"이제부터 시작이다. 아스톤 제국이여, 너희들은 나를 건드린 값을 피로써 갚아야 할 것이다."

헤럴드의 옆에 앉아 있던 바흐만은 지금 격정으로 펄펄 뛰고 있는 심장을 지그시 누르고 있었다. 아스톤 제국의 황태자였던 자신이 살아서 도망친 것은 모두 바로 저 의형인 헤럴드 때문이었다. 그가 이제는 제국에 들어왔다. 바로 자신의 황위를 찾아주기 위해서…….

헤럴드를 바라보던 바흐만의 눈가에 이슬이 맺혔다.

'샤르만, 내가 돌아왔다. 너는 지금 잠자고 있는 사자의 코털을 건드린 것을 아느냐, 너의 운명은 이미 결정되었다.'

바흐만은 창가 저 멀리 보이는 황궁의 첨탑을 보며 큰 숨을 내쉬었다. 그는 의형인 헤럴드를 신처럼 믿고 있었다. 그동안 헤럴드가 보인 행보들은 그럴 만도 했다. 일개 영주로 아이스 왕국을 통일했고 미련 없이 의동생 파르몽에게 넘겨주었다. 그는 권력에 욕심이 없는 사람이었다. 그러나 자신을 건드리는 자들은 결코 용서치 않았다. 게다가 이번에 검은 탑은 씻을 수 없는 죄를 지었다. 바로 헤럴드의 애인인 일리나를 살

해한 것이다.

이제 검은 탑은 그 씨도 남지 않을 것이다. 바흐만의 눈에는 검은 탑의 몰살이 보이는 것 같았다. 아스톤 제국은 헤럴드의 숨은 힘을 너무도 모르고 있었다.

바흐만의 귀에는 블랙울프군단의 함성이 들리는 것 같았다. 그가 이번에 쥬신 왕국에 도착하여 본 블랙울프군단은 이 세계 무적의 군사들이었다. 수십만의 블랙울프들의 무시무시한 함성이 귓가에 들리는 것 같았다.

*   *   *

휘이잉, 휘잉.

습기를 머금은 바람이 남쪽에서 불어와 침묵의 궁 앞마당에 있는 나무들을 휘젓고는 어디론가 사라져 간다. 아스톤 제국의 황궁 안에 있는 침묵의 궁은 여느 때와 같이 조용한 침묵 속에 묵묵히 서 있었다. 아무도 없는 것 같은 침묵의 궁, 하지만 이곳은 누구라도 허락 없이 들어서기만 하면 가차없이 참살당한다. 사방에 보이지 않는 눈들이 감시하는 정원에 황실의 내무장관이 어기적거리며 들어섰다.

그가 정원을 지나 침묵의 궁 입구에 도착했을 때다.

휘리릭.

갑자기 그의 앞으로 엄청나게 큰 자가 내려섰다. 2.5미터 정도의 키에 흑안의 눈동자, 회색의 머리칼을 가진 자는 거대한 바스타드 소드를 어깨에 메고 있었다.

"거기 서라."

회색 머리칼의 남자에게서 쇠가 갈리는 듯한 소리가 나오자 내무장관 유스타는 온몸을 부르르 떨었다. 이자를 한두 번 만나는 것이 아니지만 매번 그의 목소리가 들리면 뇌가 울리는 것 같고 까닭 모를 공포심으로 온몸에 소름이 돋는다.

여느 때와 마찬가지로 두 손을 들고 서자 회색의 남자가 다가와 내무장관의 몸을 수색했다.

황실 내무장관이라면 황제의 최측근이다. 아마 다른 사람이 지금의 모습을 본다면 경악을 금치 못할 것이다. 이름도 없는 자가 감히 내무장관의 몸을 수색하다니, 있을 수 없는 일이다. 그러나 내무장관 유스타는 매우 공손한 태도다.

"됐다, 들어가라."

역시 쇠가 갈리는 듯한 말이 흘러나오자 유스타는 천근처럼 무거운 발을 옮겨 침묵의 궁 안으로 들어섰다. 음습하고 괴괴한 적막 속에 잠겨 있는 궁 안에 흑안에 회색의 머리칼을 가진 괴인들이 드문드문 늘어서서 경계를 하고 있다. 유스타는 그들을 지나칠 때마다 척추를 관통하는 공포로 잔등이 흠뻑 젖어 들었다.

그는 이 회색 머리칼들의 무서움을 이미 겪어본 사람이다. 유리알처럼 번들거리는 눈을 가진 저들은 사람이 아니다. 어떻게 만들었는지는 그도 모르지만 저들은 사람을 산 채로 찢어 죽이고 그들의 피를 마시는 몬스터보다 더 흉악한 자들이었다.

"왔는가?"

방에 들어선 유스타는 붉은 로브를 입은 자를 보자 바닥에 꿇어앉았다.

"예, 궁 내무장관 유스타, 대마도사 코비님을 뵙습니다."

유스타가 머리를 조아리며 하는 말에 붉은 로브를 입은 대마도사 코비가 차가운 눈길로 내려다보았다. 그의 몸에서 방 안을 얼려 버릴 듯한 살기가 쏟아져 나왔다.

"크으, 코비님이시여, 제가 잘못한 것이 있습니까? 제발 살기를 거두어주십시오."

기겁한 유스타가 공포에 질려 바닥에 털썩 엎어졌다. 그의 바지에서 누런 물이 흘러나와 지린내를 풍겼다. 쏟아지는 살기를 견디기에는 그의 심신이 너무도 약했다.

바지에 오줌을 지린 그를 가소롭게 바라보던 붉은 로브가 입을 열었다.

"며칠 전에 니힐리스 제국의 사신이 비밀리에 왔다고 들었다. 왜 보고하지 않았느냐?"

붉은 로브 코비의 말에 유스타는 황급히 입을 열었다. 여기서 한마디만 잘못 말하면 자신의 목숨은 끝장이다.

"황후마마께서 모든 것을 비밀에 붙이라고 명하셨습니다. 알리고 싶었지만 도저히 궁을 빠져나올 수 없었습니다. 살려주십시오, 대마도사님. 저는 언제나 코비님의 충실한 종이옵니다."

유스타가 콧물 눈물을 흘리며 애원하는 것을 무심하게 내려다보던 코비는 당장 저 비겁한 놈의 골통을 부수고 뇌수를 먹고 싶은 생각이 간절했다. 코비는 더운 김이 나는 인간의 뇌를 가장 좋아한다. 비릿한 피 냄새가 나는 하얀 뇌는 그에게 가장 맛있는 먹이다.

그러나 코비는 참았다. 이자는 아직도 쓸모가 있었고 죽이는 것은 어느 때든지 가능한 것이다.

"그럼 말해보라, 사신이라는 자들이 어떤 자들인지?"

"예, 예, 사신단장이라는 자는 계집이었습니다, 그것도 엄청나게 아름다운 여자입니다. 그리고 10여 명의 호위들이 함께 왔는데 모두 최상급 기사들의 수준이라고 황실 근위대장이 하는 소리를 들었습니다."

눈을 지그시 감고 있는 코비에게 유스타는 열심히 설명을 하고 있었다. 사신으로 온 여자는 20대 중반이나 초반으로 보이는 아름다운 미녀이고 온 목적은 니힐리스 제국과 아스톤 제국의 동맹을 체결하기 위해서라고 한다.

동맹의 목적은 아스톤 제국은 남부의 왕국들을 점령하고 아스톤 제국은 쥬신 왕국과 아이스 왕국을 점령하도록 자신들이 돕겠다는 것이다. 그 대가로 서로의 불가침조약을 체결하자는 것이 사신의 목적이라고 한다.

유스타의 말을 듣던 코비는 생각에 잠겼다. 현재 대륙 남부

에는 화이트 왕국을 비롯한 3개의 왕국이 있다. 그러나 그곳
은 너무 무더운 지방이어서 사람들은 크게 관심을 돌리지 않
는다. 대신 아이스 왕국과 쥬신 왕국은 드워프들이 있고 군사
들에게 반드시 필요한 말을 사육할 수 있어 대단히 중요한 곳
이었다. 그렇다면 니힐리스 제국의 목적은 분명한 것이다.

바로 자신들과 쥬신 왕국 간의 싸움을 부추겨 어부지리를
얻자는 것이다.

"흠, 교활한 놈들."

혼자 중얼거린 코비가 유스타를 바라보았다.

"황후는 어떻게 하고 있느냐?"

"황후마마께서는 아직 대답을 하지 않으셨습니다. 그러나
제 생각에는 조만간 그들과 불가침조약을 맺을 것 같습니
다."

유스타의 말에 붉은 로브는 고개를 끄덕였다. 황후 에바 르
아스톤, 그녀는 황제의 제3황후다. 1황후와 2황후가 원인도
모르게 죽고 샤르만 황태자가 폐위되고 그 뒤를 이었던 바흐
만 황태자가 황제의 시해자로 도망친 지금 그녀는 아스톤 제
국의 정사를 맡고 있었다.

그녀가 낳은 황자는 이제 10살밖에 안 됐기에 황제가 되기
에는 너무 어렸기 때문이다. 그러나 그녀는 침묵의 궁에 있는
샤르만 황태자를 두려워하고 있었다.

아마 니힐리스 제국과 손을 잡으면 자신의 기반을 확실히

다질 수 있을 것이라고 생각할 것이고 그것을 위해서라면 뭐든지 할 것이다.

"가소로운 년."

코비는 쓴웃음을 지었다. 에바는 제 분수도 모르고 날뛰고 있었다. 샤르만이 황제의 위에 오르지 않은 것은 힘이 없어서가 아니다. 지금이라도 마음만 먹으면 당장 황제가 될 수 있는 것이 샤르만이다. 그러나 지금은 수련을 하느라고 그냥 두고 있을 뿐이다.

이제 마왕 플레이너스의 마지막 힘만 이어받으면 샤르만은 완성된다. 최후의 대법만 남은 상태고 그 대법을 끝내면 황제의 위에 오를 것이고 이 세계를 일통하는 역사가 시작될 것이다.

"그래, 지금은 네년의 마음대로 날뛰어라. 조만간 네년에게 쓴 맛을 보여줄 테니."

코비의 눈에서 붉은빛이 쭉 뻗어 나왔다. 그가 유스타를 내려다보았다.

"알았다. 무슨 일이 있으면 이것으로 보고를 해라, 알았느냐?"

"예, 코비님."

유스타가 부들부들 떨리는 손으로 마법 수정구를 받아 들었다. 여태까지는 경계를 핑계로 보고를 미루었지만 이제 마법 수정구를 받았으니 그런 핑계도 물 건너갔다.

속으로 한숨을 내쉰 유스타가 뒷걸음질로 나갔다.

"유스타, 명심해라. 너의 모든 행동은 내손에 쥐어져 있다
는 것을."

뒤통수에 울리는 코비의 말에 유스타는 심장이 섬뜩했다.
조금만 다른 마음을 먹으면 저자는 자신의 머리를 빠개고 뇌
를 꺼내 먹을 것이다. 유스타는 몸을 부르르 떨고 밖으로 나
섰다. 휘청거리며 걸어가는 유스타의 뒷모습을 보던 코비가
인기척에 돌아섰다.

그곳에는 얼굴색이 회색빛으로 물든 괴이한 인간이 소리
도 없이 나타나 있었다.

"빨리 마지막 대법을 해야겠소."

괴인의 입에서 허스키한 소리가 흘러나오자 냉랭한 기운
을 풍기던 코비의 얼굴이 믿을 수 없으리만큼 온화하게 변했
다.

"걱정 마라, 아들아. 좋은 재료들을 오늘부터 잡아들일 것
이다. 그러니 너는 마지막 대법만 실행하면 된다."

코비의 말에 냉랭하게 서 있던 회색 괴인의 몸에서 검은빛
이 쏟아져 나왔다. 방 안의 공기가 순식간에 요동치며 온몸을
압박해 들었다.

고오오오.

검은빛은 방 안을 차디차게 만들었고 공기마저 회오리치
자 코비의 얼굴이 하얗게 탈색되었고 몸을 가누지 못하고 비

칠거렸다.

"내가 말했지, 아들이라 부르지 말라고. 다시 그런 말을 한다면 당신이라도 내 손으로 죽일 것이오."

"그래, 알았다, 샤르만, 미래의 황제여."

코비가 겨우 입을 열어 말하자 방 안을 휘돌던 검은 마나가 스르륵 사라져 버렸다. 그런데 이게 무슨 말인가? 샤르만이라니, 그럼 저 회색의 괴인이 폐위된 황태자 샤르만이란 말인가?! 그랬다. 제1황후의 아들이며 코비의 숨겨진 아들인 샤르만이 바로 회색의 괴인이었다.

본래 여자처럼 생겨 많은 귀족 레이디들의 방심을 흔들었던 샤르만은 더 이상 없었다.

대신 차가운 심장과 무자비한 살심을 지닌 마왕 플레이너스의 힘을 받은 피의 샤르만이 세상에 태어났다.

"코비, 빨리 최상급 수준의 인간들을 데려와. 이미 마나가 폭주하고 있어."

"아, 알았다. 대책을 세우마."

샤르만의 말에 흐뭇한 기분으로 보고 있던 코비의 안색이 변했다. 샤르만은 지금까지 1만여 명의 처녀들의 음차원의 마나를 흡수했다. 하지만 마지막 대법은 최상급 수준의 마나를 가진 자들의 정혈을 흡수해야 대법이 완성된다. 검은 탑에 소드 마스터 급이나 마도사들은 있지만 그들의 정혈은 샤르만에게 통하지 않는다. 그들은 마왕의 마력으로 만들어진 인간들이기 때문이다. 순수한 인간의 마나를 흡수해야 하는 것이다.

그렇게 하지 않으면 대법은 완성할 수 없고 샤르만의 몸속에 있는 마나가 폭주하여 괴물이 될 수밖에 없다. 이제는 한시라도 빨리 최상급의 기사들을 잡아다 대법을 완성해야 하였다.

"암, 내 아들이 이 세계 최고의 초인이 된다면 제국인을 다 죽여서라도 하고야 말 것이다."

코비가 두 주먹을 꽉 그러쥐고 중얼거렸다. 그의 눈에 무엇인가 결심한 듯 잔인한 빛이 번들거렸다.

*　　　*　　　*

안개가 자욱한 바람의 계곡을 앞에 둔 넓은 초원에 기나긴 밤이 지나고 새벽이 푸름푸름 밝아오고 있었다. 봄이라고는 하지만 아직도 새벽은 날씨가 쌀쌀하여 저절로 옷깃 속에 목을 움츠리던 아이스 왕국의 보초병인 지미는 무슨 소리가 들리는 듯하여 옆에서 자고 있는 동료를 깨웠다.

"이봐, 칸도라. 뭔가 이상한 음향이 들리고 있어."

"들리긴 뭐가 들린다고 그래. 조금만 더 자고 교대하자."

동료인 칸도라가 몸을 움츠리며 옆으로 돌아눕는다. 그것을 본 지미는 혀를 쩝 다시고는 전방을 주시했다. 지미는 아이스 왕국의 기마병이다. 쥬신 왕국과 맺은 혈맹조약에 의하여 이곳으로 온 지미는 전쟁터에 나왔다고는 하지만 변변한 전투 한 번 해보지 못했다.

아이스 왕국군이 쥬신 왕국에 도착했을 때 전쟁은 이미 끝났고 곧바로 이곳 아스톤 제국과의 국경 지역에 이동되었다. 현재 이곳은 네모가 총사령이 되어 아스톤 제국군과 대치하고 있었고 니힐리스 국경 쪽에는 타마 공작이 총사령이 되어 국경을 지키고 있었다.

그러나 제국군과 대치한 지 몇 달이 지났지만 아직까지 전투는 일어나지 않았다.

"하긴 저놈들이 감히 쳐들어오지는 못할 거야."

혼자 중얼거린 지미가 은폐호에 주저앉는 순간이다. 이번에는 확실하게 인기척이 들려왔다.

지미는 벌떡 일어서서 귀를 곤두세웠다. 비록 일반 전사이지만 초원에서 사냥꾼이던 그는 신경이 대단히 예민하다. 안개가 자욱이 흘러 한 치 앞도 분간하기 힘들었지만 분명 무언가가 다가오는 소리가 들렸다. 그것도 한두 명이 아니라 수많은 사람들의 인기척이다.

절그럭, 텅텅, 사박사박.

지미는 정신이 번쩍 들었다. 이건 방패와 검들이 부딪치는 소리고 갑옷의 철럭거리는 소리다. 그가 황급히 동료를 깨웠다.

"칸도라, 어서 일어나. 적이다. 적이 다가오고 있어."

"아참, 적은 무슨?"

징얼거리며 눈을 떴던 칸도라는 지미의 얼굴에 어린 긴장한 모습을 보고는 벌떡 자리에서 일어났다. 저 앞 안개 속에서 갑주를 입은 자들의 움직임이 희미하게 보이고 있었다.

"빠, 빨리 연락을, 어서."

"아, 알았어."

지미의 다급한 속삭임에 칸도라는 마법 수정구를 열었다.

"로즈, 로즈, 여기는 새매, 내 말이 들리는가?"

"여기는 로즈, 말하라."

"적이 쳐들어오고 있다. 인원은 아직 모르겠다. 안개 속으로 끊임없이 밀려오고 있다."

"기마병인가?"

"아니다, 장갑병이다. 현재까지 나타난 적은 대략 10만 정도, 아직도 계속 몰려오고 있다."

"알았다. 즉시 탈출하라."

통신을 끝낸 칸도라가 지미를 바라보았다.

"끝났어?"

"응, 빨리 탈출하래."

"그러자."

둘은 서로를 쳐다보았다. 이곳은 국경에서 4km 정도 앞서 있는 전초선이다. 눈을 마주친 지미와 칸도라가 은폐호에서 몸을 날렸다. 안개 속을 뚫고 달려가는 그들의 뒤로 갑주를 철컥거리며 밀려오는 적들이 온 들판을 덮고 있었다.

둥둥둥둥.

안개 덮인 들판에 북소리가 고요한 적막을 깨며 점점 빨리 울리기 시작했다. 밤새 깊은 잠에 들었던 쥬신 왕국군과 아이스 왕국군이 막사에서 뛰쳐나와 말들을 끌어내기 시작했다.

"군장을 갖춰라! 비상이다!"

"적이다. 말에 올라라!"

군사들이 달리는 소리, 갑주를 차려입는 철컥거리는 소리, 말들의 투레질 소리로 고요하던 바람의 초원이 발칵 뒤집혔다.

"이놈들이 끝내 전쟁을 일으킨단 말이지. 좋아, 쥬신 왕국군의 본때를 보여주마."

지휘 막사에서 네모가 갑주를 차려입으며 입술을 비틀었다. 여태껏 국경 지역에 진을 치고 있으면서도 적들을 공격하지 않았다. 그건 절대로 먼저 공격하지 말라는 주군의 명령 때문이었다. 그러나 이제는 원 없이 싸울 때가 도래했다.

네모는 자신의 베틀엑스를 한번 휘둘러보았다.

부웅, 부웅, 휙휙.

거대한 베틀엑스가 바람을 가르며 울부짖는다. 시퍼런 도끼도 적의 피를 먹고 싶다고 말하는 것 같았다.

"나의 애기야, 이제 너에게 실컷 피를 먹여주마."

네모가 중얼거리며 막사를 나서자 부관이 달려오는 것이
보였다.

"공작 각하, 참모들이 모두 모였습니다."

"그래, 가자."

네모가 사령부로 쓰이는 임시 막사에 들어서자 구령 소리
가 울렸다.

"차렷, 사령관님께 경례!"

"충!"

"충!"

막사에 앉아 있던 장교들이 일시에 일어나 충성을 외친다.

"모두 앉으시오."

기다란 테이블에 천인장들과 만인장들, 그리고 참모장 샤
칸과 마법군단장 랑케, 궁기병 전사단장 레나가 절도있게 자
리에 앉아 있었다.

"참모장, 정세를 말해보시우."

네모의 말에 샤칸이 자리에서 일어섰다. 그가 자리에 앉은
장교들을 둘러보고는 마법 영상을 시전했다. 마법사들이 찍
어온 영상에 적들이 진군하는 모습이 여과 없이 나타났다.

"적은 중장갑병을 선두로 세우고 공격해 오고 있습니다.
이 영상을 보시면 아시겠지만 중장갑병은 일반 군사들이 아
닙니다, 키메라들입니다. 물론 저것들이 얼마나 강한 키메라
들인지는 모르겠지만 그래도 위협적이라는 것은 다들 아실

것입니다. 중장갑병은 약 8만 정도, 나머지는 궁병들과 기마병들입니다."

마법 영상에는 붉은 갑주를 입은 중장갑병들이 기다란 할버드를 들고 정방형으로 진군해 오는 것이 보인다. 땅을 쿵쿵 울리며 다가오는 중장갑병들의 기세는 소름이 끼칠 정도였다.

그 뒤에는 궁병들이 활을 든 채로 지원을 하기 위해 대열을 짓고 따르고 있었고 뒤를 이어 일반 군사들이 창검을 들고 밀려오고 있었다. 좌우에는 기마병들이 말을 타고 전진하고 있었다.

"보다시피 적은 대략 50~60만 정도입니다. 단 적들의 기병들은 20만 정도입니다."

샤칸의 말이 끝나자 막사에는 긴장한 숨소리만이 감돌고 있었다. 지금까지 수많은 전투를 치렀지만 이 정도의 대병력과 싸우는 것은 처음이었다. 블랙울프군과 아이스 왕국군을 합쳐 모두 25만, 그중 10만은 블랙울프군이고 15만은 아이스 왕국군이다.

조용한 침묵을 깨고 네모의 걸걸한 말이 울려 퍼졌다.

"좋아, 이놈들에게 블랙울프군의 본때를 보여주지. 샤칸님, 정면으로 공격하면 어떻겠습니까?"

네모는 부리부리한 눈으로 샤칸을 바라보았다. 헤럴드가 이곳에 샤칸을 참모장으로 임명한 것은 저돌적인 네모의 공

격력과 샤칸의 지혜를 합치라는 뜻이었다. 그것을 잘 아는 사
칸은 네모를 향해 입을 열었다.

"사령관님, 적은 키메라들입니다. 저 키메라만 박살 내면
나머지는 그리 위협적이지 못합니다. 그래서 5개의 만인대는
정면으로 키메라들과 전투를 벌이고 나머지 기병대는 2개의
부대로 나누어 적의 좌우측에 있는 기병대를 소멸시켜야 합
니다. 적의 병력이 많은 조건에서 너무 깊이 들어가지 말고
치고 빠지는 전술이 가장 타당합니다. 마법군단과 궁기병군
단은 뒤를 지원할 것입니다."

샤칸의 말이 끝나자 장군들이 모두 머리를 끄덕였다. 이곳
바람의 초원은 넓다. 이곳에서 빠른 기동력을 가진 동맹군이
치고 빠지기를 계속한다면 적들은 혼란에 빠질 것이 자명했
다.

"좋소, 그럼 내가 중앙부대를 데리고 키메라들을 치겠소,
자, 출전합시다."

"충!"

자리에서 벌떡 일어선 만인장들이 밖으로 달려나갔다.

"승마!"

"승마!"

"출전이다!"

사방에서 말에 뛰어오르는 소리가 요란히 울렸다. 밖으로
나가려던 네모가 샤칸과 레나에게 걸어왔다.

"주모님들, 조심하십시오."

"걱정 마세요, 우릴 해칠 놈들은 여기엔 없어요."

샤칸이 방그레 웃으며 말하자 고개를 끄덕인 네모가 블랙 울프들로 조직된 호위대들을 바라보며 눈을 부릅떴다.

"너희들은 목숨으로 주모님들을 지켜야 한다, 알았나?"

"옛, 사령관님! 목을 바치겠습니다!"

"좋아, 전쟁이 끝난 후 주모님들에게 상처 하나라도 나면 내가 직접 목을 베겠다."

네모는 호위병들에게 다짐을 한 후, 샤칸과 레나에게 고개를 숙여 보이고는 밖으로 나갔다.

사실 네모는 일리나의 죽음을 겪은 후 예민해져 있었다. 주군의 부하들이라는 것들이 주모님의 안위도 지키지 못한다면 차라리 죽어야 한다고 생각하는 것이다.

"공작님은 적의 마법사들을 견제해 주세요. 아무래도 적들의 마법사들이 근심입니다."

"걱정 말게, 마법사들이 많은 아스톤 제국이라고 해도 우리 마법군단은 절대로 밀리지 않아."

대마도사 랑케의 말에 샤칸은 마음을 놓았다. 지금 이곳 국경에 와 있는 랑케의 마법군단은 200명이다. 나머지 200명은 샤니를 대장으로 하여 니힐리스 국경의 지역으로 가 있었다.

게다가 랑케는 8서클 마스터로 명실상부한 대마도사다. 그래도 적은 마법의 나라라고 하는 아스톤 제국이니 안심을 할 수가 없었다.

척척척척. 둥둥둥둥.

50만 대군이 서슬 푸른 창검을 비껴들고 북을 치며 걸어오는 것은 보기만 해도 소름이 끼친다. 안개가 없어지고 햇빛이 온 초원을 비추자 개미 떼처럼 바글거리는 아스톤 제국군이 새카맣게 밀려오는 것이 보였다. 말을 타고 적들을 보고 있는 아이스 왕국의 기마병들은 얼굴이 시시각각으로 변했다. 내모난 방진형을 이루고 북을 울리며 오는 적을 보니 온몸이 으스스해졌다. 적들이 쳐든 커다란 할버드가 햇빛에 번쩍번쩍 빛을 뿌리는 것이 당장에 머리로 떨어질 것 같아 소름이 끼친다.

"이거 엄청나구만."

맨 앞에 서 있던 기마병이 질린 듯한 말을 하자 옆에 있던 십인대장이 배에 힘을 주며 입을 열었다.

"흥, 아무리 많아도 보병들이야. 우리에겐 블랙울프들이 있어. 그들은 무적이야."

"그, 그렇겠지? 적들이 너무 많으니 속이 떨리누만."

"조금 기다려 보게, 블랙울프들이 공격을 개시하면 저놈들은 아무것도 아니지. 난 쥬신 영지 전쟁 때 그들의 무서움을 보았어."

그러자 기마병들이 머리를 끄덕였다. 그들이 본 블랙울프들은 무적이었다.

그때다. 초원을 쩌렁쩌렁 울리는 네모의 목소리가 울려 퍼졌다.

"들어라, 나는 사령관 네모 공작이다! 이제부터 우리는 내 나라를 침공한 아스톤 제국의 적들을 모조리 쓸어버린다! 우리는 광풍의 전사이신 국왕 폐하의 군사들이다! 침략자들에게 블랙울프의 무서움을 보여줘라!"

"우와아~"

블랙울프들이 말 위에서 냅다 함성을 질렀다. 그들이 처든 창검이 빛을 뿌리고 함성 소리가 초원을 진동시켰다. 그것을 본 아이스 왕국의 기병들도 기세가 살아났다. 그렇다, 저들이 있는 한 두려울 것이 없다.

"나가자, 적들을 쳐라!"

"와~ 죽여라!"

"우우우우!"

두두두두!

적들의 진군 소리만이 울리던 초원이 발칵 뒤집혔다. 5만 블랙울프들이 먼지를 구름처럼 일으키며 맹렬한 속도로 적을 맞받아 나가자 대지가 뒤흔들리고 말발굽 소리가 귀청을 울렸다.

"아이스 왕국의 기병들아! 블랙울프들에게 지지 말라! 돌격!"

"와~"

아이스 왕국의 기병들이 맹렬한 속도로 좌우측을 향해 진격하기 시작하였다. 온 초원이 서로를 향해 달리는 기병들로 화산처럼 끓어올랐다.

맨 앞에서 배틀엑스를 추켜들고 달리는 네모의 눈에 붉은 갑주를 입은 키메라들이 확대되어 점점 커진다. 점점 커져 보이는 적을 보던 네모는 이빨을 악물었다. 키메라들은 최소한 1급들이다. 네모는 달리는 말 위에서 필럼을 뽑아 들었다. 필럼은 말에서 달리면서 던지게 되어 있는 작은 투창이다.

"투창 준비."

달리는 블랙울프들이 필럼을 뽑아 들었다. 한 필의 말에는 20개의 필럼들이 꽂혀 있다. 양손에 하나씩 두 자루의 필럼을 뽑아 든 블랙울프들이 말 머리에 허리를 바싹 굽히고 살처럼 달려가고 있었다.

"투창!"

"얏, 야앗!"

쉭쉭쉭쉭!

5만 블랙울프들이 맹렬한 속도로 돌진하며 던진 필럼들이 하늘을 덥고 새카맣게 날아갔다. 마치 비가 쏟아지듯 떨어지는 필럼들을 향해 적들이 방패를 들어 올렸다.

펑펑펑! 킥, 키엑!

말의 속도와 던지는 힘까지 가미된 필럼들의 힘은 결코 약하지 않다. 필럼들은 그대로 방패를 꿰뚫었고 키메라들의 몸뚱이에 박혀 들었다. 괴상한 비명을 지르며 키메라들의 앞줄이 엎어졌고 푸른 피가 분수처럼 뿜어져 나온다. 2급의 키메라들이니 역시 그리 강한 것은 못되었다. 일반 전사들이라면 공포의 대상이겠지만 블랙울프들은 일반 전사가 아니다.

적들의 대열이 혼란을 일으키자 네모의 명이 재차 떨어졌다.

"랜스를 들어라. 공격!"

두두두두!

질풍처럼 공격해 들어가는 블랙울프들의 선두가 키메라들과 부딪치며 굉음을 터뜨렸다.

쿠아앙, 콰다당!

랜스와 방패가 부딪치며 충돌이 일어나자 거대한 먼지가 전장을 뒤덮었다. 비명 소리, 아우성 소리가 악을 쓰는 전장에 네모의 고함 소리가 울렸다.

"검을 들어라! 상대는 키메라들이다!"

파앗!

베틀엑스에서 뿜어져 나온 오러 블레이드가 먼지 속을 환하게 밝히며 무자비하게 휘둘러졌다.

콰앙, 쩌적. 키킥, 켁.

막아서는 키메라를 내려쳐 사타구니까지 두 동강을 내버린 네모가 그대로 짓쳐들어 가며 길을 냈다.

"우아아아! 죽여라!"

블랙울프들이 쳐든 검들에서 연분홍색 마나 블레이드들이 줄줄이 뻗어 나왔다. 전장은 서로를 죽이는 광란의 지옥이 되었다. 좌우측에서는 아이스 왕국의 기병들과 아스톤 제국의 기병들 간에 충돌이 일어나 칼부림들을 하고 있었다. 검이 번쩍일 때마다 사람들의 팔다리가 날아오르고 주인을 잃은 목들이 하늘로 숫구쳐 올라 땅 위로 떨어져 내렸다.

참으로 치열한 지옥의 살육장이었다.

"각하, 블랙울프들이 키메라들을 가르고 거침없이 돌진해 들어오고 있습니다."

아스톤 제국군 사령관 무하비는 전장 형편을 보고하는 참모장의 말에 얼굴을 찡그렸다.

블랙울프, 블랙울프하면서 사람들이 겁에 질려 했지만 그는 믿지 않았다. 게다가 이번 전쟁의 선봉에 선 자들은 인간이라고 할 수 없는 키메라들이다. 물론 1급의 키메라들이어서 마나 블레이드가 아니면 창칼이 뚫고 들어가지 못하는 단단한 껍질을 가진 것들이다.

그런데 전투가 벌어지자 상황은 급변했다. 중앙을 뚫고 돌진해 들어오는 블랙울프들은 하나같이 마나 블레이드를 뿜어내는 상급 이상의 전사들이었다. 세상에 5만의 블랙울프들이 상급 전사 수준이라니! 무하비는 온몸에 소름이 끼쳤다.

"마법사들에게 공격 명령을 내려라. 궁수들은 화살을 쏴라! 좌우측은 놔두고 블랙울프들에게만 집중하라, 어서!"

"알겠습니다!"

참모장이 허겁지겁 마법 통신을 하기 시작하였다. 그것을 보면서 무하비는 손에 땀을 쥐고 전장을 바라보았다.

"블랙울프, 이놈들!"

무하비는 쥬신 왕국의 국왕이라는 헤럴드를 생각하며 치를 떨었다. 세인들에게 퍼진 소문은 그가 그랜드 마스터라고 했다. 블랙울프들이 저 정도의 수준이니 정말 그랜드 마스터일지도 몰랐다. 처음 쥬신 왕국과의 전쟁에 사령관으로 임명되었을 때 무하비는 속으로 쾌재를 불렀다. 현재 아스톤 제국은 황제가 없다. 제3황후인 에바의 자식은 이제 10살밖에 되지 않는다. 아스톤 제국의 황법에 15살이 안 된 황자는 황태자로 책봉될 수 없고 황후가 대신 섭정을 하게 되어 있다. 아스톤 제국의 6대 공작은 모두 황후 에바를 노리고 있었다. 만약 황후 에바를 자기 것으로 만들기만 하면 황제가 되는 것은 쉬운 일이기 때문이다.

그러나 쉽지 않은 것이 6명의 공작들의 힘이 서로 비슷하다는 것이다. 그러나 이번 전쟁에서 쥬신 왕국을 점령하면 저울추는 달라진다. 바로 자신, 무하비에게 힘이 실리는 것이다.

그래서 사령관 직을 승인했고 기꺼이 출전했다. 그런데 싸움이 붙자 무하비는 전율을 느끼고 있었다. 블랙울프들의 강함은 상상 이상이었다.

어떤 수단을 동원해서라도 저들을 꺾지 못한다면 자신의 입지는 땅으로 추락할 것이 너무도 당연한 이치였다.

"안 돼! 어떤 일이 있더라도 이겨야 한다!"

그는 중얼거리며 예비대로 바람의 계곡에 남겨놓은 20만의 군사들을 출전시켜야겠다고 생각을 하고 있었다.

"각하, 마법사들의 공격이 개시됐습니다."

참모장이 외치는 소리에 바라보니 수십 수백 줄기의 불줄기들이 돌진해 들어오는 블랙울프들에게 날아가는 것이 보였다. 그것은 장관이었다. 불과 얼음의 구들, 바람의 칼날들이 구름처럼 날아가고 블랙울프들이 말 위에서 떨어지는 것이 보였다.

"흐하하, 잘한다. 계속 공격하라. 궁수들을 화살을 퍼부어라."

속이 시원해진 무하비가 고함을 질렀다. 하늘을 새카맣게 덮으며 화살들이 블랙울프들에게 비 오듯 날아간다.

슈슈슈슉!

화살에 맞아 떨어지는 블랙울프들, 파이어 볼에 맞아 온몸에 불이 붙는 블랙울프들로 전장은 아수라장이 되어가고 있었다.

역시 블랙울프들도 철인(鐵人)은 아니었다. 저들도 다른 인간들과 같이 활에 맞으면 피를 흘리고 고통에 몸부림치는 인간들이었다. 무하비가 통쾌하게 웃으며 전장을 바라보는 순간이다.

한쪽에서 살처럼 전장을 가르며 돌진해 들어오는 기마들이 보였다. 하나같이 하얀 백색의 갑옷을 입고 투구 밑으로 긴 머리를 펄펄 날리고 있는 것을 보니 분명 여자들이다.

대략 1만여 명의 여자들이 혼란에 빠진 전장을 가르며 바람처럼 달려들어 오는 것을 본 무하비는 눈을 껌벅거렸다.

"전장에 웬 계집들인가? 혹시 창녀들?"

그가 고개를 갸웃거리는 순간이다. 달려들어 오던 백색의 갑옷을 입은 여자들이 일제히 활을 쳐드는 것이 보였다. 그것도 아주 작고 앙증맞은 각궁들이다.

"흐흐흐, 저것들이 미쳤나? 저 작은 활로 무엇을… 어어어?"

어이가 없어 비웃음을 머금었던 무하비의 눈이 둥그렇게 떠졌다. 맨 앞에 말을 타고 화살을 쳐든 은발의 아가씨가 화살을 놓는 순간, 하늘땅에 벼락이 치는 듯한 굉음이 울려 퍼졌다.

우르릉, 콰콰쾅!

푸른 번개같은 화살이 공간을 갈랐고 귓전을 찢는 듯한 뇌성과 함께 대폭발이 일어났다.

마치 거대한 마법진이 폭발하듯 마법사들이 있는 곳에 무시무시한 번개가 내리쳤다. 폭음과 함께 흙과 돌덩이들이 하늘 높이 솟구쳤고 산산이 찢겨진 마법사들의 팔다리가 사방

으로 날아갔다. 하늘 높이 올라갔던 피들이 비가 되어 초원에
떨어져 내렸다.

"으악, 뇌전의 궁사다!"

"으으, 은발의 레나!"

단 한 번의 공격이었지만 상상치도 못한 공격에 패닉 상태
에 빠진 마법사들이 갈팡질팡했다.

레나의 각궁이 다시 쳐들렸다.

"한 놈도 살려두지 마라, 해동 뇌전시."

콰르릉, 콰콰콰콰!

또다시 푸른 번개가 내리꽂힌다. 연이어 발사되는 뇌전이
마법사들과 궁병들을 향해 짓쳐들자 마법사들은 대혼란에 빠
졌다. 푸른 뇌전은 뜨거운 열기를 담고 주변을 초토화시키고
있었다. 사람과 말, 심지어는 땅까지 새카맣게 타버렸다.

"주모님이시다!"

"돌격, 적들을 쳐라!"

마법사들이 갈팡질팡하자 블랙울프들이 함성을 지르며 맹
렬한 돌격을 개시했다. 누구도 막을 수 없는 광풍이 파도처럼
밀려오고 있었다.

"으으, 저, 저년이 뇌전의 궁사?!"

무하비는 너무도 기가 막혀 턱을 덜덜 떨었다. 대체 저것은
뭐란 말인가? 화살이 저런 무서운 위력을 지녔다는 것을 그는
이전에는 생각도 못한 일이었다. 갈팡질팡하는 군사들을 본

무하비가 옆에 침묵을 지키고 서 있는 로브에게 눈을 돌렸다. 7서클 마스터라는 마도사, 그가 바로 저 검은 로브였다.

무하비는 그가 소속이 어딘지, 어느 나라 사람인지도 모른다. 다만 6대 공작의 한 명인 질리가 보내준 사람이었기에 별로 탐탁하게 여기지 않았다. 지금 세상에 7서클 마도사가 있다는 것을 무하비는 믿지 않았던 것이다. 그러나 지금은 어떻게든 이 혼란을 수습해야 했다.

"저, 마도사님. 저 계집을 막을 수 있겠습니까?"

무하비가 감히 하대를 못하고 말하자 참모들까지 눈이 휘둥그레져 바라보았다. 무하비는 공작들 중에서도 자존심이 제일 강한 자 중의 한 명이었다. 그런 무하비가 존대를 했으니 놀랄 수밖에 없었다. 무표정하게 쥬신 왕국군의 진영을 바라보고 있던 로브가 입을 열었다.

"공작이 도와달라니 도와주겠소. 하나 내 한 가지 부탁은 들어줘야겠소. 만일 내가 나가서 패하면 군사들을 바람의 계곡으로 철수시키고 그곳을 지키시오. 그렇게 하겠소?"

로브의 말에 무하비는 깜짝 놀랐다. 대마도사라는 이 자마저 저 여자에게 승패를 장담할 수 없단 말인가? 그가 어리둥절해하는데 로브의 말소리가 들렸다.

"저 어린 계집은 헤럴드의 여자요, 뇌전의 궁사. 그의 실력은 소드 마스터 중급 이상이오. 아니, 어쩌면 상급인지도 모르지."

“예에?!”

무하비와 참모들이 깜짝 놀라는데 로브가 다시 입을 열었
다.

“저길 보시오. 저곳에 하얀 로브를 입은 자들이 보이오? 저
들은 마법사들이오, 아직도 저들은 전투에 참가시키지 않았
소. 그리고 저곳에 있는 기마병들은 블랙울프들이오. 이를 테
면 예비대지, 그런데 저곳에는 나 못지않은 마도사가 있소.
만약 저들이 공격에 가세하면 이 전투에서 괴멸될 수도 있소.
아시겠소?”

로브의 말에 무하비는 침을 꿀꺽 삼켰다. 저 어린 뇌전의
궁사도 무서운데 대마도사가 대기하고 있다고 한다. 저자가
하는 말을 들으니 결코 거짓은 아닌 것 같았다.

“아, 알겠습니다.”

무하비가 고개를 끄덕이자 로브가 탁한 목소리로 외쳤다.

“소환, 유령군마.”

공기가 일렁이더니 검은 말 한 마리가 나타났다. 그런데 그
말에는 날개가 달려 있는 것이 마치도 신계의 대천사들이 탄
다는 말 같았다. 1만 년 전, 신마전쟁 당시에는 이것이 유령
군마라는 것을 모두 알고 있었지만 지금은 아는 사람들이 없
었다.

“가자.”

공중으로 날아오른 유령군마가 레나를 향하여 날개를 저

었다. 번개처럼 빠른 속도로 날아가는 유령군마를 본 아스톤 제국의 군사들이 환성을 질렀다.

"대마도사다!"

"우와아~!"

레나는 하늘로 날아오는 유령군마를 보고 코웃음을 쳤다. 예전 같으면 그녀도 놀라겠지만 이미 아이스 왕국에서 검은 탑의 마도사들과 싸워봤기에 별로 놀라지 않았다.

"대단하구나! 아이야, 네가 헤럴드의 여자냐?"

로브가 진정 감탄한 얼굴로 말을 하자 레나는 콧방귀를 꼈다.

"살아온 세월이 길면 레이디를 어떻게 대해야 하는지도 알 텐데요. 먼저 자신의 소개를 해야 하지 않나요? 뭐 검은 탑이라는 것은 알겠지만."

레나의 태연한 말에 로브가 광량한 웃음을 터뜨렸다.

"크하하, 역시 헤럴드의 여아답게 담대하구나. 그래, 난 검은 탑에서 온 마도사 바론이다. 7서클 마스터지. 유감스럽지만 너는 내 손에 죽어야겠다."

"홍, 당신의 실력으로? 어디 한번 해봐요."

레나의 말에 바론의 얼굴이 일그러졌다. 감히 자신의 마법을 우습게 알다니 그가 두 손을 쳐들었다. 그리고 마법의 주문을 읊기 시작했다.

"위대한 마왕 플레이너스의 힘이여, 나 너를 부르나니…

어헉!”

쾅쾅쾅쾅!

마법의 주문을 읊어대던 바론은 기겁을 하여 블링크를 시전했다. 레나의 손에서 발사된 뇌전이 빛살 같은 속도로 덮쳐들었기 때문이었다. 만약 마나가 파동 치는 것을 보고 블링크를 시전하지 않았다면 벌써 한 줌의 재가 되었을 것이다. 그가 얼굴이 붉으락푸르락해서 부르짖었다.

“감히 암습을 하다니, 네년을 갈가리 찢어 죽이겠다.”

“흥, 내가 미쳤니? 네가 주문을 외우도록 놔두게. 이거나 받아. 해동 연환시.”

쾅르릉! 쾅쾅쾅쾅!

레나의 손에서 연환시가 발사되었다. 푸른빛 뇌전이 하나 둘 셋으로 연이어 나타나자 바론은 얼굴이 하얗게 변했다. 도저히 마법을 실행할 틈이 없었다. 어떻게 된 것인지 저 어린 계집이 발사하는 활은 화살도 없이 푸른 마나가 점점 불어나며 날아오고 있었다.

온 하늘이 푸른빛 뇌전으로 겹겹이 매워지고 있었다.

“이러다가는 죽는다.”

바론은 어린 계집이라고 얕본 것이 실수라는 것을 알았다. 할 수 없이 메모라이즈해 두었던 낮은 마법을 실행할 수밖에 없었다.

“파이어 월!”

파앗.

그의 마법 반지에서 한줄기 마나가 쏟아져 나오고 검은 불길의 방패가 사방을 차단했다. 비록 낮은 급의 마법이었지만 7서클 마도사의 마법은 약하지 않았다.

콰콰쾅! 콰쾅!

허공에서 푸른빛 뇌전과 파이어 월의 방벽이 부딪치자 엄청난 폭발이 일어나고 불덩이들이 지상으로 떨어져 내렸다.

"으악, 피해라!"

밑에 있던 아스톤 제국의 군사들이 불덩이에 맞아 지글거리며 타 들어갔고 팔다리에 불이 붙은 군사들의 살려달라고 아우성치는 소리가 들렸다.

"흥! 막았다 이거지, 좋아. 그럼 이것도 막아봐라."

레나가 다시 활을 겨누었다. 그 순간이다. 공간이 번쩍하며 랑케가 눈앞에 나타났다.

"레나님, 저자는 제게 맡겨주십시오."

랑케의 말에 레나는 활을 내렸다. 어차피 마도사는 마도사에게 맡기는 것이 좋을 것이다.

"알았어요, 공작님. 대신 저 늙은이에게 쥬신 왕국의 무서움을 꼭 보여주세요."

"허허, 그러죠."

랑케가 웃음을 지으며 머리를 돌렸다. 그사이에 마법을 메모라이즈할 시간을 얻은 바론이 여유롭게 랑케를 바라보았다.

"난 바론이네, 자넨 누군가?"

"바론이라, 난 쥬신 왕국의 마도사 랑케요, 우리 한번 겨뤄 봅시다."

"그것 좋지."

바론은 피가 끓어올랐다. 검은 탑에서 7서클에 오를 때까지 한 번도 적수다운 적수는 만나지 못했었다. 그런데 이자는 자신의 능력으로도 어느 정도인지 알 수가 없었다. 그것은 곧 자기보다 마법이 높다는 것을 의미했다. 그래도 바론은 물러설 수 없었다.

지금까지 세상은 5서클 마법사가 최고인 줄 알고 있었다. 그러나 세상에는 알려진 마법사보다 알려지지 않은 실력자들이 더 많았다.

두 사람이 허공에서 말을 주고받는 사이 지상에서는 치열한 격전이 벌어지고 있었다. 격전이라기보다는 쥬신 왕국군의 일방적인 공격이었다. 이미 사기가 떨어진 아스톤 제국의 군사들은 싸울 전의를 잃었고 도망칠 곳만 찾고 있었다.

"후퇴를 명해라, 어서!"

무하비는 어쩔 수 없이 참모장에게 명을 내렸다. 그렇지 않다면 이 넓은 초원에서 자칫하면 괴멸당할 수도 있었다. 도망치는 아스톤 제국군의 뒤로 25만의 쥬신 왕국과 아이스 왕국의 기병들이 함성을 지르며 추격하고 있었다.

콰콰쾅! 버언쩍!

하늘에서 거대한 폭음과 무서운 충격파가 휘몰아쳤다. 바론과 랑케는 군사들이 싸우든 말든 생사를 건 혈전을 벌이고 있었다.

"크윽, 역시 자네는 8서클 마도사로군. 하지만 나 역시 7서클 마스터, 자 받아보게. 파이어 스톰, 윈드 스톰."

콰콰콰콰!

사방 수백 미터의 공간이 불과 바람의 폭풍으로 아우성을 치고 화염이 모든 것을 불태워 버릴 듯 휘몰아쳤다. 하지만 랑케는 느긋한 마음으로 몰려드는 화염과 바람의 폭풍을 주시했다. 그로서도 이 정도의 마도사를 만나 싸우는 것이 기분 좋았다.

"프로즌 켄페스트."

쏴아아.

랑케의 마법 실행에 몰려들던 화염과 바람의 폭풍을 향해 동일한 바람이 밀려들었다. 그러나 같은 바람이라고 해도 그 성질이 엄연히 달랐다. 음속의 속도를 지닌 바람은 화염과 바람의 폭풍을 순식간에 분쇄해 버렸다.

"워프."

바론은 자신의 힘으로는 더 이상 대적할 수 없다는 것을 깨달은 순간, 그대로 워프 마법을 발동시켰다. 하얀빛이 번쩍거리는 것과 동시에 바론의 신형이 그대로 사라져 버렸다.

"그대는 검은 탑에 있지만 그래도 마도사의 양심은 지녔구려, 이번 한번은 살려주겠소. 하나 다시 쥬신 왕국의 앞길을 막는다면 당신은 내 손에 죽을 것이오. 명심하도록."

혼자 중얼거린 랑케가 몸을 돌려 세웠다. 초원을 바라보니 바람의 계곡으로 아스톤 제국의 군사들이 꽁지 빠지게 도망치는 것이 보였다. 그러나 이미 죽은 자만 10여만이 넘었고 두 손을 들고 무릎을 꿇고 있는 자들 역시 10여만은 되는 것 같았다. 쥬신 왕국의 대승이었다.

"수고하셨어요."

랑케가 땅 위에 내려서자 샤칸이 반갑게 맞아들였다. 그러나 모두 그런 것은 아니었다.

"공작님, 혹시 그놈을 우정 놓아준 것 아니에요?"

레나가 눈이 뽀족해서 랑케를 의심스럽게 바라본다. 가슴이 뜨끔해진 랑케가 겸연쩍은 웃음을 지었다.

"아닙니다, 레나님. 제가 아직 미숙해서 그만 놓쳐 버렸습니다."

랑케의 난처한 입장을 샤칸이 구해주었다.

"레나, 무슨 말을 그렇게 하는 거니? 어서 공작님께 사과드려."

"죄송해요, 공작님."

레나가 할 수 없이 사과를 했다.

"아닙니다, 레나님. 다음에는 꼭 잡도록 하겠습니다."

랑케가 마법사들 쪽으로 휘적휘적 걸어가는데 레나의 중

얼거리는 소리가 들렸다.

"아무래도 이상해. 분명 얼마든지 잡을 수 있는 것 같은데……."

"너 정말 이럴 거니? 다신 그런 소리하지 마."

샤칸의 질책하는 말에 레나의 궁시렁거리는 소리가 들렸다.

"언니, 그게 아무래도 이상하단 말이야. 분명 이기고 있었는데."

"그만 하래도. 싸움은 이길 수도 질 수도 있는 거야. 랑케 님이 무사하신 것이면 되는 거야, 알았니?"

"그야 그렇지만……."

샤칸과 레나의 말소리를 들으며 랑케는 웃음을 지었다.

"허, 이거 잘못하다가는 레나님의 눈 밖에 나겠군."

역시 레나의 눈썰미는 보통이 아니었다. 사실 랑케는 바론을 죽이고 싶은 생각이 없었던 것이다. 그는 정정당당한 대결을 했고 야비한 수를 쓰지 않은 것 때문에 랑케의 손에서 살 수 있었다.

훗날 바람의 초원에서의 백병전이라고 이름난 이날 전투에서 승리한 쥬신 왕국군은 바람의 계곡을 봉쇄한 채 진지를 굳건히 지켜 나갔다. 아스톤 제국은 더 이상 앞으로 나갈 생각을 꿈에도 못하고 있었다.

CHAPTER
03

검은 탑

THE Warrior
Gale of Wind

아스톤 제국의 황성에는 무거운 침묵이 깃들어 있었다. 대전에는 이 나라의 5명의 공작을 비롯한 귀족들이 가득 모여 있지만 누구 하나 입을 열지 않았다. 이번 전투의 후유증이 너무도 컸던 것이다.

"황후마마께서 듭시옵니다."

침묵 속에 잠긴 대전에 시종장의 외침이 울렸다. 귀족들이 모두 정숙한 가운데 화려한 옷차림을 한 황후 에바가 안으로 들어섰다. 그녀가 들어서자 향기로운 냄새와 보석들이 부딪치는 맑은 소리가 음악처럼 울려 퍼졌다.

"모두 앉으세요."

"황공하옵니다, 황후마마."

귀족들이 자리에 앉자 에바는 귀족들을 쭉 둘러보았다. 머리를 숙이고 있는 5대 공작을 바라본 그녀의 요염한 얼굴에 승리의 미소가 어렸다.

"이번 전쟁은 수치스럽게도 우리 제국군이 패했어요. 오랑캐라고 비웃던 쥬신 왕국군에게, 여기 모인 귀족들은 할 말이 있나요?"

그녀의 말에 머리를 숙인 귀족들은 모두 입을 다물고 있었다. 득의양양해서 그런 귀족들을 바라본 에바가 붉은 입술을 벌렸다.

"해서 나는 니힐리스 제국과의 동맹을 결정했어요."

그녀의 말이 떨어지자 귀족들이 술렁거렸다. 니힐리스 제국은 아스톤 제국의 오랜 적이다. 그들과 동맹을 맺는다는 것은 있을 수 없는 일이었다.

"황후마마, 하지만 그들은 우리의 적입니다. 언제, 어느 때 그들에게 뒤통수를 맞을지 모릅니다. 동맹만은 재고(再考)하여 주십시오."

아스톤 제국의 가장 큰 세력가의 한 명인 질리 공작이 황후에게 동맹의 부당성을 말하자 귀족들이 한목소리로 외쳤다.

"재고하여 주십시오."

"그만, 그럼 그대들은 저 강성한 쥬신 왕국을 점령할 수 있나요? 누구든지 당장 그들을 점령할 수 있다면 동맹을 파기하겠어요. 말해보세요."

에바의 서슬 푸른 말에 귀족들은 침묵을 지켰다. 현재 쥬신 왕국과의 전쟁에 동원된 무력이 70만이다. 이번 전투에서 20여 만이 죽거나 포로가 되었다. 문제는 전쟁을 더 하자고 하면 자신들의 군사들을 내놓아야 할 것이었다. 귀족들은 그것이 싫었다. 만약 군사들을 내주었다가 패하게 되면 자신들의 세력이 그만큼 약해지는 것이다.

그것을 보고 있던 데이브 공작은 한숨을 내쉬었다. 이 전쟁을 처음부터 반대한 그는 지금이라도 전쟁을 그만두자고 하고 싶었지만 말이 통하지 않을 것을 알기에 입을 다물고 있었다.

"그럼 반대는 없는 것으로 알겠어요. 귀족들은 군량과 무기, 그리고 기사들을 보내세요. 이번 한 달 동안 준비를 끝낸 후, 니힐리스 제국과 우리 제국은 양쪽에서 쥬신 왕국을 공격할 것입니다. 모두 일에 차질이 없도록 하길 바랍니다. 만약 이번 일에 차질을 빚는 귀족들은 반역죄로 다스릴 것이니 명심하세요."

에바의 날카로운 말에 귀족들의 얼굴은 사색이 되었다. 시종장이 나누어 준 서류에는 귀족들이 내놓아야 할 군량과 무기, 기사들과 군사들의 수가 상세히 적혀 있었다. 그것을 읽어본 데이브 공작은 머리를 흔들었다. 이번 전쟁으로 아스톤 제국은 엄청난 인적, 물적 손해를 볼 것이다. 게다가 니힐리스 제국은 믿을 만한 동맹이 아니었다.

'이 나라가 과연 어디로 가려는가?

그가 한숨을 쉬며 허공을 쳐다보았다. 그러나 화려한 샹들리에가 빛을 뿌리는 천장은 아무런 대답도 주지 않았다.

하늘에 별들이 빛을 뿌리는 깊은 밤, 데이브 공작은 저택의 거실에서 한 잔의 와인을 들고 창밖을 내다보고 있었다. 황제가 원인 모르게 죽고 5년, 이 나라는 점점 알 수 없는 수렁으로 빠져들고 있었다. 샤르만 황태자는 폐위되어 별궁에 갇혔고 두 번째로 황태자가 된 바흐만 황태자는 선황 시해의 누명을 쓰고 어디론가 사라졌다. 하지만 데이브 공작은 누구보다 바흐만 황태자를 잘 알고 있었다. 그는 결코 선황을 시해할 사람이 아니었다. 게다가 이 나라에는 검은 탑이라는 암류가 흐르고 있었지만 그들이 누군지, 무엇을 원하는지도 모르고 있었다.

"후~ 차라리 시골에 내려가서 모든 것을 잊고 살고 싶군."

데이브 공작은 저도 모르게 중얼거리고 와인을 들이켰다.

"허, 강직하기로 소문난 데이브 공작이 이렇게 심약한 줄은 몰랐군, 내가 잘못 보았나?"

갑자기 뒤에서 들리는 나직한 말소리에 기겁한 데이브 공작이 번개처럼 돌아섰다.

촤촹.

돌아선 그의 손에는 어느새 옆구리에 차고 있던 검이 들렸고 로브를 입은 자의 목으로 날아들었다. 그러나 공작은 곧 눈을 부릅떠야 했다. 로브를 입은 자의 옆에서 하나의 그림자가 번뜩하더니 자신의 검을 쳐냈고 새파란 샤벨의 날이 목을 겨누었다. 미처 어쩔 새도 없는 전광석화 같은 솜씨였다.

"누군가? 나의 집에 몰래 들어올 정도면 보통 수준은 아닐 터, 정체를 밝혀라."

데이브 공작은 자기의 목을 겨눈 30대 중반 정도의 남자를 쏘아보았다. 그러자 로브를 입은 사람이 천천히 얼굴을 드러냈다. 로브에 가려져 있던 얼굴이 드러나자 데이브 공작은 입을 딱 벌렸다.

"나요, 데이브 공작."

"혁, 화, 황태자마마."

데이브 공작이 비명처럼 중얼거리자 날카로운 인상의 30대 남자가 샤벨을 치웠다.

털썩.

바닥에 무릎을 꿇은 데이브가 머리를 박고 흐느꼈다.

"황태자마마, 살아계셨군요. 신은 믿었습니다. 다행입니다, 정말 다행입니다."

"난 데이브 공작을 믿었습니다, 일어나세요."

일어난 데이브 공작은 아직도 믿어지지 않아 황태자를 뚫어지게 바라보았다. 그리고 지금 보니 30대의 남자와 함께 얼굴에 베일을 두른 한 명의 여자도 함께 있는 것이 보였다.

"마마, 지금 나라 사정이 말이 아닙니다. 황후마마는 필요 없는 전쟁을 하고 있고 이제는 니힐리스 제국과 동맹까지 맺으려고 하고 있습니다. 자칫하면 제국은 엄청난 피해를 입고 니힐리스 제국에 이용만 당할 수 있습니다."

데이브 공작의 말에 바흐만은 빙그레 웃었다.

"그래서 내가 왔소, 공작. 쥬신 왕국과 전쟁을 하면 어떻소, 이길 수 있소?"

바흐만의 말에 데이브 공작은 머리를 흔들었다.

"마마, 죄송한 말이지만 우리는 이길 수 없습니다. 제가 알아본 데 의하면 쥬신 왕국의 헤럴드 국왕은 그랜드 마스터라고 합니다. 그리고 그의 부하들은 소드 마스터가 즐비하고 블랙울프 전사들은 모두 상급이나 최상급의 전사들입니다. 게다가 그들은 전 국민이 말에 오르면 군사가 될 수 있습니다. 제 생각에 니힐리스 제국은 우리를 내세워 어부지리를 얻으려고 하고 있는 것 같습니다. 우리와 쥬신 왕국 간에 전쟁이 붙어 양쪽이 다 약해지면 그들은 손쉽게 두 나라를 점령할 수 있습니다. 이건 반드시 막아야 합니다."

데이브 공작의 말에 바흐만은 웃음을 짓고 헤럴드를 바라보았다.

"어떻습니까? 제가 믿을 만한 공작이라고 하지 않았습니까?"

바흐만이 헤럴드에게 하는 말에 공작은 깜짝 놀랐다. 황태자가 존칭을 붙이다니, 대체 저자는 누구란 말인가?

"과연 정확한 판단이군. 동생의 말이 맞았네, 아스톤 제국이 완전히 썩지는 않았군."

헤럴드의 말에 데이브 공작은 분노가 치밀어 올랐다. 감히 황태자 전하에게 반말이라니, 이건 있을 수 없는 일이었다.

촤앙.

검을 꺼내 든 공작이 헤럴드를 겨누었다.

"네 이놈! 너는 누구냐? 감히 황태자 전하께 반말이라니, 당장 네 목을 쳐버릴 테다!"

그러나 남자는 웃음만 짓고 있었다.

"이봐, 공작. 내 목보다 당신의 목이 먼저 날아갈 것이야."

그 말에 흠칫 놀란 공작이 옆을 돌아보니 앙증맞은 숏 소드가 자신의 목에 닿아 있었다.

"검을 내려요, 공작. 아니면 내 검이 당신의 목을 쳐버릴 수도 있으니까."

베일을 쓴 여자의 차가운 말에 공작은 잔등에 땀이 흐르는 것을 느꼈다. 이 여자가 언제 자신의 옆으로 와서 검을 겨누었는지 데이브는 보지도 못했다. 만약 적이라면 자신의 목은 벌써 바닥을 구르고 있을 것이다.

'엄청난 실력자들이다!'

데이브 공작은 최상급의 기사다. 그런 자신이 이 여자의 움직임을 감지하지도 못했다면…….

공작의 눈이 휘둥그레졌다.

"서, 설마. 소드 마스터?!"

"맞아요, 공작. 그녀는 소드 마스터예요. 그리고 이분은 내가 의형으로 삼은 그랜드 마스터이며 쥬신 왕국의 국왕인 헤럴드 르 쥬신 폐하요."

바흐만의 말에 데이브는 너무 놀라 다리에 힘이 풀렸다. 세상에, 적국의 왕이 아스톤 제국의 심장부에 들어오다니 공작은 눈을 멍하니 뜨고 붕어처럼 입을 뻐끔거렸다. 도저히 할 말이 없었다.

"공작, 우릴 계속 세워둘 참이요?"

"이, 이쪽으로 드십시오. 폐, 폐하."

헤럴드의 말에 화들짝 정신이 든 공작이 자신의 밀실로 세 사람을 안내했다.

그날 밤, 공작의 밀실에서는 향후 아스톤 제국의 운명을 결정 지을 중대한 합의가 이루어졌다. 날이 푸름푸름 밝아오는 새벽, 데이브 공작의 전령들이 전국 각지를 향해 달려갔다.

*　　　*　　　*

"어서 오십시오."

멋진 제복을 입은 남자가 말에서 내리는 한 무리의 기사들에게 직각으로 허리를 굽혔다.

　이곳은 수도에서 이름난 식당 중의 하나인 '빅시스터 하우스' 이다. 일명 누나의 집으로 통하는 이 빅시스터 하우스는 최고급의 식당으로 각국의 귀족들과 대상인들이 자주 애용하는 곳으로 언제나 흥성거린다. 남부의 왕국에서 온 귀족의 딸들은 이곳에서 아스톤 제국의 실력 있는 귀족의 아들들을 치마폭에 감싸려고 열띤 경쟁을 벌이는 사교장이기도 하다.

　"오늘은 좋은 물건이 없나?"

　화려한 귀족 특유의 옷을 입은 젊은 사내가 금화를 던져 주며 묻는 소리에 웨이터는 입이 귀밑까지 돌아갔다.

　"오늘 무서리 왕국에서 온 레이디가 지금 3층에 있습니다. 아마도 도련님의 마음에 드실 것입니다."

　웨이터의 말에 남자가 흉물스러운 웃음을 지었다.

　"좋아, 그곳에 자리를 만들어라."

　"알겠습니다, 어서 이쪽으로."

　3층으로 올라선 사내는 묘한 긴장감이 감도는 것을 직감적으로 느꼈다. 3층에는 좌석마다 귀족의 아들들과 기사들, 그리고 상인의 자제들로 보이는 자들이 서로를 경계하며 한쪽 창가에 앉은 4명의 여자가 있는 쪽을 힐끔거리고 있었다.

　자리에 앉은 사내는 여자들 쪽을 보다가 숨을 들이켰다. 4명의 여자가 앉은 곳에 있는 한 명의 레이디는 눈이 부실 만큼 아름다운 아가씨여서 그는 눈을 부릅떴다.

"대단해, 저렇게 아름다운 아가씨라니!"

이 남자는 아스톤 제국의 코니 후작의 아들로 방탕하기로 유명한 자다. 그의 아버지는 비록 후작이지만 공작가들보다 결코 지위가 낮지 않았다. 바로 지금의 아스톤 제국을 통치하는 에바 황후가 코니 후작의 딸이기 때문이다.

"자작님, 저기에 질리 공작의 아들이 있습니다."

호위기사가 허리를 굽히고 하는 말에 하이도 르 파스타는 얼굴을 찡그렸다. 자신의 아버지 코니 후작과 언제나 상극인 자가 바로 질리 공작이다. 그런데 그의 아들이 이곳에 와 있다는 것은 자신의 일에 차질을 빚을 수도 있다는 것을 뜻했다.

"젠장, 하필 버디 저 자식이 이곳에 나타나다니."

그가 중얼거리는 순간이다. 질리 공작의 아들인 버디의 수행기사가 화려한 꽃다발을 들고 3층에 올라왔다. 그가 버디에게 다가갔고 고개를 끄덕이는 것이 보인다.

기사가 꽃을 안고 레이디에게 다가가는 것을 본 하이도는 자신도 모르게 검자루를 잡았다.

하지만 하이도는 스르르 손을 풀었다. 이곳에서 하이도, 저 자식과 공개적인 싸움을 벌이면 자칫 두 가문의 전쟁으로 치달을 수도 있었다.

'으, 지금은 참아야 할 때다.'

하지만 하이도는 가슴에 불타오르는 이 질투를 도저히 참기가 힘들었다.

"버디 백작님께서 오늘 저녁 연회에 레이디를 초청하셨습니다. 레이디께서 허락하신다면 저희가 모시겠습니다."

버디의 호위기사가 하는 말에 꽃다발을 받은 아가씨의 얼굴에 연분홍 홍조가 붉게 물들었다.

"베푸신 호의에 감사를 드립니다. 거절하면 실례가 되겠죠. 초대에 참가하겠지만 지금은 저희가 갈 곳이 있어서 저녁에 뵙겠습니다."

레이디의 말에 기사가 흐뭇하게 웃으며 허리를 굽혔다.

"그럼 승낙하신 걸로 알고 물러가겠습니다."

기사가 물러가자 식탁에 앉아 있던 수많은 남자들의 입에서 탄식이 흘러나왔다. 웬만한 집안이라면 결투라도 해보겠지만 저 버디는 아스톤 제국에서 제일 큰 세력을 가진 질리 공작 가이다. 여자가 아무리 아름다워도 자신의 목숨을 내놓을 수는 없는 것이 귀족들의 입장이었다.

"그럼 돌아가자."

큰 소리로 말한 버디가 식탁들에 앉아 있는 귀족들을 살벌한 눈초리로 쏘아보고는 아래로 내려갔다. 그의 오만한 눈길은 내가 찜한 여자니 건들면 죽는다는 공갈의 뜻을 역력히 비치고 있었다. 기가 축 처진 귀족들이 하나둘 자리를 빠져나갔다. 이곳에 있어야 좋을 것이 없기 때문이다.

"가자."

자리에서 일어선 하이도는 호위기사들과 함께 밖으로 나섰다.

"저 여자가 어디로 가는지 감시하라. 나는 저기 있는 찻집에서 기다리고 있겠다."

밖으로 나온 하이도가 부하에게 말하고 길 건너편의 찻집으로 들어가자 기사는 의미 있게 고개를 끄덕였다. 예쁜 여자라면 자다가도 벌떡 일어서는 하이도가 그냥 갈 리 만무하였다.

여기서 지키다가 저 여자가 어디로 가는지 알아낸 후, 납치하려는 것이었다. 그의 생각은 옳았다. 하이도는 버디에게 저런 미인을 넘겨주기가 싫었다. 조용히 납치하여 내 것으로 만든다면 버디도 어쩔 수가 없다. 이미 뱃속으로 들어간 빵을 원상태로 돌릴 수는 없지 않은가?

'흐흐. 버디, 네놈은 실컷 기다려라. 난 그동안 저 여자를 내 것으로 만들 것이다.'

찻집에 앉은 하이도는 여자의 아름다운 얼굴을 생각하며 온몸이 후끈 달아올랐다. 아마 내일이면 버디가 땅을 치며 이를 갈게 될 것이다. 하나 그때는 이미 저 여자는 자기의 것이 되어 있을 것이다.

두두두두!

세 마리의 말이 끄는 삼두마차가 수이차르 산의 굽인 돌이를 돌아가고 있는 것이 보였다.

"저기 갑니다, 자작님."

먼발치에서 뒤를 따라 맹렬히 달려온 6필의 말이 투레질을 하며 흰 김을 뿜어 올렸다. 찻집에서 기다리던 하이도 자작은 목적했던 여자가 승용 마차를 타고 달려가자 뒤를 따라 이곳까지 왔다. 수이차르 산은 데스크로드 시의 서북쪽 외곽에 있는 산으로 몹시 험준한 산이다. 이 산에는 아스톤 제국민들이 신봉하는 평화의 신 알리미르의 신전이 있어 사람들이 신성을 기하는 산이다. 산 밑에는 일 년 내내 이곳의 신전에 기도를 하러 오는 사람들을 대상으로 하는 여관들이 많다. 아마도 저 여자들은 그곳 여관들 중의 한곳에 든 것 같았다.

"저 굽인 돌이를 돌면 납치한다."

"알겠습니다."

명을 받은 기사들이 말의 배에 박차를 넣었다. 저 마지막 굽인 돌이를 지나 산 밑에 내려서면 오가는 행인들이 있어 정체가 노출될 수도 있었다. 그 전에 저 여자를 잡아야 했다.

벌써 여자를 품을 생각에 얼굴이 시뻘게진 하이도가 맨 앞에서 빛살처럼 달려갔다.

두두두두!

맹렬하게 달려온 말들이 삼두마차를 지나쳐 앞길을 가로막았다.

"워워, 마차를 세워라."

기사가 앞으로 나서며 검을 뽑아 들자 천천히 달려오던 마차가 급히 정지했다.

말들이 급히 고삐를 당기는 바람에 두 발을 쳐들고 투레실을 한다.

"무슨 일이죠? 이 마차에는 무서리 왕국 카티베 백작님의 영애가 타고 있습니다. 귀족이라면 예의를 지키기 바랍니다."

말의 양옆에 호위를 하고 있던 세 명의 여자가 말 위에서 검을 잡고 하는 말에 하이도는 코웃음을 쳤다. 지금 보니 호위를 하는 계집들도 일품은 되었다.

'좋았어, 내가 오늘 봉을 잡았구나! 흐흐.'

입가에 침을 주르륵 흘리며 하이도는 검을 들어 마차를 가리켰다.

"난 긴말을 좋아하지 않는다. 마차에서 내려라."

그의 말에 호위하는 여기사들이 검을 뽑아 들었다.

촤앙, 챵.

"감히 백작가의 영애에게 무례하구나. 어디 해볼 테면 해보자."

여기사들이 검을 들고 달려들 자세를 취할 때였다. 마차에서 낭랑한 말소리가 들려왔다.

"모두 그만 하세요. 그리고 뉘신지 모르지만 무례하군요. 신분을 밝혀주실 수 있나요?"

마차의 문이 열리고 아름다운 여자가 내려서며 천상의 목소리 같은 음색으로 말을 하자 하이도는 정신이 핑 도는 감을 느꼈다. 그리고 왠지 자신의 온몸이 여자에게 빨려들어 가는 감을 느꼈다.

"나, 난 코니 후작의 아들, 하이도 자작이오. 레이디를 만나고 싶어 이런 무례를 저질렀으니 양해하여 주기 바라오."

하이도가 더듬거리며 말하자 여자의 얼굴에 환한 웃음이 어렸다.

"코니 후작의 아드님이시라면 차라리 잘됐군요! 제가 한가지 일이 있어 이곳에 왔거든요, 제 부탁을 들어주신다면 저도 뭐든지 들어드리지요."

여자가 다가오며 하는 말에 하이도는 정신이 빙빙 돌았다. 여자의 몸에서 풍기는 향기로운 냄새가 코끝으로 스며들었고 도저히 정신을 차릴 수 없다.

"레이디의 말이라면 무엇이라도 들어드릴 수 있… 큭!"

앞으로 다가온 여자의 요염한 웃음에 홀려 떠듬거리며 말하던 하이도는 가슴에 뭔가 뜨끔 하는 것과 함께 정신이 흐려지는 것을 느꼈다.

"호호호, 다른 건 아니고 내 손에 잡혀주는 거야, 미련한 하이도."

여자가 스르륵 넘어지는 하이도를 안으며 하는 말에 5명의 호위기사들이 검을 추켜들었다.

"이년, 감히 코니 후작가의 장남에게 해를 입히다니, 네 연놈들을 잡아 갈아 마시고 말 테다."

검을 추켜들고 달려들려던 호위기사들은 눈앞을 덮고 날아드는 독침을 보며 입을 쩍 벌렸다. 세 명의 여기사가 손목에 장착된 통에서 수를 셀 수 없는 독침들이 그들의 온몸을 향해 날아들었다.

"컥, 끄악!"

갑옷의 이음새와 투구를 쓴 얼굴 부분이 온통 독침으로 덮인 기사들이 입에 거품을 물고 땅바닥으로 무너져 내렸다. 팔다리를 부들부들 떨며 몸부림치던 기사들이 서서히 녹아 한 줌의 누런 물로 사라지는 것은 정말 끔찍하였다.

"됐다. 어서 가자."

아름다운 여자가 정신을 잃은 하이도를 마차에 태우고 문을 닫자 아무 일도 없었던 듯 달려갔다. 그들이 떠나자 숲 속에서 4명의 기사들이 걸어나왔다.

"빨리 갑옷을 치우고 흔적을 없애라."

"예, 백작님."

이들은 질리 공작의 아들 버디 백작과 기사들이었다.

"호호, 병신 같은 하이도. 너는 마스터의 대법을 위해 한 구의 미라가 될 것이다."

그랬다. 이들은 검은 탑의 비밀 요원들이다. 마스터의 대법을 위해 검은 탑은 아스톤 제국의 최상급 기사들을 비밀리에 납치하기 시작한 것이다. 하이도를 대상으로 이번 작전을 입안한 것은 바로 버디였다. 색이라면 오금을 못 쓰는 하이도에게 아름다운 여자는 쥐약이나 마찬가지였고 이제 저자는 귀신도 모르게 죽어갈 것이다.

"오늘 저녁은 수고했으니 베카를 안아주어야 겠군."

하이도를 유혹한 여자는 버디의 애첩인 베카였다.

*   *   *

코니 후작의 집은 밤이 깊었지만 환한 불빛으로 대낮처럼 밝았다. 오늘까지 후작의 아들 하이도 자작이 행불된 지 일주일이 되었다. 코니 후작의 사병들이 데스코르드 시를 샅샅이 수색했지만 그의 종적을 찾을 수가 없었다. 지금 코니 후작의 집에는 위로하러 온 귀족들로 붐비고 있었다. 황후의 친정집이니 귀족들은 마음에 없어도 문안을 올 수밖에 없었다.

코니 후작의 대저택 뒷문이 열리고 로브를 입은 한 명의 여자와 7명의 기사가 조용히 빠져나왔다. 사람들이 없는 뒷문을 열고 나오는 것을 보니 아마도 비밀리에 임무를 수행하는 자들이거나 신분 노출을 꺼려하는 자들 같았다.

사방을 둘러본 그들이 총총히 걸음을 옮겨 어둠 속으로 사라졌다. 그러자 건너편 집의 지붕에서 한 명의 로브를 입은 사람이 작은 목소리로 마법 통신을 하고 있었다.

"목표가 떠났어요, 20분 후면 그곳에 도착할 거예요."

"알았어."

대답이 울리자 통신을 끝낸 로브가 어둠속으로 몸을 날렸다. 비록 로브를 입었지만 가냘픈 몸매로 보아 여자 같았다.

어두운 골목길을 걸어가던 일행은 갑자기 앞을 막아서는 검은 옷들 때문에 걸음을 멈추었다.

"누구냐?"

평민의 옷차림을 한 기사가 검을 뽑아 들고 로브를 입은 여자를 막아섰다. 주위의 다른 사람들도 검을 들고 날카로운 기세를 뿌렸다. 하나같이 상급 이상의 전사들로 그들이 일으키는 살기에 일반 사람들 같으면 질겁해서 주저앉을 기운이었다. 그러나 앞을 막아선 자들은 일반인들이 아니었다.

"크크, 보면 모르겠나? 우린 이 어둠의 세계를 통치하는 자들이지, 보아하니 바람피우러 갔다 오는 귀부인을 호위하는 것 같은데 우리도 지금 많이 굶주려 있거든, 어때, 조용이 육보시만 해주면 서로 좋게 해결될 텐데."

앞에 선 자의 능글거리는 말에 기사는 대노했다. 기사의 손이 검자루를 으스러지게 틀어잡았다. 밀행이라 소란을 일으키지 말라는 명을 받았지만 참을 수가 없었다.

"당장 사라지지 않으면 죽는다."

감히 거리의 부랑배들이 황후마마를 노리다니, 이놈들은

능지처참을 해도 시원치 않았다. 이들 일행은 에바 황후와 그의 친위병들이었다. 동생이 행불되었다는 소식을 듣고 밀행으로 아버지를 만나고 돌아가던 에바 황후는 분노가 치밀었다.

"죽여요."

그녀의 말이 떨어지자 분노로 몸을 떨고 있던 수석기사가 몸을 날렸다.

휘아악.

수석기사의 검이 일검양단(一劍攘斷)의 기세로 앞에 선 자의 머리통을 노리며 공기를 갈랐다. 그것을 본 기사들은 저놈은 끝났다고 생각하며 다른 놈들에게 쇄도해 들었다.

"크악!

다른 놈들에게 달려들던 기사들은 고통에 찬 비명 소리에 자신들도 모르게 머리를 돌렸다. 방금 터져 나온 비명은 분명 친위병들의 수석기사의 목소리였다.

획 돌려진 그들의 눈에 수석기사의 목이 잘려 허공에 둥실 떠오르는 것이 보였다.

"이, 이게. 커억!"

그들이 그만 공황 상태에 빠져 멈칫한 것은 최악의 실수였다. 번개같이 달려든 검은 옷들이 사정없이 검을 휘둘렀다. 번쩍거리는 검이 지나갈 때마다 친위병들의 목이 잘리고 상체가 잘려지며 피분수가 터져 나왔다. 어두운 골목 안이 순식간에 잘려진 팔다리와 쓰러진 기사들의 시체로 뒤덮였고 피가 도랑을 이루며 흘러내렸다.

에바 황후는 뜻밖의 상황에 부들부들 떨고 있었다. 황궁 안에서만 지낸 그녀에게 지금의 상황은 한마디로 지옥이었다.

"다, 다가오지 마."

그녀는 비칠거리며 뒤로 물러섰지만 뒤에도 서너 명의 검은 옷들이 흔들거리면서 다가오고 있었다. 아무리 황후라지만 이곳은 법보다 주먹이 앞서는 골목길이었고 힘센 놈이 모든 것의 왕이 되는 약육강식의 뒷골목 어둠의 세계였다.

"후후, 그년을 잡아라, 오늘 저녁은 질펀한 밤을 보내보자."

두목인 듯한 자의 말에 검은 옷들이 침을 질질 흘리며 다가들었다. 이제 더는 피할 길이 없게 된 에바 황후가 마지막 안간힘을 다해 소리쳤다.

"사람 살려요! 강도예요!"

그녀가 힘껏 소리를 질렀지만 들려오는 것은 그녀의 메아리 소리뿐이었다. 그것을 본 두목이 징글맞게 웃으면서 다가왔다.

"여기서는 소리를 질러봐야 들을 자도 없어. 조용히 우리에게 협조를 하면 죽이지는 않아. 어때, 이건 너도 좋고 우리도 좋은 일이지, 흐흐."

그러자 검은 옷들이 느끼한 웃음들을 흘렸다.

"흐흐, 고년 뼈마디를 녹이겠어."

"난 세 번은 해야겠다, 으흐흐."

검은 옷들이 침을 흘리며 하는 소리에 에바 황후는 눈앞이 아뜩하였다. 이곳에서 빠져나갈 길은 없었다. 그러나 하늘은 에바 황후의 편인 모양이다. 어둠에 싸인 골목길에서 저음의 목소리가 들려왔다.

"여기도 쓰레기들이 있군, 참 재수가 없어서."

"누구냐?"

깜짝 놀란 검은 옷들의 머리가 획 돌아갔다. 골목길의 입구에 한 명의 남자가 서 있었다. 어두운 밤이지만 건장한 남자가 머리를 절레절레 흔들고 있는 것이 보였다. 그 남자가 발걸음을 돌리며 한마디 툭 던졌다.

"이봐, 내가 상관할 일은 아니지만 여자는 그렇게 다루는 것이 아니야. 병신 같은 놈들."

남자는 말을 하고는 길을 돌아 걸어나가고 있었다. 그것을 본 검은 옷들이 어이가 없어 서로를 쳐다보았다.

"저놈 죽여 버려야 하지 않을까요? 두목님."

"놔둬라, 방랑검사 같은데 실력이 강하다. 어서 계집을 잡아."

두목의 말에 고개를 끄덕인 검은 옷들이 에바 황후에게 다가왔다. 잠시 멍하니 있던 에바 황후는 이것이 마지막 기회라는 것을 본능적으로 느꼈다. 저 남자가 가버리면 자신은 끝장이다.

　아무리 황후라고 소리쳐 봐야 미친년 취급이나 받을 것이 분명했다.

　"이봐요, 도와주세요! 이놈들은 강도예요!"

　그러자 골목길을 돌아 나가던 남자가 멈춰 섰다. 그가 고개만 돌려 에바 황후를 바라보았다. 에바 황후는 안타까움으로 입이 바짝 말라들었고 검은 옷들은 검자루를 움켜잡았다.

　"난 공짜로는 일을 안 해. 아가씨, 나에게 청부를 하면 도와주지."

　남자의 말에 에바 황후는 저자가 청부검사라는 것을 눈치챘다. 이 세계에는 방랑하면서 남의 돈을 받고 일을 해주는 청부검사들이 많지는 않았지만 가끔 있었다.

　"돈을 드릴게요. 5천 골드, 아니, 1만 골드요."

　여자의 말에 남자가 완전히 돌아섰다. 그가 에바 황후를 뚫어지게 바라보았다. 그리고는 중얼거렸다.

　"1만 골드라, 그 정도면 귀족가의 아가씨 같은데. 좋아, 청부를 받아들이지."

　그가 스적스적 걸어오자 검은 옷들이 검을 추켜들었다.

　"미친놈이군, 네놈은 우리가 바지저고리로 보이냐?"

　"그런 것 같은데."

　남자가 나지막한 소리로 말하자 검은 옷들이 어처구니가 없어 멍해졌다.

"네놈이 정신이 없는 놈이로구나, 감히 데스크로드의 크로우 8형제를 무시하다니, 저놈을 죽여라."

두목이 하는 말을 들은 에바 황후는 흠칫 놀라 몸을 부르르 떨었다. 크로우 8형제는 데스크로드 시에 악명 높은 무법자들이다. 살인과 약탈, 부녀자 강간으로 악명을 떨치는 이자들은 여자를 죽여도 그냥 죽이지 않는다. 8형제가 돌아가면서 온갖 짓을 다하고 나중에는 가죽을 벗겨 벨트를 만들어 차고 다니는 악마들이었다. 군사들이 이놈들을 잡으려고 안간힘을 쓰고 있지만 놈들은 검술 실력이 높아 오히려 잡으러 갔던 군사들이 처참하게 당하곤 했다.

'저자가 이놈들을 당할 수 있을까?

에바 황후는 온몸을 바들바들 떨었다. 들리는 말에 의하면 이놈들은 최상급의 검사들이라고 했다. 저 남자가 이길 수 있는 확률은 오크가 드래곤에게 덤비는 것만큼이나 희망이 없었다. 하지만 두목이 지키고 있어서 도망칠 수도 없었다.

그녀는 절망적인 눈을 들어 남자에게 달려드는 검은 옷들을 쳐다보았다. 평소 같으면 저런 남자는 거들떠보지도 않을 에바 황후였지만 지금은 저 남자가 이기기를 간절히 바랐다.

"벌레 같은 놈, 네놈에게 크로우 8형제의 본때를 보여주마."

품자형으로 달려드는 3명의 손에서 푸른빛이 쭉 뻗어 나왔다. 저건 오러 블레이드였다. 소드 마스터만큼 선명한 줄기는 아니지만 그 무엇이라도 잘라 버릴 수 있는 검사들의 꿈의 경지인 마나로 뭉쳐진 검사였다. 공포의 오러 블레이드가 남자를 향해 빗살처럼 날아들었다.

촤악, 촤악.

"켁, 큭!"

푸른 오러 블레이드가 휘둘러지고 숨이 막히는 듯한 비명이 에바 황후의 귓전을 울렸다.

'끝났구나. 나, 에바가 이런 쓰레기들에게 당하다니.'

에바 황후는 기가 막혔다. 나라의 실권을 쥐기 위해 그동안 얼마나 인고의 세월을 보냈던가? 그런데 승리가 눈앞에 다가온 지금 어이없게도 색마들에게 능욕당하고 죽게 되니 미칠 것만 같았다. 비밀리에 오느라고 기사들을 적게 데리고 온 것이 후회가 되었지만 이미 늦었다.

"네놈이, 이놈."

갑자기 두목의 악쓰는 소리에 눈을 번쩍 뜬 에바 황후는 눈이 휘둥그레졌다. 그녀의 눈에 푸른 오러 블레이드를 날리며 달려들었던 3명의 크로우들의 몸통이 두 동강으로 잘려져 바닥에 쓰러져 있는 것이 확 안겨왔다. 그리고 나머지 다섯 명이 푸른빛을 번쩍이며 협공하는 것이 보였다.

그 순간 에바 황후는 눈을 크게 떴다. 사벨을 쥐고 서 있던 사내의 몸이 스르륵 흔들리더니 어느새 두목의 옆에 나타났다. 당황한 두목이 몸을 비틀며 검을 후려치는 순간, 청부검

사의 칼이 빛살처럼 목을 자르고 지나치는 것이 그림처럼 보
였다.

차앗.

두목의 목을 자른 남자가 공중제비를 돌면서 검을 휘둘렀
다.

핏핏핏.

공기가 갈라지는 소리가 나고 수십 개의 칼날이 눈앞을 가
득 채웠다. 허공에 무지갯빛 칼날들이 부챗살처럼 뻗어 나가
는 것이 아름답게까지 보였다.

철컥.

수많은 칼날이 사라지고 청부검사가 샤벨을 도갑에 넣는
소리가 났지만 크로우들은 모두 굳어진 듯 서 있었다.

"별 볼일도 없는 놈들이 폼을 잡고 있어, 퉤!"

침을 탁 뱉은 청부검사가 스적스적 걸어오는 순간이다. 굳
어진 듯 서 있던 다섯 명의 크로우가 끼우뚱하더니 와당탕 넘
어갔다. 쓰러진 그들의 몸은 수십 갈래로 잘려져 정육점의 고
기처럼 땅바닥에 흩어져 버렸다. 땅바닥에 물을 부운 것처럼
붉은 피가 진하게 퍼져 갔다.

"아앗!"

에바 황후는 그대로 기절해 버렸다. 아무리 야망이 큰 황후
였지만 이런 처참한 광경은 처음 보았으니 당연한 것이다. 그
것을 내려다본 청부검사가 혀를 쯧쯧 찼다.

"쩝, 이런 젠장, 돈 벌기가 쉽지 않네."

에바 황후를 둘러멘 청부검사가 터벅터벅 걸어 골목길을 벗어났다. 바람만이 휘몰아치는 골목길에 피비린내가 지독히 풍겼다. 그 속으로 10명의 사람들이 지붕에서 날아 내렸다.

"어서 시체를 치워요."

"옛, 레드 스콜피언님."

부하들이 시체를 처리하자 레드 스콜피언 이레인은 헤럴드가 사라진 여관을 바라보았다.

'호호, 연기도 제법이네.'

이번 작전은 이레인과 데이브 공작이 꾸민 일이었다. 하이도 자작이 행불된 후, 에바 황후가 친정을 비밀리에 방문한다는 것을 정보망을 통해 알아낸 이레인이 헤럴드를 황후의 곁에 접근시키기 위해 만들어낸 음모였다. 원래 크로우 8형제는 돈을 위해서라면 무엇도 가리지 않는 불한당들이었다. 그것을 이용해 에바 황후를 납치하게 크로우 8형제에게 청부를 넣은 것은 바로 이레인이었다. 계획을 들은 헤럴드도 찬성했음은 두말할 것도 없었다. 크로우 8형제는 어차피 이 땅에 살아 있을 가치가 없는 해악 덩어리이기 때문이었다. 저런 놈들을 살려두면 선량한 수많은 사람들이 피해를 볼 것이 자명한 일이었다. 오늘 헤럴드는 쓰레기들도 치워 버렸고 에바 황후에게 접근할 길도 찾는 일석이조의 성과를 거두었다술 취한 사람들의 고함이 울리는 이곳은 한밤의 이슬이라는 여관이다. 이곳은 용병들이나 방랑검사들, 그리고 장사꾼들이 묵는 싸구려 여관이어서 소위 어깨에 힘깨나 준다는 자들은 얼씬도 하지 않는 곳이다.

그곳에 오늘은 난리가 났다.

"빨리, 빨리, 한 명도 문밖에서 나오지 못하게 하라."

"옛!"

투다닥, 투다닥.

은빛으로 빛나는 갑주를 입은 황실의 근위기사들이 여관을 포위했고 계단을 뛰어올라 여관으로 쏟아져 들어갔다. 밤의 이슬 여관의 주인은 얼굴이 캄캄하게 질려 안절부절못하고 있었다. 대체 왜 황궁의 근위기사들이 여관을 포위하고 달려든단 말인가?

안으로 쏟아져 들어온 근위기사들이 2층의 한 방으로 들어갔다.

"황후마마! 근위기사단장 클린페르, 이제야 연락을 받고 달려왔습니다! 용서해 주십시오!"

방 안의 허름한 침대에 핼쑥해진 얼굴로 앉아 있는 에바 황후 앞에 털썩 무릎을 꿇은 근위기사단장 클린페르가 머리를 조아렸다.

"용서해 주십시오, 마마!"

그 뒤에 들어온 근위기사들이 동시에 무릎을 꿇었다. 오늘 아침 창가에 표시된 비상 신호를 보고 달려온 근위기사들이다. 그들은 황후의 모습을 보고는 분노로 가슴을 들먹이고 있었다. 제국의 황후마마가 이런 삼류 여관에 머물고 있다니,

"됐어요, 난 별일없으니 조용히 가요. 아, 그리고 맞은편 방에 검사가 한 명 있을 거예요. 그를 데리고 갑시다."

황후의 말에 단장 클린페르의 눈에서 분노가 번뜩였다. 아마도 그 검사라는 놈이 황후마마를 욕보인 놈인 것 같았다.

"알았습니다, 황후마마. 저희가 처리하겠습니다."

읍을 하고 돌아서는 클린페르의 이빨이 으드득 갈렸다. 당장 놈을 잡아 갈가리 찢어 죽여도 이 분노가 풀릴 것 같지 않았다.

"너희들은 마마를 마차로 모셔라. 나머지는 나를 따른다."

명을 내린 클린페르가 문을 박차고 안으로 들어섰다.

콰앙, 와지끈.

마나가 실린 클린페르의 발길에 맞은편의 문이 박살이 나서 흩어졌다. 그리고 뛰어드는 클린페르, 그의 뒤로 검을 꼬나 든 근위기사들이 성난 오거처럼 달려들었다. 그러나 클린페르는 들어갔던 속도보다 더 빨리 복도로 튀어나갔다. 침대에 누워 빈둥거리던 헤럴드가 검을 들고 살기등등해서 달려드는 클린페르를 향해 그대로 날며 발차기를 날린 것이다.

휘익, 퍽퍽퍽.

"컥, 크악!"

안으로 달려들어 갔던 근위기사들이 공중에 떠서 날아오며 풍차처럼 발을 날리는 헤럴드의 발에 들어오는 족족 얻어맞아 사방으로 날려갔다. 이건 뭐 반항이고 뭐고 할 새도 없었다. 눈앞에서 불이 번쩍하면 그대로 몸이 붕 떠서 날아간다. 발에 실린 힘이 얼마나 강한지 복도에 날려가 처박힌 기사들은 숨도 제대로 못 쉬고 있었다.

에바 황후를 모시고 밖으로 나오던 4명의 근위기사가 검을 쥐고 앞으로 나섰다. 뭐가 뭔지 모르지만 자신들의 임무는 황후를 지키는 일이다.

"으악!"

마지막으로 근위기사단의 조장이 붕 날아 나오더니 복도에 처박혀 버둥거렸다.

"누구냐?"

기사가 검을 들고 소리치는데 한 명의 남자가 손을 툭툭 털며 복도로 나왔다.

"젠장, 아침부터 뭔 파리가 이렇게 많아, 잠도 제대로 잘 수 없네."

눈이 휘둥그레져서 복도에 처박힌 기사들을 보던 에바 황후는 헤럴드를 보고는 웃음을 참을 수 없었다. 어젯밤 크로우 8형제를 간단하게 없애는 것을 보고 실력이 대단하다고 생각했지만 근위기사들을 애처럼 다룰 줄은 생각도 못했다. 그녀의 얼굴에 뜨거운 열기가 반짝이며 떠올랐다.

"호호호, 대단하네요. 이들을 다 쓸어버리다니."

"어, 아가씨의 기사들이었어? 그럴 줄 알았으면 약하게 치는 건데 무작정 검을 들고 쳐들어오니 크로우 8형제 패거리로 알았구만."

헤럴드의 천연덕스런 말에 울컥하여 앞으로 나서려던 근위기사들은 에바 황후가 손을 들어 제지하는 바람에 입을 꾹 다물고 뒤로 물러섰다.

"이젠 저와 함께 가요."

"내가 왜 아가씨와 함께 가겠소? 돈이나 주시오."

헤럴드의 퉁명스러운 말에 에바 황후가 요염한 미소를 지었다.

"집에 가야 돈을 줄 게 아니에요, 안 그래요?"

"거참, 귀찮은데… 그럼 갑시다."

정말 귀찮은 듯 잔뜩 이맛살을 찡그린 헤럴드가 복도로 나섰다. 걸어가던 그가 끙끙거리며 일어서는 근위기사들을 둘러보았다.

"아참, 미안하오. 미리 말했으면 부러지진 않았을 것인데 댁들도 참 미련하네."

헤럴드의 말에 클린페르는 화가 벌컥 치솟았지만 할 말이 없었다. 다짜고짜 덤벼든 것은 자신들이었기 때문이다. 하지만 클린페르는 뭔가 의심스러웠다. 대체 황후마마와 저놈과의 관계는 무엇인가? 놈은 황후마마에게 거리낌 없이 반말을 하고 있었다.

잠시 후 마차는 여관을 떠나 황궁을 향하여 쏜살같이 내달렸다.

"그러니까 당신이, 아니, 그대가 아스톤 제국의 황후마마라 이 말이시오, 지금?"

여기는 황실의 쟈스민 궁이다. 쟈스민 궁은 에바 황후의 궁전으로 외부인은 누구도 들이지 않는 곳이었다. 그곳에 처음으로 외부인이 들어왔고 그자는 지금 황당해서 말을 하고 있었다.

"예, 여기가 황궁이고 내가 바로 에바 황후예요."

"허참, 난 귀족가의 아름다운 레이딘 줄 알았는데 황후? 이거야 원, 돈 받기는 틀렸잖아. 젠장, 그렇지 뭐, 내 일이 잘될 리가 있나? 그럼 황후마마, 5천 골드만 주시오. 난 빨리 이곳에서 나가고 싶소."

헤럴드의 말에 뒤에 서 있던 클린페르가 더 이상 참을 수 없어 소리를 질렀다.

"놈, 죽고 싶으냐? 황후마마는 이 나라의 주군이시다! 무릎을 꿇지 않으면 당장 네놈을……!"

"뭐, 내 목이라도 치겠다고? 이봐, 노란 옷. 난 이 나라의 사람도 아니고 누구에게 매인 몸도 아니야, 내가 왜 무릎을 뚫어야 하지? 돈만 주면 난 떠나가겠으니 걱정 마라."

헤럴드의 말에 클린페르는 뇌가 울리는 것 같아 흠칫 물러섰다. 헤럴드가 음성에 혼돈의 기를 실어보냈기에 클린페르는 고통을 참을 수가 없었던 것이다. 반짝이는 눈으로 헤럴드를 보고 있던 황후가 입을 열었다.

"그럼 이렇게 해요. 약속했던 1만 골드를 드리겠어요. 그리고 5만 골드를 더 드리겠으니 앞으로 나를 호위해 주세요. 어때요?"

황후의 말에 헤럴드는 머리를 갸웃했다. 그리고는 황후를 힐끔 쳐다보았다.

"언제까지요?"

"앞으로 5년."

그러자 헤럴드가 머리를 흔들었다.

"1년에 5만 골드."

"뭐요? 1년에 5만 골드요? 그건 너무 많아요."

그러자 헤럴드가 머리를 휘휘 저었다.

"난 말이오, 그 정도가 아니면 황궁에 있고 싶지 않소. 황궁에 있으면 자고 싶을 때 잘 수도 없지, 여자를 품고 싶을 때 품을 수도 없지, 마음대로 와인도 마실 수 없지, 그냥 청부를 해주면 마음대로 살 수 있소. 그런 자유를 버리고 내가 왜 황궁에 있겠소? 돈이라도 많이 준다면 모를까."

헤럴드의 말에 에바 황후는 희미하게 웃었다. 이자는 예절도 없고 제멋대로지만 꾸미지 않고 말하는 것이 마음에 들었다. 게다가 검술은 상상외로 강했다. 자신에게 근위기사단이 있지만 그들은 이자에게는 게임도 안 된다.

'만약 이자를 내 것으로 만든다면 안전에 대해서는 마음을 놓을 수 있다.'

그녀의 눈이 저 멀리 후원에 있는 침묵의 궁을 노려보았다. 침묵의 궁에는 뛰어난 검사들이 많았다. 그들이 얼마나 많은지는 모르겠지만 그들의 힘을 꺾기 위해 니힐리스 제국과도 손을 잡았다. 어떻게 해서든 이런 강자는 자신의 치마폭에 끌어들여야 앞으로 황위를 자신의 자식에게 물려줄 수 있었다.

"좋아요, 1년에 5만 골드를 주겠어요."

"그럼 주시오."

"뭐요, 5만 골드요?"

"우선 1만 골드는 받아야겠고 또 1년분에서 선금으로 2만 골드는 받아야 하지 않겠소?"

헤럴드의 말에 참지 못한 클린페르가 검을 뽑았다.

"보자 보자 하니까 못하는 소리가 없구나! 내 네놈을 당장… 어어!"

검을 뽑은 클린페르는 너무도 황당하여 어어 소리를 연발했다. 뭔가 희뜩하더니 눈앞에 나타난 헤럴드가 그의 검을 두 손가락으로 잡고 있었다. 아무리 힘을 주어 빼내려고 해도 끔쩍도 하지 않았다.

"이봐, 다시 내 앞에서 검을 뽑으면 넌 죽어, 명심하도록."

헤럴드의 말에 클린페르는 등골에 소름이 돋는 것을 느꼈다. 그건 강자에게서 오는 본능적인 공포였다. 헤럴드가 말하면서 천지후를 그에게 쏘아보냈고 드래곤의 피어나 같은 천지후에 제압된 클린페르는 다시는 그에게 도전을 못할 것이다.

"좋아요, 주지요. 대신 한시도 내 옆에서 떠나면 안 돼요, 그게 조건이에요."

"알겠소, 대신 나도 조건이 있소. 난 내 마음대로 움직일 것이오. 그리고 내 방에는 아름다운 시녀로 열 명은 주시오. 그래야 내가 밖에 나가지 않을 테니까."

헤럴드의 말에 에바는 고개를 끄덕였다. 돈과 여자, 그것이라면 자신에게 얼마든지 있다. 이런 단순한 자는 오히려 그것이 좋았다.

"그럼 이젠 자기소개를 하세요. 이름이라든지 어느 나라 사람이라든지."

"사람들은 나보고 쿡(요리사)이라고 하오, 나는 사람을 죽일 때 아예 탕을 치거든. 아참, 황후도 보지 않았소?"

헤럴드의 말에 에바 황후는 온몸에 소름이 오싹 끼쳤다. 그날 밤, 골목길에서 달려들었던 자들은 모두 고기를 탕친 것처럼 갈기갈기 찢겨져 죽었다. 쿡이라는 말이 어울린다는 생각이 들었다.

"출생지는 아이스 왕국이오, 그런데 어릴 때 미친 전사에게 잡혀 산에 들어갔소. 10여 년 동안 그 미친 전사에게 매를 맞으며 사람 죽이는 기술을 배우고 나니 이렇게 됐지 뭐요. 그가 죽은 후 산에서 내려와 세상을 떠돌았소, 그게 다요."

헤럴드의 말에 근위기사단장은 그 미친 전사를 속으로 욕했다. 대체 저런 놈에게 무엇 때문에 검술을 가르친단 말인가? 완전 미친놈에게 칼을 쥐어준 것이나 다름이 없었다.

그러나 에바 황후는 달랐다. 저런 자일수록 더욱 쓸모가 많은 것이다. 이제 자신의 비밀 기사로 저자를 활용하면 야망을 실현하는 데 유익할 것이었다.

*   *   *

뚜벅뚜벅.

쟈스민 궁을 순찰하는 근위기사들의 발걸음 소리가 규칙적으로 조용한 정적을 깨뜨리며 울린다. 2인 1조로 궁을 순찰하는 기사들이 정원에 들어섰을 때였다.

스스슷.

뱀이 지나가는 듯한 미약한 소리가 울렸지만 기사들은 아무것도 모른 채 자리를 지키고 있었다. 천지은잠(天地隱潛)술을 사용해 기사들의 옆을 바람처럼 지난 헤럴드가 은밀하게 쟈스민 궁의 집무실로 접근하고 있었다.

"황후께서 요구하시는 전사들은 제가 데리고 왔어요, 검은 탑의 위치만 안다면 그들을 제거할 수 있습니다."

황후의 집무실에는 붉은 옷을 입은 여인이 앉아 이야기를 하고 있었다. 마주 앉은 황후가 남방에서 들여온 차를 한 모금 마시고는 한숨을 내쉬었다.

"우리도 그동안 계속 찾아보았지만 검은 탑의 본부를 찾지는 못했어요. 난 그 일을 당신들이 해줬으면 해요. 대신 나는 니힐리스 제국의 요구를 들어주겠어요."

황후의 이글거리는 눈을 들여다본 붉은 옷의 여인이 고개를 끄덕였다.

"좋아요, 황후와 우리의 뜻이 맞으니 검은 탑은 우리가 찾도록 하지요, 대신 쥬신 왕국과 아이스 왕국은 협정대로 우리 니힐리스 제국이 차지할 겁니다. 아스톤 제국은 한 달 안에 100만의 군사를 바람의 계곡으로 집결시켜 주세요. 또 그들이 먹을 군량과 소비품, 무기를 대주는 것을 잊지 마세요."

붉은 옷의 여인이 하는 말에 에바 황후는 고개를 끄덕여 동의를 표시했다. 검은 탑을 없앨 수만 있다면 어떤 것도 해줄 수 있었다. 지금 황후에게는 주된 적이 검은 탑이었다. 그들이 있는 한 자신의 아들이 황제가 된다는 것은 요원했다. 그렇다고 자신이 대적해서 이길 수 있는 존재도 아니었다.

황후는 모든 것을 내주는 한이 있더라도 검은 탑을 제거하려고 니힐리스 제국과 손을 잡았다. 옆에 앉아 있는 뚱뚱한 남자는 아스톤 제국의 비로스 공작이었다. 친 니힐리스 파로 예전에는 찬밥 신세였지만 지금은 황후의 신임을 받는 자였다.

"그렇게 하지요. 대신 하루라도 빨리 그들을 찾아 제거해 주세요. 그때만이 내가 군사들을 보내줄 수 있어요."

"그건 걱정하지 않아도 돼요. 우리 아케이트 전사단도 검은 탑과 풀 수 없는 원한이 있으니까요. 이곳에 들어와 있는 아케이트 전사들이 동원되면 검은 탑은 곧 무너뜨릴 수 있어요."

집무실의 천장에 들어와 그녀들의 얘기를 엿듣고 있던 헤럴드는 붉은 옷의 여인이 일어서자 그만 헛바람을 들이켰다. 늘씬한 키에 백발, 폭발적인 염기를 뿌리는 여자는 분명한 브리지트였다. 깜짝 놀란 헤럴드가 순간이지만 은잠술을 흩뜨렸다. 황후와 인사를 주고받던 브리지트의 눈이 번쩍 빛을 뿌렸다.

그녀의 손에서 붉은빛이 폭발적으로 뿜어져 나왔다.

콰쾅, 쾅!

붉은빛이 강타한 천장이 산산이 비산했고 단숨에 날아오른 브리지트가 휑하니 뚫린 천장 속을 둘러보았다.

후드득.

그러나 치솟았던 천장의 잔해만이 떨어져 내리고 천장 속에는 아무도 없었다.

“내가 잘못 들었나?”

머리를 갸웃한 브리지트가 집무실로 내려섰다.

“내가 잘못 들은 것 같군요. 미안해요.”

“아뇨, 그나저나 대단하군요!”

에바 황후는 오히려 브리지트의 무서운 실력에 감탄을 하고 있었다. 저 정도면 검은 탑과의 대결에서 결코 밀리지 않을 것이다. 그녀는 마음 한쪽이 든든해졌다. 하나 에바 황후는 늑대를 몰아내려고 사자를 끌어들이고 있다는 것은 꿈에도 생각 못하고 있었다.

“후~ 브리지트의 실력이 점점 올라가고 있군.”

브리지트와 황후가 밖으로 나가자 천장 속의 담벼락에서 아지랑이가 아롱거리더니 사람의 형상으로 나타났다. 누가 보았다면 귀신이라고 질겁할 모습이었다.

천지 귀식대법을 사용해 심장의 박동마저 죽이고 담벼락에 달라붙어 있던 헤럴드가 조용히 중얼거렸다.

“아케이트 전사단이 왔단 말이지, 게다가 내 땅을 공격하겠다고.”

혼자 중얼거리던 헤럴드의 신형이 스르륵 사라졌다. 극성에 이른 부신귀형의 경공이다.

칙칙한 빛을 뿌리는 이곳은 마치 지옥 같았다. 길게 뻗어 있는 복도를 사이에 두고 방마다 남녀가 쇠사슬에 묶여 몸부림치고 있었다.

그곳으로 두 명의 남자가 걸어가고 있었다.

"2호의 보고에 의하면 에바 황후가 아케이드 전사단을 끌어들였다고 합니다. 그리고 한 달 안에 100만의 군사를 징집하고 군량과 무기를 보장한다고 협정을 맺었다고 합니다. 그대가로 우리 검은 탑을 없애 달라고 했답니다."

2.5미터 정도의 회색의 거인이 하는 보고에 묵묵히 걸음을 옮기던 사내가 비릿한 웃음을 떴다.

"블러드, 아직은 놔둬라. 어차피 군사를 징집해야 하고 군량과 무기를 마련해야 한다. 그런데 에바, 그 암캐가 대신해 주니 얼마나 좋은가. 너는 정보원들을 발동해 아케이드 전사단이 어느 정도인지 확인하라. 그동안 나는 마지막 대법을 실행하겠다. 마왕 플레이너스의 힘이 나에게 강림하는 것은 오직 대법에 달렸다. 아느냐?"

"알겠습니다, 주군."

폐위된 황태자 샤르만이 핏빛 눈을 들어 감방 안을 둘러보았다. 요새는 점점 더 살인에 대한 욕구가 강해진다. 눈앞에 보이는 모든 것을 찢어발기고 피를 마시고 싶었다. 하루라도 빨리 대법을 실행하지 않는다면 육체는 파멸을 맞을 것이다.

"대법 준비는?"

"지금 준비 중입니다. 하지만 최상급 기사들은 납치하기가 쉽지 않습니다, 주군."

블러드가 황송하게 고개를 숙이자 샤르만의 눈에서 붉은
빛이 뿜어져 나왔다.

"당장 비밀 전대를 풀어라. 그들을 풀어 닥치는 대로 잡아
들여라. 이젠 시간이 없다."

"알겠습니다."

블러드는 샤르만의 눈에서 번들거리는 살기를 보고는 황
급히 대답하였다. 주군의 살심이 점점 강해지고 있었다. 이제
는 무리하더라도 대대적인 납치를 할 수밖에 없었다.

어차피 대법이 성공하지 못하면 검은 탑의 미래는 있을 수
가 없었다.

넓은 방 안에 다섯 명이 한꺼번에 쓰고도 남을 만한 커다란
침대가 화려한 비단에 둘러져 있었다. 그곳에 온몸에 실한 오
리도 걸치지 않은 5명의 여자가 한 명의 남자와 뱀처럼 얽혀
있었다.

"호호, 백작님. 오늘은 왜 이렇게 세요?"

얼굴이 통통한 여자가 코맹맹이 소리를 하며 끈적끈적한
남자의 등을 훑는다. 온몸에 땀이 흘러내리는 남자가 밑에 깔
려 발버둥치는 여자에게 연신 공격을 하며 헐떡거린다.

"헉헉, 오늘은 내 너희들을 모두 만족하게 해주마. 허헉!"

남자는 눈이 몽롱하게 풀어진 채로 연방 여자를 갈아댄다.
분홍빛 불빛 사이로 향로에서 피어오르는 만드라인(환각제,

마약의 한 종류)의 파란 연기가 방 안을 휘감고 있었다.

만드라인은 흡입하면 사람을 끝없이 흥분시키고 환각 현상을 불러일으킨다. 이 약은 너무도 강력한 미약의 효과 때문에 대륙의 어느 나라나 금하는 약이지만 귀족들에게 그 법이 통할 리 만무했다. 이렇게 귀족들은 만드라인을 음성적으로 사들여 섹스 파티를 할 때 쓴다.

"아흑, 아학, 백작님. 나 죽어요."

여인들의 교성 소리와 질퍽거리는 소리, 백작의 헉헉거리는 소리, 방 안은 온통 음란한 음향과 비릿한 냄새로 숨을 쉴 수 없을 정도였다. 하나 만드라인에 취한 한 명의 남자와 다섯 명의 여자는 오직 섹스에만 몰두하고 있었다.

"으흐흑!"

정신없이 몸을 흔들어대던 백작이 온몸을 경직시키며 여자의 하체에 자신의 몸을 바짝 밀착시킨다. 온몸에 오는 절정의 쾌락으로 백작은 만족한 얼굴이었다.

"아이, 백작님. 벌써 하면 어떡해요, 난 몰라."

요염한 여자가 몸을 비비꼬자 백작이 그녀를 쓸어안았다.

"흐흐, 뭐가 걱정이냐? 저 만드라인이 있는데. 조금만 기다려라. 금세 또 시작할 테니."

백작이 온몸에 매달리는 여자들을 그러안고 말하는 순간이다. 어디선가 말소리가 울려왔다.

"그만큼 놀았으면 이젠 우리와 가야겠다, 트르디 백작."

"누, 누구냐?"

트르디 백작은 깜짝 놀라 침대 머리맡에 꽂혀 있는 검을 뽑으려 벌떡 일어섰다. 하지만 마음뿐, 만드라인에 취한 몸은 흐느적거릴 뿐이었다. 트르디가 여자들의 알몸 위로 벌러덩 쓰러지자 비웃는 목소리가 들렸다.

"미친놈, 그렇게 밝히는 것도 정도가 있는 거야."

말이 끝나는 순간 검은 옷을 입은 자들이 나타났고 트르디는 머리가 빠개지는 듯한 통증을 느끼며 정신을 잃었다.

"비명을 지르면 죽는다, 일어서는 년도 배를 갈라 죽인다. 꼼짝 말고 있도록."

비명을 지르려던 여자들은 필사적으로 입을 막고 자신들의 주인이 부대에 쓸어 박히는 것을 공포에 질린 눈으로 바라보았다.

"다 끝났습니다. 이것들은 어떡할까요?"

검은 복면을 쓰고 눈만 내놓은 자가 여자들을 바라보더니 부하들을 둘러보았다. 모두들 눈가가 붉게 상기된 것을 보니 음욕이 치솟고 있는 것 같았다. 하긴 여자들은 침대에 정사를 하던 모습 그대로 꼼짝도 못하고 누워 있는 형편이니 열이 오를 수밖에 없다.

"좋아, 맘껏 놀아라. 단 끝은 규정대로 하도록."

"흐흐. 감사합니다, 전대장님."

검은 복면들이 와락 여자들을 덮쳤다. 이들은 검은 탑의 비밀 전대다. 육체가 키메라로 개조하여 창칼이 잘 들지 않지만 정신만은 인간과 똑같은 괴물들이었다. 이들은 마나 블레이드를 뿜어내는 상급 이상의 전사들이 아니라면 무적인 자들이다.

그들이 바지를 벗고 여자들에게 달려들어 사정없이 유린하기 시작하였다.

"아악, 아흑!"

여자들은 쾌락에 겨운 소리가 아니라 고통에 찬 비명을 지르고 있었다. 이들 비밀 전대는 트롤과 인간의 육체를 혼합해 개조한 자들로, 인간의 여자가 이들의 비정상적으로 큰 성기를 받아들이기에는 무리가 있었다. 여자들의 비명 소리, 짐승들의 철벅거리는 소리로 가득한 두 시간. 고통 속에 몸부림치던 여인들이 하체에 붉은 피를 수없이 쏟아낸 후에야 만족하게 일어선 비밀 전사들이 품에서 반월처럼 휘어진 기형도를 꺼내 들었다.

"사, 살려주세요!"

"제, 제발! 아악!"

여자들이 눈물을 흘리며 손이 발이 되도록 빌었지만 이들은 사정없이 기형도를 휘둘렀다.

촤악, 촤악.

방금까지 자신들의 쾌락을 위해 안고 있던 여자들의 머리를 가차없이 잘라 버린 비밀 전사들의 눈은 한 점 흔들림이 없었다. 침대가 목이 잘린 여자들의 피로 새빨갛게 물들었다.

"그만 가자."

"예. 전대장님."

트르디 백작을 넣은 부대를 짊어진 복면들이 바람처럼 집 안을 빠져나갔다. 이곳은 아스톤 제국의 6대 공작의 하나인 왈도 공작의 저택이었다. 납치된 트르디 백작은 왈도 공작의 하나밖에 없는 아들로, 최상급 수준의 기사였다. 마침 왈도 공작은 영지에 내려가서 봉변을 피했지만 이것은 시작이었다. 샤르만의 대법을 위해 비밀 전대가 무차별적인 납치를 시작한 것이었다.

황금 길로 유명한 망가이 강의 하류에 여객선으로 사용되는 범선이 내려오고 있었다.

이 범선은 아스톤 제국을 관통하여 흐르는 망가이 강 하류에 정기적으로 사람들을 실어 나르는 여객선으로 질리 공작의 소유다.

"아씨, 이제 한 시간만 가면 데스크로드 선창에 도착해요."

시녀가 객실에 문을 열고 들어서며 하는 말에 사라는 창밖에 넘실거리는 강물을 내다보았다. 사라는 무하비 공작의 아들인 렉스의 부인이다. 렉스는 아버지 무하비 공작을 닮아 오직 검술밖에 모르는 전형적인 기사다. 하긴 그런 피나는 노력이 있어 지금은 귀족들 중에 가장 어린 나이에 최상급의 기사로 올라선 남자다.

"그래, 그럼 이젠 내릴 준비를 해야겠구나."

사라가 주섬주섬 일어서며 하는 말에 시녀들이 들어와 짐을 꾸리기 시작하였다.

두 달 동안 친정에 갔다 오는 사라는 이제 만날 남편을 생각하며 설레는 가슴을 진정시키고 있었다. 남편 렉스는 말이 없고 무뚝뚝하지만 아내를 무척 사랑하는 사람이었다.

"그이를 만나면 무엇부터 말해야지?"

사라는 남편을 만나면 할 말을 생각하느라 보랏빛 꿈에 잠겨 있었다.

그때 문이 스르르 열렸다. 찬바람이 밀려들어 오자 정신이 번쩍 든 사라가 고개를 돌렸다. 그곳에는 얼굴에 복면을 쓴 세 명의 남자가 반월처럼 생긴 기형도를 들고 들어오고 있었다.

"누, 누구세요?"

사라가 얼결에 물었지만 복면들은 단 한마디 말도 없이 불문곡직하고 기형도를 휘둘렀다.

"악, 꺄악!"

칼날이 번뜩이자 시녀들이 비명을 지르며 몸이 잘려 무너져 내렸다. 시녀들이 눈앞에서 칼에 잘려 창자가 쏟아지는 것을 본 사라는 그만 눈을 뒤집고 스르륵 쓰러졌다.

"흥, 계집이 정신을 잃었군."

“이봐, 그년은 렉스를 낚을 미끼야. 어서 부대에 넣어.”

쓰러진 사라의 치마 속에 슬쩍 손을 집어넣는 동료를 본 복면이 경고를 주었다. 전대장의 눈에 띄면 죽는다는 의미다. 음욕에 눈이 벌게져 사라의 비처에 손을 대던 복면이 흠칫 손을 뗐다.

“알았네. 젠장, 이 싱싱한 것을 맛보지도 못하다니. 쩝.”

복면인은 아쉬운 듯 사라의 하얀 다리를 쓸어보고는 그대로 부대 안에 넣어 짊어졌다.

“일이 끝나면 맛볼 수 있을 거야.”

“하긴, 이용 가치가 끝나면 우리에게도 차례가 오겠지, 흐흐!”

그들이 밖으로 사라진 복도에는 사라의 호위를 하던 기사들의 잘려진 시체가 사방에 널브러져 있었다.

배의 선미에는 여객들과 선장을 비롯한 사람들이 모두 무릎을 꿇고 앉아 있었다. 그 앞에 복면을 한 30여 명의 검은 옷이 기형도를 들고 서 있었다.

“가자!”

부대를 짊어진 복면들이 망가이 강에 작은 배를 띄우고 멀어져 가자 사람들이 하나둘 일어섰다. 그들의 눈에는 짙은 공포가 어려 있었다.

“아이고, 이를 어쩌나, 저놈들이 무하비 공작 각하의 며느리를 납치해 갔어, 아이고.”

선장이 하는 넋두리를 들으며 사람들은 부르르 몸을 떨었다. 언제, 어디서 나타났는지 모를 저 복면들은 배에 오르자마자 기사들을 모조리 찍어 죽였고 무하비 공작의 며느리를 납치해 간 것이다.

"저기, 이건 저놈들이 공작 댁에 전하라는 편지입니다."

나이가 어린 선원이 부들부들 떨며 선장에게 편지를 내밀었다. 그것을 본 선장이 눈물을 뚝뚝 떨어뜨렸다. 공작이 분노해서 당장에 자신의 목을 칠지도 모르는 일이었다.

두두두두!

100여 기의 기마가 먼지를 일으키며 전속으로 달리고 있었다. 기수들의 앞에는 갑주를 차려 입은 무하비 공작의 아들 렉스가 거대한 할버드를 들고 미친 듯이 말을 때려 달리고 있었다.

"속도를 높여라."

렉스 백작의 호령에 기사들이 말에 박차를 가했다.

"이놈들, 어떤 놈들인지 사라를 털끝만큼이라도 건드리면 산채로 찢어 죽일 테다."

오늘 렉스는 청천벽력 같은 소식을 들었다. 친정에 갔다 오던 아내가 어떤 정체 모를 놈들에게 납치되었고 여객선의 선장이 편지를 가져왔다. 편지에는 데스크로드 성에서 10㎞ 정도 떨어진 곳에 있는 쉐이드 협곡에서 만나자는 내용이 적혀 있었다.

이 협곡은 저녁 해가 질 때면 비취색 빛이 신기로운 현상을 빚어낸다 하여 쮀이드 협곡이라 불려졌다. 쮀이드 협곡의 능선에 검은 복면을 한 자들이 각종 무기를 들고 숨어 있었다.

"놈이 오고 있다는 통신입니다. 기사들이 약 100명 정도가 함께 온답니다."

"그래? 흐흐, 오늘 피 맛을 좀 보겠군, 놈들이 협곡에 들어서면 공격을 개시하라. 단, 렉스, 그놈은 사로잡아야 한다."

"알고 있습니다."

검은 복면의 수장인 듯한 자가 먼지가 뽀얗게 일어나는 협곡의 분지를 바라보며 잔인한 웃음을 지었다.

협곡으로 들어서던 렉스는 뭔가 이상한 감을 느끼고 급히 말고삐를 잡아당겼다. 너무도 조용한 것이 뭔가 이상했던 것이다.

"말을 세워라."

정신없이 달려오던 말들이 투레질을 하며 멈추는 순간이다. 갑자기 협곡의 양옆에서 화살들이 빗발처럼 날아들었다.

쉭쉭쉭쉭.

"컥, 큭!"

무방비 상태로 화살을 맞은 기사들이 말 위에서 굴러 떨어지는 것이 보였다.

"방패를 들어라! 곧바로 진격한다! 앞으로!"

"우와~"

용장 밑에 약졸은 없다. 할버드를 휘두르며 맹렬하게 돌진해 들어가는 렉스의 뒤를 따라 기사들이 롱 소드를 비껴들고 공격해 들어갔다. 그러나 지형이 너무도 불리했다. 복면들은 협곡의 높은 능선 위에 매복해 있었고 렉스와 기사들은 협곡의 밑바닥에 있었다.

"능선 위로 올라라! 저놈들을 죽여라!"

렉스의 외침에 기사들이 이를 악물고 말을 달렸다. 달려들어 가는 그들의 앞뒤에서 한솥밥을 먹던 동료들이 화살에 맞아 연이어 굴러 떨어졌다.

"죽여라!"

드디어 능선에 올라선 렉스가 거대한 할버드를 풍차처럼 휘둘렀다. 원래 어릴 때부터 힘이 장사였던 렉스다. 그가 휘두르는 할버드에서 오러 블레이드의 하얀빛이 실처럼 뿜어나와 검사의 형태로 모였고 달려드는 복면들을 무자비하게 베어버렸다.

할버드는 창과 도끼가 결합된 무기다. 덤비는 놈은 도끼로 찍어 버리고 도망치는 놈은 걸어서 잡아당긴다. 렉스의 앞에 있는 놈들은 추풍낙엽이었다. 그가 찌르고 지나가는 곳에 시체와 피가 길게 오솔길을 만들고 있었다. 그러나 다른 기사들은 고전을 면치 못하고 있었다.

"하앗!"

창창창.

기사들은 죽을 기를 쓰고 롱 소드를 휘둘렀지만 이건 중과부적이다. 이놈들의 피부는 찌르고 베어도 끔쩍도 하지 않았다. 오히려 복면들은 가슴을 드러낸 채 그대로 밀고 들어와 기사들의 가슴에 검을 들이박았다. 아예 베어지지 않는 자신들의 육체를 믿고 한 방 맞으면서도 기사들을 죽이고 있다. 게다가 초반의 화살 공격에 맞아 절반이 죽었고 이제 겨우 30여 명 정도가 살아남아 악전고투하고 있었다.

하지만 검은 옷을 입은 복면들은 100여 명이 넘었다. 기사들의 눈에 절망의 빛이 어렸다. 이건 도저히 이길 수 없는 싸움이었다.

"흐하하, 너희들의 용맹은 잘 보았다. 렉스, 이제 항복하라. 그럼 너희들의 목숨은 살려준다. 대신 검은 탑에 충성하는 전사들이 돼야 한다."

검은 복면의 말에 렉스는 맞받아 소리쳤다.

"흥, 어림도 없는 소리. 죽어도 네놈들에게 항복은 하지 않는다."

렉스의 말에 복면이 손짓을 했다. 그러자 한 놈이 꽁꽁 묶인 사라를 끌고 나왔다.

"렉스, 결심해라. 그 잘난 기사의 명예를 지켜 아내를 버리든지, 아니면 아내도 살리고 너도 살길을 택하든지. 단, 네가 항복하지 않으면 기사들은 모두 죽을 것이고, 네 아내도 굶주린 내 부하들의 성욕을 채워주고 죽을 것이다."

복면의 말에 렉스는 이를 부드득 갈았다. 그의 눈이 오돌오돌 떨고 있는 아내를 바라보았다. 그의 입술이 푸들푸들 떨렸다.

"더럽고 비열한 놈들."

렉스는 허탈한 마음으로 할버드를 떨어뜨렸다. 그러자 복면이 득의양양한 웃음을 터뜨렸다.

"크크크, 이래서 계집은 요물이라는 것이다. 애들아, 모두 묶어라."

그러나 렉스는 그리 호락호락한 인물이 아니었다. 그가 할버드를 집어 들었다.

"묶으라고? 내가 그렇게 순순히 잡힐 것 같으냐? 먼저 아내와 기사들을 보내라. 그럼 잡혀주마."

렉스의 말에 복면인은 가소롭게 바라보았다.

"그럴 수 있을까? 애들아, 저 계집의 옷을 벗겨라."

놈이 외치는 소리에 몇 놈의 복면들이 사라에게 우르르 몰려들었다.

"호호호, 이 순간을 기다렸다."

놈들이 옷을 그러잡자 사라의 비명이 들렸다.

"아앗, 놔라, 이놈들아!"

사라가 몸부림쳤지만 우악스런 놈들의 힘을 당할 수는 없었다. 그것을 보던 기사들이 하나둘 검을 떨어뜨렸다. 자신들이 죽는다고 해도 주모가 능욕당하는 것을 눈앞에서 볼 수는 없었다.

"크윽, 이 몬스터보다 못한 놈들."

렉스의 피 타는 외침에 복면이 킬킬거리며 웃었다.

"싸움은 어떤 수를 쓰든지 이긴 자만이 할 소리가 있다. 지는 자는 노예가 되거나 승자의 처분에 맡겨야 한다."

복면이 승리의 소리를 지를 때였다. 어디선가 비웃음이 가득한 말소리가 들렸다.

"그럼 나도 이렇게 하면 되겠군."

"어떤 놈이냐?"

복면인이 소리를 지르는 순간, 하나의 검은 바람이 번개처럼 쇄도해 들었다.

"뭐, 뭐야! 막아라!"

기겁하여 고함을 지르던 복면인이 어안이 벙벙해서 허공에 떠 있은 사람을 쳐다보았다.

어느새 자신의 옆을 스쳐 지나간 사람이 사라를 빼앗아 들고 옆에 있는 베일을 쓴 여자에게 넘겨주고 있었다. 그것을 본 렉스가 집어던졌던 할버드를 집어 들었고 기사들도 부리나케 검을 집어 들었다. 허공에 떠 있는 저 사람이 누군지 모르겠지만 자신들을 도와주려는 사람인 것은 분명했다.

"너, 너는 누구냐?"

복면인의 입에서 떨리는 목소리가 흘러나왔다. 허공을 마치 평지처럼 밟고 서 있은 남자가 손을 들어 복면인들을 가리켰다.

"세상에는 지켜야 할 것이 세 가지가 있다. 그 첫째는 아이들을 이용하지 말아야 하며, 둘째는 노인들을 천대하지 말며, 셋째로는 여자들을 괴롭히지 말아야 한다. 그런데 네놈들은 그 모든 것을 어겼으니 죽어도 할 소리가 없을 것이다. 그리고 내가 누구냐고 물었느냐? 나는 광풍의 전사 헤럴드다."

헤럴드의 말이 떨어지자 복면인들이 부르르 떨었다. 그들도 광풍의 전사 헤럴드에 대해서는 귀가 아프게 들었다. 어떤 사람들은 신의 전사라고 했고 어떤 소문에는 하늘의 힘을 부여받은 자라고도 했다. 기사들도 놀라기는 마찬가지였다. 지금 아스톤 제국과 쥬신 왕국 간은 전쟁 중이다. 그런데 저 사람은 여기에 나타났다. 기사들은 어떻게 해야 할지 몰라 렉스를 쳐다보았다. 렉스는 복잡한 시선으로 헤럴드를 바라보았다. 방금 본 헤럴드의 무위는 자신들의 힘으로는 어찌할 수도 없는 강자였다. 그렇다고 엄연하게 적국의 왕인 헤럴드를 반가워할 수도 없었다. 그가 망설이는 사이에 복면의 목소리가 들렸다.

"네가 광풍의 전사라고? 거짓말. 그는 쥬신 왕국의 왕이다. 전쟁 중에 그가 여기에 나타날 수는 없다. 저놈을 쳐라."

그의 말에 복면인들이 고개를 끄덕였다. 검은 옷들이 창검을 비껴들고 일시에 내달았다.

저놈은 분명히 가짜였다. 방금 본 한 수가 무섭기는 했지만 자신들은 100여 명이나 되었고 몸 또한 창칼이 들지 않는 강철같은 육체다.

"보여주마, 광풍의 전사가 어떤 사람인지를. 천지 풍격(風格)."

헤럴드의 주먹이 그대로 내질러졌다. 그리고 렉스와 기사들은 죽을 때까지 잊을 수 없는 엄청난 현상을 목격하게 되었다. 찬란한 빛을 뿜는 거대한 주먹이 달려오는 복면들을 향해 맞받아 나갔다. 그리고 수십 개의 희뿌연 주먹으로 분열했다.

쐐애액, 쐐액.

공기가 찢어지는 날카로운 소리와 함께 수십 개의 희뿌연 주먹들이 맹렬하게 복면들을 덮쳐 갔다. 주먹들이 덮치는 곳에 끔찍한 참상이 일어났다.

콰콰콰콰.

"아악, 끄억!"

주먹에 부딪치는 모든 것은 산산이 부서졌다. 자신들이 그렇게 창으로 찌르고 검으로 베어도 끔쩍도 않던 복면들이 마치 풍선이 터지는 것 같았다. 팔다리가 꺾어지고 부러져 날려갔고 머리통이 수박처럼 터져 피와 뇌수가 하늘로 솟구쳐 올랐다.

"또 받아봐라, 천지 화격(火格)."

쿠쿠쿠쿠.

거대한 화염의 주먹이 공중에서 뿜어져 나온다. 맹렬하게 날아가던 주먹이 돌연 수십 개로 갈라졌고 뜨거운 열기와 화염을 담고 복면들을 후려쳤다.

"아아악, 뜨, 뜨거워!"

"사, 사신이다!"

세상에 무서울 것 없을 것 같던 복면들이 온몸에 불이 붙어 땅바닥을 데굴데굴 굴었다. 단 일격에 맞아 몸이 터져 죽은 자들은 그래도 행운아들이었다. 주먹에 빗맞은 자들은 꺼지지 않는 불길에 재가 될 때까지 고통에 몸부림치며 죽어갔다.

100여 명이나 되던 복면들이 순식간에 죽어 널브러졌고 그들의 수장인 자는 펄썩 주저앉아 퀭해진 눈으로 공중에 천신처럼 떠 있는 헤럴드를 보며 중얼거렸다.

"저, 전신! 저자는 사람이 아니야!"

렉스와 기사들도 정신이 반쯤 나가 입을 헤벌리고 있었다. 과연 저것이 사람의 힘이란 말인가? 저 사람과 대적해서 이길 수 있는 사람이 있을까? 방금 저 사람의 무위는 신의 힘, 그 자체였다.

"저 사람은 무적이다!"

렉스와 기사들의 머리에 공통적으로 떠오른 생각이었다. 모조리 찢어지고 불탄 곳에 헤럴드가 내려섰다. 복면 앞으로 다가온 헤럴드가 놈의 혈도를 점했다. 아직 놈에게 알아볼 것이 있기 때문이었다. 그의 머리에 손을 댄 헤럴드는 혼돈의 기를 밀어넣었다. 검은 탑 놈들은 마계의 종속충을 넣고 있어서 그것을 먼저 죽여야만 했다.

"이레인, 이놈을 족쳐 봐."

"알았어요."

헤럴드가 마계의 종속충을 소멸시켰다는 것을 안 그녀는 놈을 끌고 숲 속으로 들어갔다. 여자를 이용해 잔머리를 굴린 저놈은 이레인에게 지독한 고통을 당할 것이다. 잠시 후 숲 속에서는 몬스터의 멱따는 듯한 비명이 들리기 시작했다.

"흠, 이레인이 스트레스를 많이 받은 모양이군!"

헤럴드가 중얼거리는데 렉스와 기사들이 다가왔다. 그들이 동시에 무릎을 꿇었다.

"광풍의 전사님, 오늘의 이 은혜 죽을 때까지 잊지 않겠습니다."

무릎을 꿇고 감사를 표한 렉스가 고개를 들었다.

"광풍의 전사님, 비록 저희들의 목숨을 구해주었지만 저희들은 엄연한 아스톤 제국의 기사들입니다. 앞으로 우리는 쥬신 왕국군에게 검을 들이대야 합니다. 만약 그것을 원하지 않는다면 이 자리에서 죽여주십시오."

렉스의 말에 헤럴드는 빙그레 웃음을 지었다. 그가 머리를 돌리고 소리쳤다.

"동생은 훌륭한 기사들을 두었구만, 이젠 그만 나오시게."

그러자 숲 속에서 만족한 말소리가 들려왔다.

“형님의 부하들만 멋진 줄 알았습니까? 내 부하들도 멋지지요.”

말을 하며 걸어나오는 사람을 본 렉스의 눈이 휘둥그레졌다. 그가 큰소리로 외쳤다.

“황태자 전하, 어, 어떻게?!”

렉스의 놀란 외침에 기사들의 눈도 커졌다. 행불이 되었다던 바흐만 황태자가 웃음을 띠고 그들 앞에 나오고 있었다.

“렉스, 그대는 역시 우리 아스톤 제국의 기사다. 장하다.”

“황태자 전하, 정녕 전하시옵니까?”

“그래, 나다. 나 바흐만 르 아스톤은 건재해 있다.”

바흐만의 말에 렉스와 기사들이 머리를 땅에 박았다.

“전하, 신들이 전하를 보필하지 못했습니다. 죽여주십시오!”

기사들이 눈물을 흘리자 바흐만의 얼굴에도 눈물이 흘러내렸다. 그도 자신의 기사들을 보니 감격이 사무쳐 왔던 것이다.

“일어나라, 나의 자랑스런 기사들이여. 그대들은 아무런 죄도 없다. 이 모든 것은 저 악독한 검은 탑의 음모 때문이다. 그대들은 나를 따라 검은 탑을 치는 데 나서겠는가?”

“옛, 전하. 명령만 내리십시오, 신들이 목숨을 걸고 앞장서겠습니다.”

기사들이 외치는 소리에 흡족한 바흐만이 헤럴드를 돌아

보았다.

"형님, 어떻습니까? 나의 기사들이 다 죽은 것은 아닙니다."

"그렇군. 축하하네, 동생."

바흐만 황태자와 헤럴드가 주고받는 말을 들은 기사들은 서로를 쳐다보며 의미 있는 눈짓을 주고받았다. 광풍의 전사와 전하가 형제가 되었다! 이것은 쥬신 왕국과의 전쟁은 없다는 것을 뜻했고 이제 아스톤 제국은 그야말로 든든한 우군을 얻었다는 의미였다.

"그대들은 나의 말을 새겨들으라. 쥬신 왕국은 나의 형님의 나라이며 동맹군이다. 나는 이제 나라 안에 기생하고 있는 검은 탑을 쓸어버리고 쥬신 왕국과 함께 영원한 형제 국가가 되려고 한다. 그대들은 나를 따르겠는가?"

"충!"

"충!"

기사들이 기쁨에 넘쳐 외치는 소리를 들은 바흐만은 활짝 웃었다. 이제 나라 안의 역적들을 모두 제거해야 할 때가 다가오고 있었다.

"검은 탑에서 키메라들을 만드는 곳을 알아냈어요."

숲 속에서 나온 이레인이 헤럴드에게 속삭였다. 고개를 끄덕인 헤럴드가 이레인을 정겹게 바라보았다.

"수고했어, 이레인."

"전 한 일이 없는걸요."

헤럴드의 뜨거운 눈길에 얼굴이 붉어진 이레인이 머리를 흔들었지만 이번 일의 공로는 그녀의 것이었다. 렉스의 아내를 이용하려는 검은 탑의 음모를 알아낸 것도 이레인이었고 결정적인 순간에 적들을 치고 키메라들을 생산하는 기지를 알아내자고 한 것도 그녀의 의견이었다.

그로 인해 렉스와 기사들을 구하고 그들의 앞에 바흐만을 등장시켜 자신들의 편으로 만들자는 생각을 한 것도 바로 이레인이었다.

CHAPTER
04
승자

THE Warrior
Gale of Wind

　대전에 모인 대신들을 내려다보는 에바 황후는 분을 이기지 못해 숨을 몰아쉬었다. 단 며칠 동안에 아스톤 제국의 전 지역에서 상급과 최상급의 기사들이 행불되었다. 그렇지만 그 누구도 그들이 어떻게 행불되었는지, 누가 이런 짓을 저질렀는지 아는 귀족들이 없었다.

　"당장 범인을 찾아내세요. 만약 그렇지 못하면 모두에게 죄를 물을 것이에요."

　에바 황후의 말에 귀족들은 묵묵히 침묵만을 지키고 있었다. 자신들의 힘으로는 그들을 찾을 수 없었기 때문이다. 황후가 분노에 차서 귀족들을 쏘아보는데 친위기사단장 클린페르가 들어와 쪽지를 건네주었다. 시종장이 받아 건네준 쪽지를 받은 황후가 무심히 펼쳐 보다가 눈이 휘둥그레졌다.

"당장 그를 들여보내세요, 지금 당장."

"옛, 마마."

클린페르가 밖으로 나가자 대전에 모인 귀족들이 웅성거렸다. 무슨 일이 있기에 황후가 저렇게 놀라는지 이상했던 것이다.

"렉스 백작님과 쿡님이 드시옵니다."

갑자기 귀족들의 귀에 들어오는 사람의 신분을 알리는 시종의 외침이 울렸다. 귀족들은 어안이 벙벙해졌다. 렉스 백작은 모두가 아는 사람이지만 쿡이라니? 세상에 요리사란 이름도 있는가? 아니면 진짜 요리사가 대전에 들어오는가? 일개 요리사 따위가 대전에 들 수는 없었다. 의문을 담은 귀족들의 눈이 문으로 쏠렸다.

스르륵 문이 열리고 당당한 체구의 렉스가 들어오고 그 뒤를 갈색의 옷을 입은 한 남자가 건들거리며 따라 들어온다. 그런데 남자의 옆구리에 샤벨이 차여져 있었다.

대전에 무기를 가지고 들어오다니? 귀족들은 영문을 몰라 황후를 쳐다보았다.

이 나라의 법은 대전에 들어오는 자는 그 누구를 막론하고 무기를 휴대할 수 없다.

"신 백작 렉스 르 알차드스, 황후마마께 급히 아뢸 일이 있어 달려왔습니다."

렉스가 대전의 바닥에 무릎을 꿇고 말을 하자 귀족들이 분노의 눈초리로 쿡이란 남자를 쏘아보았다. 황후마마를 알현하는 자리에서 저 쿡이란 자는 다리를 불량스럽게 벌리고 건들거리며 서 있은 것이 아닌가? 참다못한 귀족 중에 마파리 후작이 노성을 질렀다.

"너는 누군데 무릎을 꿇지 않느냐? 당장 무릎을 꿇어라!"

그의 노성에 귀족들이 동조하여 한마디씩 하였다.

"어허, 황궁의 대전에 어디 저런 자가 들어왔단 말인가?"

"당장 곤장을 안겨야겠군."

건들거리며 귀를 후비고 있던 헤럴드가 좌중을 둘러보았다. 그의 비수 같은 눈총에 다들 목을 움츠렸다. 뱀처럼 차갑고 무표정한 쿡의 눈은 무엇인가 등골까지 섬뜩하게 하고 있었다. 그건 헤럴드가 익힌 천지 안법 때문이었다.

천지 안법은 몇 가지의 효능이 있다. 눈길만으로 상대방을 제압하는 효력을 가진 안법을 마주한 귀족들의 심신이 흔들리는 것은 당연했다.

"황후마마, 제가 무릎을 꿇어야 합니까?"

귀족들의 눈이 일제히 황후에게 돌아갔다. 그들은 저 건방지고 음습한 기운이 느껴지는 놈을 황후가 징치해 주기 바란 것이다. 그러나 헤럴드를 보는 황후의 눈은 오히려 기쁨으로 반들거리고 있었다. 그건 마치 믿고 있는 연인을 보는 듯한 정다운 눈길이었다.

활짝 웃음을 지은 황후가 머리를 저었다.

"아뇨, 그대는 그 누구에게도 무릎을 꿇지 않아도 돼요. 그리고 귀족 여러분, 저기 있는 쿡은 제 비밀 경호원입니다. 이름은 쿡, 자신에게 대드는 자는 온몸을 갈가리 찢어 분해해 버리기 때문에 붙은 이름입니다."

귀족들은 입을 벌리고 할 말을 잃었다. 누구에게도 무릎을 꿇지 않아도 된다니 그건 황제만이 할 수 있는 일이다. 귀족들의 머릿속에 한 가지 가정(假定)이 번개처럼 스쳤다. 황후 앞에서도 무릎을 꿇을 필요가 없는 자, 그건 황후의 남편, 즉 황제에게만 가능한 일이다.

이건 있을 수 없는 일이었다. 이곳에 있는 귀족들 중에 에바 황후를 제 여자로 만들려고 노력하지 않는 자는 없었다.

별 볼일 없는 저자에게 넘길 수는 없었다.

"하지만 황후마마, 비밀 경호원이라면 그만한 실력이 있어야 합니다. 하지만 저자는……."

"죄송하지만 후작님, 쿡님은 오늘 검은 탑의 비밀 전사단 100여 명을 단신으로 몰살시켰습니다. 그들에게 납치되었던 나는 쿡님 덕분에 살았고 지금 이 자리에 있습니다. 검은 탑의 전사들이 창칼이 들어가지 않는 자들이라는 것을 귀족 여러분은 모두 아실 것입니다."

마파리 후작의 말을 가로챈 렉스의 말에 귀족들은 놀라움으로 탄성을 질렀다. 그들도 검은 탑의 전사들이 얼마나 강한지 다들 알고 있었다. 그들의 본거지가 어딘지, 누가 마스터인지는 모르지만 검은 탑의 힘에 대해서는 알고 있었다. 저자는 납치되었던 렉스 백작을 구했고 키메라 100명을 단신으로 몰살시켰다고 한다. 도저히 믿을 수 없는 일이었다.

"나는 믿을 수 없소, 그들은 소드 마스터가 아니면 당할 수가 없는 자들이오. 그런데 저자가 어떻게, 허억!"

자리를 차고 일어나 부언을 하던 비로스 공작이 헛바람을 들이켰다. 찰칵 소리를 내며 헤럴드의 옆구리에서 날아오른 샤벨에 하얀 오러 블레이드가 뿜어져 나오기 시작하였다.

누가 들고 있는 것처럼 공중을 빙빙 돌고 있다. 샤벨에서 나오는 오러 블레이드가 점점 커지더니 3미터가량의 하얀빛을 눈부시게 뿌려댔다. 대전에 앉아 있던 모든 귀족들이 자리를 차고 일어나 턱을 덜덜 떨었다.

"소드 마스터다!"

"최상급의 소드 마스터!"

공작과 후작들을 비롯한 모든 귀족들이 턱이 떨어질듯 입을 벌리고는 침을 질질 흘리고 있었다. 세상에! 저건 최소한 소드 마스터 최상급이었다. 샤벨은 허공에 떠서 빙빙 돌고 있었다. 보도 듣도 못한 기사(奇事)에 사람들은 정신이 반쯤 나가 있었다.

"내가 비밀 경호원이 되지 못할 이유가 있나?"

머리를 돌리던 비로스 공작은 기겁하여 털썩 주저앉았다. 하얀빛을 뿜는 샤벨이 그의 얼굴을 겨누고 있었기 때문이었다.

"나, 나는… 다, 다만……."

가슴이 서늘해진 비로스 공작은 도깨비불처럼 빛을 뿌리는 샤벨에서 눈을 떼지 못하고 온몸을 사시나무 떨듯 하였다. 하지만 헤럴드는 용서할 생각이 없었다. 여기서 귀족들의 기를 꺾어놓지 않으면 앞으로 할 일에 차질을 빚을 수도 있었다.

"내가 당신의 눈에는 별 볼일 없는 자로 보였단 말이지, 이 나라의 주군인 황후께서 임명한 나 쿡에게. 그렇다면 내가 왜 쿡인지 보여줄 수밖에."

비로스 공작의 주변을 빙빙 돌던 샤벨이 밝은 빛을 뿌리며 천천히 얼굴을 향해 날아들었다.

"으악!"

콰당탕.

의자에서 뒤로 벌렁 나가떨어진 비로스 공작이 하얗게 질린 얼굴로 헤럴드를 향해 애원하였다.

"제, 제가… 자, 잘못했습니다. 다, 당신은 충분히 자격이 있습니다."

얼굴에 땀이 줄줄 흘러내리는 비로스 공작을 보고 귀족들은 모두 머리를 돌렸다. 자신들도 저런 일을 당할까 봐 내심

전전긍긍하면서…….

허름한 옷을 입고 불량배처럼 건들거리던 자가 저렇게 무서운 실력자인 줄 알았다면 입도 뻥끗하지 않았을 것이다. 그들이 슬며시 바라본 황후의 얼굴은 십 년 묵은 체증이 내려간 듯 환한 얼굴이었다.

자신이 하는 일에 사사건건 토를 달던 귀족들을 쿡이 단번에 휘어잡았다. 때가 덕지덕지 묻은 허름한 옷을 입은 쿡의 모습이 천하의 영웅처럼 에바 황후의 눈에 각인되어 들어왔다.

'내가 영웅을 몰라보았구나! 세상 자신들의 위에 누구도 없다고 위세를 부리던 비로스 공작을 개처럼 빌게 만들다니!'

에바 황후의 눈에 어떤 결심이 어리고 있었다.

"이봐, 비로스 공작. 당신은 황후마마의 신하가 아닌가?"

헤럴드의 투명한 눈이 비로스 공작을 노려보았다. 그는 뱀 앞에 무방비 상태로 노출된 개구리처럼 온몸에 소름이 돋았다. 헤럴드가 당장이라도 자신의 목을 쳐 버릴 것만 같았다.

"마, 맞습니다."

"그래? 그럼 황후께서 하신 일에 토를 단 것이 아닌가? 그러니 죄를 빌려면 황후께 빌어, 그게 신하의 도리가 아닌가?"

"예? 예, 그렇습…니다. 황후마마, 신이 그만 마마의 능력을 의심하였습니다. 용서해 주십시오."

머릿속으로는 공작의 위엄을 지키라고 소리치고 있었지만 입으로는 헤럴드의 말을 거역할 수 없었다. 이자가 정말 마음을 먹고 공격을 한다면 찍소리도 못하고 목이 날아갈 수 있었다. 대전에 있는 귀족들 중 누구도 막을 생각을 하지 못하고 있었다. 지금은 어떻게든 이 무지막지한 자의 손에서 벗어나는 것이 우선이었다.

"됐어요, 쿡. 공작이 몰라서 한 말이니 없던 일로 하겠습니다. 그리고 비로스 공작은 자리에 앉으세요."

"황공하옵니다, 황후마마."

겨우 자리에 앉은 비로스 공작은 사타구니에서 지린내가 나는 것을 느꼈다. 너무도 극심한 공포에 질려서 오줌을 지린 것도 모르고 있었던 것이다.

"쿡 경은 제 뒤에 와서 시립하세요."

황후의 부드러운 말에 허리를 굽실한 헤럴드가 건들거리며 걸어 올라가 황후의 뒤에 시립했다. 에바 황후는 밝은 웃음을 짓고 렉스를 내려다보았다. 헤럴드의 무력시위로 대전은 숨소리 하나 없이 조용하였다. 그것을 본 에바 황후는 통쾌한 마음을 금할 수 없었다.

어마어마한 무력에 순식간에 사람들을 휘어잡는 통솔력, 비로스 공작이 스스로 황후에게 빌게 하여 자신의 위엄을 세워준 헤럴드는 남자 중에 남자였다.

'좋았어. 쿡, 당신은 내가 진흙 속에서 얻은 보석이야!'

속으로 결심을 다진 황후가 입을 열었다.

"렉스 백작, 일의 전후를 상세히 말해보세요."

"예, 황후마마."

렉스가 아내 사라가 납치된 일부터 지금까지의 경위에 대하여 설명을 했다. 대전은 점점 숨소리가 거칠어졌다. 이곳에 있는 공작들 중에 3명은 아들들이 행불되었던 것이다. 그들도 검은 탑이 납치했을 가능성이 컸다.

"하지만 이해 안 되는 것이 있습니다. 그들이 무엇을 하려는지는 몰라도 납치된 사람들은 모두 대귀족의 아들들입니다. 검은 탑이 그렇게 무모한 짓을 했다는 것이 이해되지 않습니다."

여태껏 침묵을 지키고 있던 질리 공작의 말에 귀족들이 웅성거렸다. 그들이 설왕설래하는 때 한줄기 말소리가 들렸다.

"뭐, 복잡하게 생각할 것은 없지. 검은 탑이 급한 사정이 있거나 아니면 최상급의 마나를 가진 기사들을 이용해 어떤 일을 벌이려 거나 둘 중의 하나겠지."

황후의 뒤에 시립하고 있던 헤럴드가 무심히 하는 말에 좌중은 조용해졌다.

"하지만 그들이 아스톤 제국 전체를 상대해서 싸우려고 하지 않을 거요. 그런 그들이 무모한 짓을 한단 말이요?"

질리 공작의 반박에 헤럴드는 히죽 웃었다.

"그들이 정상적인 사고를 가진 인간들이라면 당신의 말이 맞소. 하나 그들은 마왕의 마력을 이용해 키메라들을 만드는 자들이오. 만약 납치된 사람들을 세뇌해 그들을 키메라로 만든다면 어떻게 되겠소? 또 이건 극단적인 생각이지만 최상급의 기사들은 순수한 마나를 가진 인간들이오. 그들의 마나를 흡수해 초인으로 태어난다면……."

귀족들은 얼굴이 하얗게 질렸다. 저자의 말처럼 검은 탑은 사람의 피를 이용해 키메라를 만드는 집단이라는 것은 모두가 알고 있는 사실이었다. 정말 그들의 마나를 이용해 초인을 탄생시키는 비법이 없으리라고 장담할 수가 없는 것이다. 그러면 자신들의 아들들은 죽은 목숨이다.

귀족들의 표정을 본 질리 공작이 고함을 질렀다.

"말도 안 되는 소리! 당신이 그것을 보았소?"

"그럼 당신은 그렇게 하지 않는다는 것을 보장할 수 있나?"

헤럴드의 반문에 질리는 말문이 막혀 버렸다.

"그, 그건……."

'빌어먹을, 이걸 어쩐다?'

질리 공작은 이마에 진땀이 흐르는 것을 느꼈다. 이번 사건을 흐지부지 만드는 것이 그가 마스터에게서 받은 임무였다. 에바 황후 혼자라면 귀족들을 충동질해 얼마든지 해낼 수 있는 일이었는데 저 천둥벌거숭이 같은 놈 때문에 일이 꼬이고 있었다.

질리는 검은 탑의 성원으로 원로 중 한 명이다. 대업을 코앞에 둔 그는 가슴이 타 들어갔다. 아무리 검은 탑이라고 해도 수십만의 군사들이 쳐들어간다면 승산은 없다. 그나마 위안이 되는 것은 이놈들이 검은 탑의 본거지를 모른다는 것이었다.

질리 공작은 곧이어 들려오는 소리에 아연해졌다.

"마마, 신이 사로잡은 놈들을 심문해 놈들의 본거지를 알아냈습니다."

렉스의 말은 대전에 소란이 일었다. 놈들의 본거지를 알아냈다면 아들들을 구할 수가 있다.

"그곳이 어디요? 렉스 백작."

성미 급한 윈스톤 공작이 더는 참지 못하고 자리를 박차고 일어섰다.

"그곳은 침묵의 궁입니다."

귀족들은 입을 딱 벌렸다. 침묵의 궁이라니? 그럼 폐위된 샤르만 황태자가 검은 탑의 마스터란 말인가? 귀족들이 입을 다물고 있는 것을 본 렉스는 헤럴드를 슬쩍 쳐다보았다. 이곳에 오기 전 바흐만 황태자와 헤럴드가 알려준 비밀이었다. 그때 렉스도 얼마나 놀랐던가? 심지어 에바 황후까지 얼굴이 파랗게 질렸다. 폐위된 후 침묵의 궁에서 꼼짝 않고 있던 샤르만, 황후는 이제는 확실히 알 수 있었다. 침묵의 궁에 멋모르고 들어갔던 자들은 그 누구도 살아 돌아온 자가 없다. 그저 실력이 좀 높은 기사들이 있을 것이라고 생각했지만 그들이 강한 것이 이제는 이해가 되었다.

"무슨 소린가? 이건 음모다!"

질리 공작이 자리를 차고 벌떡 일어나며 렉스를 죽일 듯이 쏘아보았다. 렉스 또한 차가운 눈으로 질리 공작을 노려보았다.

"공작님은 뭔가 이상하군요. 뭐가 음모죠? 검은 탑의 비밀 전대장은 폐위된 샤르만이 검은 탑의 마스터이며 납치된 사람들을 이용해 대법을 실행한다고 하였습니다. 그 대법은 마왕의 힘을 강림시키는 것이라고 했는데 이것이 음모란 말입니까?"

렉스의 말이 끝나자 귀족들이 와르르 일어섰다.

"황후마마, 속히 명령을 내려주십시오! 빨리 침묵의 궁을 공격하여 사람들을 구해야 합니다! 그들을 구하지 못하면 마왕의 강림이 이루어질 수도 있습니다!"

자리를 박차고 일어선 왈도 공작이 가슴을 탕탕 쳤다. 아들이 납치당한 그도 참을 수가 없었던 것이다.

"좋아요, 이 시각부터 샤르만을 아스톤 제국의 역적으로 선포하며 전 군대에 공격 명령을 내립니다. 경들은 즉시 기사들을 데리고 침묵의 궁으로 집결하세요. 검은 탑을 말살시킬 겁니다."

"명을 집행하겠습니다, 마마."

귀족들이 일제히 대답하고 대전을 나가려는 순간이었다.

"크하하하! 이렇게 되지 않기를 바랐지만 이젠 어쩔 수 없구나. 너희들은 이곳에서 한 명도 나갈 수 없다. 흐하하!"

질리 공작이 대전이 울리도록 광량한 웃음을 터뜨렸다. 마나가 실린 그의 웃음소리에 귀족들은 귀를 그러쥐고 털썩털썩 주저앉았다.

"으으, 컥!"

머리를 싸쥔 귀족들의 코와 귀에서 피가 흘러내렸다. 시뻘게진 눈으로 귀족들을 둘러본 질리 공작이 박수를 치며 소리를 질렀다.

"모두 나와라, 이젠 할 수 없다. 우리의 비밀을 알았으니 너희들을 죽일 수밖에. 으하하!"

질리 공작의 통쾌한 웃음소리에 대전이 부르르 떨리고 문들이 벌컥벌컥 열렸다.

촤촤촤.

"모두 움직이지 마라! 움직이는 자는 죽을 것이다!"

서슬 푸른 검을 겨누고 들어선 자들은 황궁을 지키는 근위기사단들이었다. 아스톤 제국의 황궁은 두 개의 근위기사단이 있고 소수의 친위기사단이 있다. 그런데 근위기사단 모두가 검은 탑의 비밀 전사들이었다.

"이젠 알겠나? 그래, 검은 탑의 마스터는 바로 샤르만 폐하시다. 그리고 황궁은 이미 검은 탑의 전사들이 장악하고 있다. 너희들이 비밀을 몰랐다면 조금은 더 살 수 있었겠지만 이젠 어쩔 수가 없구나. 그러나 걱정하지 마라, 죽이지는 않을 것이다. 대신 키메라가 되어 영원히 나의 부하가 되어 있겠지만. 흐흐흐."

질리 공작의 옆에는 비로스 공작을 비롯한 절반 이상의 귀족들이 어느새 자리를 옮겨 웃음을 짓고 있었다. 그들은 모두 검은 탑에 매수된 자들이었던 것이다.

"이럴 수가, 네놈이 검은 탑의 졸개라니. 그럼 내 아들도 네놈이 납치했겠구나."

윈스톤 공작이 이를 갈며 말하는 것을 본 질리가 고개를 끄덕였다.

"당연하지, 네 아들은 마스터의 대법에 사용되어 영광스런 죽음을 맞게 될 것이다. 이 얼마나 영광이냐?"

"이놈, 죽어라!"

윈스톤 공작이 질리를 향해 몸을 날렸다. 놈을 죽이지 않고는 참을 수가 없었다. 윈스톤 공작은 최상급의 기사다. 그의 육중한 몸이 벼락처럼 공격해 들어갔다. 성난 오거처럼 달려드는 윈스톤 공작을 향해 질리의 손이 쭉 뻗었다.

"바인딩."

단단한 대리석으로 이루어진 대전의 바닥에서 구불구불한 넝쿨들이 솟아올라 윈스톤 공작을 칭칭 묶어버렸다. 그것을 본 귀족들이 비명을 질렀다.

"흑마법이다!"

"정말 검은 탑이구나!"

귀족들이 부들부들 떠는 것을 본 질리가 희열을 머금고 입을 열었다.

"내가 바로 검은 탑의 3대 대마도사 질리다. 윈스톤, 이제 그만 내 부하가 되어라. 라이징 스켈레톤."

질리가 마법의 주문을 시전하자 그의 손목에 채워져 있는 팔찌에서 한줄기 검은 기운이 쏟아져 나와 윈스톤을 휘감았다.

"크아악! 이놈, 이 저주받을 놈!"

검은 마나가 윈스톤을 휘감자 온몸에 울룩불룩한 기포가 생겨나면서 살들이 녹아 떨어지기 시작하였다. 그것을 본 귀족들이 비명을 지르며 눈을 감았다. 참으로 눈뜨고 볼 수 없는 끔직한 광경이었다.

"자, 보아라, 검은 탑에 항복하지 않는 자들은 모두 이렇게 될 것이다. 봤느냐?"

질리가 가리키는 곳에는 움푹한 두개골과 하얀 뼈로 이루어진 윈스톤 공작이 우뚝 서 있었다. 순식간에 윈스톤은 스켈레톤으로 변한 것이다.

"나의 종아, 이쪽으로 와서 검을 들어라."

질리의 말에 우뚝 서 있던 윈스톤의 뼈로 된 몸이 걸어갔다.

찌그득, 찌그득.

뼈마디가 움직이는 소리가 대전을 울리며 걸어간 스켈레톤이 질리가 주는 검을 받고는 움푹한 눈으로 귀족들을 노려보았다.

"그 누구도 검은 탑을 거역할 수는 없다, 반항하면 이렇게 될 것이니까. 에바, 나에게 항복하라, 그러면 나는 너를 내 첩으로 삼아 부귀를 누리게 해주겠다."

질리가 눈을 들어 옥좌에 앉아 파랗게 질린 에바 황후를 바라보며 승리자의 웃음을 지었다.

이제 이곳에서 자신은 신이나 같았다.

바로 그때 박수 소리가 공포에 잠긴 대전을 울렸다.

짝짝짝!

박수를 치는 사람은 에바 황후의 뒤에 시립하고 있던 헤럴드였다.

"이거 놀랄 노 자로군, 질리 공작이 검은 탑의 3대 마도사라… 그런데 어쩌지, 황후께서는 너에게 시집갈 생각이 없으니. 왜냐고? 생각해 봐, 어느 여자가 너 같은 마물에게 시집을 가겠어. 길거리에 나가 여자들에게 물어보라고, 아마 마물이라고 손가락질을 하며 도망칠 걸. 아냐, 침을 뱉겠지."

헤럴드의 능글거리는 말에 에바 황후는 웃음이 터져 나왔다.

"호호, 맞아요. 어떤 여자도 저런 마물에게는 안 갈걸요."

에바가 헤럴드와 맞장구를 치며 배를 그러쥐고 웃어대는 것을 본 질리는 머리끝까지 연기가 모락모락 피어올랐다.

"좋아, 천둥벌거숭이 같은 놈! 네놈은 마스터의 대법에 사용해 주마! 그리고 에바, 네년은 세뇌시킨 후 죽을 때까지 내 노리개로 만들어 치욕을 줄 테다!"

"꿈 깨, 마물. 황후마마, 이젠 시작하시죠?"

"어떻게 알았죠?"

놀란 에바 황후가 헤럴드를 보며 눈을 동그랗게 떴다. 그러자 헤럴드는 두 손을 쩍 벌렸다.

"뻔한 거 아니겠소. 이 험악한 판에도 황후께서는 침착하게 계셨습니다. 그건 저런 해골바가지들은 얼마든지 상대할 수 있다는 것을 의미하는 것이고."

헤럴드가 흔들거리며 하는 말에 에바는 반짝이는 눈으로 헤럴드를 바라보았다. 보면 볼수록 탐이 나는 남자다. 이 남자를 데리고 있으면 세상을 자신의 치마폭에 넣으려는 계획에 큰 도움이 될 것이다. 고개를 끄덕인 에바 황후가 소리쳤다.

"이젠 처리하세요!"

그녀의 말이 끝나기 바쁘게 대전의 천장이 벌컥 반대로 뒤집혔다. 그리고 붉은 갑주를 입은 자들이 검을 들고 쏟아져 내렸다.

"뭐, 뭐야, 막아라!"

깜짝 놀란 질리가 소리치는 순간, 벌써 피바람이 일어나고 대전 안에 잘려진 팔다리와 머리가 떨어지기 시작했다.

촤앙, 챵챵챵!

검과 검이, 검은 탑과 아케이드 전사단이 서로를 향해 맹렬한 속도로 달려들었다.

"깔깔깔, 죽어라! 검은 탑의 떨거지들아!"

허공에 둥둥 떠서 검을 휘두르는 브리지트를 본 질리는 얼굴이 새카맣게 변해갔다.

"저년은 아케이트의 백발마녀?!"

"죽어, 죽어! 깔깔깔!"

팽팽한 붉은 옷을 입은 브리지트가 검을 휘두를 때마다 엄청난 붉은 오러 블레이드가 검은 전사들을 휩쓸었다. 방패로 막으면 방패가, 검으로 막으면 검이 잘려 나가고 온몸이 찢겨져 사방으로 비산했다. 그녀가 공격하는 모든 곳에서 검은 전사들이 갈가리 찢겨져 죽어갔다.

"이년, 죽어라! 메가 썬더 라이닝!"

질리는 검은 탑의 3대 마도사의 한 명인 8서클 마도사다. 그의 마법이 시전되자 공기가 뒤틀리고 마나가 회오리치며 몰려들었다. 그리고 수십 줄기의 번개의 푸른빛이 브리지트를 향해 밀려들었다.

콰콰콰콰!

"크악, 아악!"

번개가 몰아치는 범위 안에 있던 자들은 적이고 아군이고 할 것 없이 모조리 재가 되어 쓰러졌다. 허공에 떠서 검을 휘두르던 브리지트가 몰려드는 번개를 향해 검을 휘둘렀다.

"아케이드 실드!"

부리지트가 전개한 검법은 검의 마왕 아케이드의 검법이다. 수십 수백 개의 검이 밀려드는 번개를 맞받아 부딪쳤고, 대폭발이 일어났다.

콰콰쾅, 콰쾅!

번개와 마왕력의 불 구름이 대전을 강타하자 지붕이 통째로 날아갔고 귀족들과 검은 전사들의 온몸이 찢겨져 뿌려졌다. 마치 운석이 떨어진 것처럼 황폐해진 대전은 한마디로 폐허였다. 움푹하게 패인 웅덩이가 생겨났고 주변에는 불에 타고 찢겨진 뼈와 살점들이 사방에 널려 있었다.

"무시무시하군요."

폭발의 순간, 에바 황후와 렉스를 안고 몸을 날린 헤럴드는 머리를 절레절레 흔들었다.

하지만 황후는 그런 헤럴드를 보며 머리를 흔들고 있었다. 뭔가 번쩍하더니 자신의 몸이 공간을 날았고 땅에 내려서서야 폭발의 현장을 피했다는 것을 알았다.

"대단한 건 당신도 마찬가지 아닌가요?"

에바 황후는 자신도 모르게 헤럴드에게 존칭을 쓰고 있다는 것을 모르고 있었다.

"그야 제가 소드 마스터 최상급이 아닙니까? 비록 저 여자보다는 못하지만."

헤럴드가 하늘을 날아다니며 치열한 격전을 벌이고 있는 브리지트와 질리를 가리키며 하는 말에 에바 황후는 고개를 끄덕였다. 정말 두 사람의 싸움은 경천동지였다.

8서클 마스터와 그랜드 마스터 중급의 싸움은 인간이 아니라 신들이 싸우는 것 같았다.

렉스는 천연스럽게 말을 하는 헤럴드를 보며 속으로 고소를 짓고 있었다. 이곳에서 헤럴드의 실력을 아는 사람은 자신뿐이다. 그러나 지금은 헤럴드의 정체를 드러내면 안 된다.

렉스가 검을 쥐고 주변을 예리하게 살폈다. 이곳으로 올 때 바흐만 황태자는 헤럴드를 목숨을 걸고 지키라고 했었다. 비록 자신의 힘은 미약하지만 전하의 명은 수행해야 하였다.

황후가 있는 곳에 가까스로 몸을 피한 데이브와 왈도 공작을 비롯한 살아남은 귀족들이 질린 얼굴로 싸움의 현장을 지켜보고 있었다.

"죽일 년, 페이스 체인지."

질리는 지금 죽을 맛이었다. 어떻게 된 년인지 어떤 마법을 써도 이년에게는 통하지 않았다. 그럴 수밖에 없는 것이 브리지트는 같은 계열의 검사다. 즉 마계의 마나를 쓰는 것은 똑같다는 뜻이다. 일반 사람들에게는 환상을 일으키고 공포를 심어주어 싸우기도 전에 전의를 떨어뜨리는 마력이 브리지트에게는 해당되지 않았다.

"흥, 이따위 환상으로 날 어떻게 할 수 있다고 생각해? 소드 일루젼."

촤촤촤촤.

브리지트의 검에서 붉은 오러 블레이드가 수백 개의 환영을 일으키며 전후좌우를 차단하고 날아들었다. 기겁한 질리가 방어 마법을 시전했다.

"윈드 배리어."

휘아악.

순식간에 몰려든 바람의 회오리가 태풍처럼 몰아치며 브리지트의 환영검을 흩어버렸다.

그 순간, 브리지트의 검이 붉은빛을 번쩍 뿌렸다

"레인 플레닛."

콰아아!

온 천지가 붉은 검날로 뒤덮였다. 그건 피할 수 없는 무시무시한 검의 숲이었다.

"블링크, 끄악!"

블링크를 시전해 위기에서 벗어나려고 하던 질리가 목이 찢어져라 비명을 질렀다. 그의 한쪽 팔이 어깨까지 깨끗이 잘려 땅에 떨어지고 붉은 피가 분수처럼 뿜어져 나왔다. 질리는 검사와 마법사의 차이를 무시한 대가를 목숨으로 치르고 있는 것이다. 여태껏 그가 만난 적들은 최상급의 기사 수준밖에는 없었다. 하지만 브리지트는 그랜드 마스터 중급이다.

당연히 빛의 백분지 일에 해당하는 순간도 틈을 준다면 당할 수밖에 없었다.

버언쩍, 끄륵.

공간을 이동하듯 질리의 면전에 나타난 브리지트의 검이 질리의 목을 스쳐 지났다.

"끝났군."

헤럴드가 중얼거리는 말에 허공을 쳐다보고 있던 귀족들은 의아해서 그를 쳐다보았다. 두 사람의 싸움은 너무도 빨라 사람들의 시력으로는 빛만이 움직이는 것 같았고 확인할 수가 없었던 것이다.

툭. 데구루루.

죽어서도 원통한지 눈을 감지 못한 질리의 머리가 땅에 떨어져서야 귀족들은 다시금 헤럴드를 놀라운 눈으로 쳐다보았다. 자신들은 번쩍거리는 빛만을 보았지만 저 사람은 싸움의 전말을 보고 있는 것이다. 그만큼 헤럴드의 수준이 높다는 것을 귀족들은 알아차렸다.

귀족들이 서로의 눈치를 보며 헤럴드의 옆으로 슬그머니 다가섰다. 이제 아스톤 제국은 이 사람을 중심으로 귀족들의 판도가 새롭게 짜여질 것이 뻔했다. 어디서나 줄서기를 잘해야 살아남는 것은 고금을 막론하고 진리였고 그런 면에서 귀족들의 감은 탁월했다.

파앗.

붉은빛이 번쩍하더니 브리지트가 나타나 헤럴드의 목에 검을 들이댔다.

"너는 누구냐?"

그녀는 앞에 있는 남자가 헤럴드라는 것은 꿈에도 생각지 못하고 있었다. 헤럴드의 얼굴은 30대 중반의 남자로 변형되어 있었기 때문이다. 마법으로 얼굴 모습을 바꾸었다면 알 수 있겠지만 헤럴드의 모습은 천지무에 있는 무공으로 골격과 근육을 바꾸어 만든 모습이다. 당연히 알 수가 없었다.

"나는 쿡이요, 그런데 이 검을 좀 치워주겠소?"

헤럴드의 무심한 말에 브리지트는 새빨간 눈으로 노려보았다. 분명 처음 보는 얼굴이다. 그러나 무엇인지 모르겠지만 이자를 어디서 본 것만 같았다.

"검을 치워요, 그는 나의 비밀 경호원이에요."

에바 황후의 말에 검을 내린 브리지트가 헤럴드를 보며 한마디했다.

"네가 누군지 모르겠지만 내 일을 방해하면 죽여 버린다."

그녀가 말을 툭 던지고 돌아서자 헤럴드의 말이 브리지트의 귓전을 울렸다.

"걱정 마, 난 구경만 하지."

멈칫, 걸음을 멈춘 브리지트가 검자루를 잡았다. 그녀는 솟구치는 살기를 억지로 눌렀다. 지금은 검은 탑을 말살시키는

데 힘을 집중해야 했다. 저런 소드 마스터 최상급 정도는 마음만 먹으면 언제든지 죽일 수 있었다. 그런데 이상했다. 저 자를 보니 본능적으로 살기가 올라왔다. 하지만 그녀는 생각을 지워 버렸다. 방금 놈의 목에 검을 들이대며 마나를 스캔해 보았지만 겨우 최상급의 수준이었다.

"이젠 침묵의 궁을 공격해야죠."

에바 황후의 말에 브리지트가 말없이 손을 들었다. 그러자 궁전의 곳곳에 숨어 있던 아케이드 전사들이 바람처럼 나타났다.

"너희들은 나를 따라 검은 탑을 공격한다. 한 놈도 살려두지 마라."

"옛, 전대장님."

스스슷.

300명의 아케이드 전사가 바람에 실려 가듯 침묵의 궁으로 달려간다. 그것을 보는 헤럴드의 얼굴에 희미한 미소가 어려 있었다.

"여기 있는 귀족들은 즉시 기사들을 데리고 침묵의 궁으로 가세요, 빠르면 빠를수록 좋아요."

"알겠습니다, 황후마마."

윈스톤 공작을 비롯한 귀족들이 말을 타고 내달렸다. 이번 싸움에서 아들을 구하고 더불어 공까지 세운다면 아스톤 제국에서 자신들의 입지는 강화될 것이 자명한 이치였다. 오늘 대전에 모였던 수많은 귀족들이 죽었으니 작위도 높아질 것이고 영지도 더 받을 수 있었다.

＊　　　＊　　　＊

"으아악! 아악!"

붉은 운무가 넘실거리는 방 안에 고통에 찬 비명 소리가 울려 퍼졌다. 온통 붉은빛인 바닥에는 육망성의 마법진이 그려져 있었고, 온몸에 밧줄이 묶인 60여 명의 남자가 고통에 몸부림치고 있었다. 그들의 주변에는 100여 명의 마법사가 둘러서서 주문을 외우고 있었다.

휘리릭, 휘릭.

마법진의 중앙에는 한 명의 잘생긴 청년이 눈을 감고 숨을 들이켜고 있었다. 사이한 빛을 뿌리는 청년은 정말 조각한 듯 아름다웠고 붉은 운무가 휘도는 바닥에서 1미터 정도 떠 있었다.

"크아악!"

시간이 흐르면서 붉은 운무는 더욱 진해졌고 마법진을 휘감아 도는 회오리도 강해졌다. 그와 함께 묶여 있는 남자들의 몸이 수축하듯 비틀리며 빠른 속도로 생기가 빠져나가고 있었다.

투두둑, 투둑.

남자들의 피부가 툭툭 터지더니 붉은 운무가 폭발적으로 쏟아져 나와 청년의 몸으로 들어간다. 그러자 사이한 빛을 뿌리는 청년의 몸이 허공으로 떠올랐다.

휘오옹~ 휘오오~

맹렬하게 회오리치는 빛들이 눈을 뜰 수 없게 빛을 뿌리고 나자 청년의 몸에서 피부가 쩍쩍 갈라지더니 허물 벗듯 벗겨지고 새로운 피부가 돋아났다. 그러기를 수십 번, 드디어 방 안에 가득했던 운무가 청년의 몸속으로 물이 스며들 듯 흡수되고 가슴에 마왕의 인장이 붉은 글씨로 새겨졌다.

후우~

청년의 입에서 긴 숨을 내쉬는 소리가 나더니 눈이 번쩍 떠졌다.

찌릿, 파앗.

청년의 눈에서 붉은 빛이 수십 미터나 뻗어 나갔다. 청년이 천천히 일어나 주위를 둘러보았다. 말라비틀어진 미라들이 여기저기 나뒹굴고 있었다. 참혹한 현장을 무심한 표정으로 바라본 청년이 머리를 들어 마법사들을 쳐다보았다.

"감축드리옵니다, 마스터시여."

"드디어 대법이 완성되었습니다."

마법진에서 일어선 샤르만은 맨 앞에 앉아 있는 하얀 머리의 남자에게 다가갔다.

"드디어 성공했구나, 아들아."

하얀 머리의 로브가 입을 여는 순간, 그의 머리에 손을 올려놓은 샤르만이 사이한 미소를 지었다. 그의 손에 붉은 기운이 흘러나와 머리를 휘감자 로브의 몸이 부르르 떨렸다.

"크으, 이, 이게 무슨 짓이냐?"

"아버지는 제가 강자가 되기를 원하셨지 않습니까? 이제 마음을 놓으세요. 아버지는 내 몸의 한 부분이 되어 세상을 지배하게 될 것입니다."

샤르만이 마나를 빨아들이기 시작하자 로브의 몸이 순식간에 주글주글해지기 시작했다. 온몸의 생기가 샤르만의 손을 통해 빨려 들어가면서 미라로 변하기 시작한 것이다.

"이, 이놈, 난 네 아비다!"

억이 막힌 로브가 소리를 질렀지만 너무도 미약했다. 이미 그의 몸은 통제를 잃었고 죽음의 기운이 가속화되고 있었다.

"끄윽!"

털썩.

온몸이 말린 시래기처럼 비틀어진 로브가 눈을 까뒤집고 쓰러지자 샤르만은 허리를 폈다. 그것을 본 마법사들이 온몸을 사시나무 떨 듯하였다. 자칫하면 죽을 수도 있는 상황이었다.

그때다. 밖에서 요란한 함성과 창검이 부딪치는 소리, 죽어가면서 지르는 단말마의 비명 소리가 어지럽게 울렸다. 마법사들이 허둥거리는데 샤르만은 기분 좋게 웃었다.

"흐흐, 때맞춰 희생물들이 오는군. 이제 마왕 플레이너스의 힘을 보여주마."

샤르만의 신형이 번쩍하더니 지하에서 사라졌다.

침묵의 궁으로 들어오는 정원은 검은 전사들과 아케이드 전사들의 싸움으로 아비규환의 장이었다. 번쩍거리는 마나 블레이드들, 사정없이 잘려져 나가는 팔다리들과 분린된 육편들이 난무하고 푸른 피가 대지를 적시고 있었다.

"모두 죽여라, 아케이드 전사들의 본때를 보여라."

백발의 브리지트가 종횡무진하며 검은 전사들을 쓸어버리고 있었다. 그녀가 지나가는 곳에는 시체의 산이 생기고 푸른 피가 도랑을 이루어 흘러내렸다.

"네가 아케이드의 전사냐?"

갑자기 허공에서 울리는 소리에 미련하게 달려드는 키메라의 몸을 절반으로 갈라 버린 브리지트가 허공을 쳐다보았다. 그곳에는 검은 오러로 온몸을 휘감은 한 명의 아름다운 미남자가 내려다보고 있었다.

"호호호, 네가 샤르만인지 뭔지 하는 놈인 게로구나. 그래, 내가 아케이드 전사단에서 온 브리지트다."

휘익.

공중으로 날아오른 브리지트가 검을 들어 샤르만을 겨누었다. 그것을 본 샤르만의 얼굴에 유쾌하다는 듯 웃음이 지어졌다.

"역시 아케이드의 마스터는 아직 대법을 이루지 못한 모양이구나. 그럼 더 잘됐군, 마왕 플레이너스의 힘을 받은 첫 기념으로 너를 흡수해 주마. 마화출(魔火出)."

샤르만이 손을 짝 펴자 주변의 모든 마나가 비틀리며 비명을 질렀다.

고오오오.

확 솟아 나온 검은 불길이 전방을 가득 메우고 브리지트를 향해 빛처럼 몰려들었다.

그것을 본 브리지트가 검을 추켜들었다.

"흥, 어림도 없다. 엠프테이션."

촤촤촤촤.

브리지트의 검에서 뿜어진 붉은 오러가 수백 개의 칼날이 되어 검막을 형성하였다. 하늘이 온통 검과 화염으로 뒤덮였다.

콰콰쾅, 콰쾅.

두 가지의 마력이 부딪치자 엄청난 폭음이 일어났고 충격파가 주변을 초토화시켰다. 휘몰아치는 마나의 충격파에 정신없이 싸우고 있던 검은 전사들과 아케이드 전사들이 갈가리 찢어졌다.

"아악, 크억!"

기겁한 전사들이 물러서려고 했지만 이번에는 무서운 독의 구름이 정원을 뒤덮었다.

"크크, 계집이 대단하구나. 아예 녹여주지, 스턴킹 클라우드."

쏴아아.

샤르만의 두 손에 휘둘러지며 뽀얀 안개 같은 독무가 침묵의 궁을 둘러싸고 천천히 내려온다.

"피하라!"

안개 같은 독무가 사람과 갑주를 물처럼 녹여 버렸고 키메라도 아케이드 전사들도 한 줌 물로 흩어졌다. 하지만 명령받은 대로 행동하는 키메라들은 온몸이 녹아 없어지면서도 아케이드 전사들을 부둥켜안고 함께 죽어갔다.

"봐, 이 괴물아, 독이란 말이다!"

아케이드 전사들이 비명을 지르며 몸부림쳤지만 쓸데없는 짓이었다. 독이 닿는 모든 곳은 말 그대로 생명의 존재를 말살시켜 버렸다.

"네놈이 감히 내 부하들을 죽이다니, 네놈의 살을 씹어 먹을 테다!"

브리지트의 눈이 지옥의 화염처럼 새빨갛게 불타올랐다. 그녀가 검과 일체가 되어 날아들어 갔다.

촤촤촤촤.

불타는 듯한 오러 블레이드가 천지를 난도질했고 무시무시한 검날이 수백 개의 유성이 되어 샤르만을 향해 쇄도했다. 하나 샤르만의 얼굴에는 비릿한 웃음이 어려 있었다. 마왕 플레이너스의 마력을 받은 그에게 브리지트의 공격은 애들 장난이나 다름이 없었다.

"크크, 네년은 죽이기 아까우니 살려는 주마. 단, 내 애완용이 되어야겠다."

말이 끝나는 순간 샤르만의 신형이 하나의 빛이 되어 브리지트에게 쇄도해 들었다.

카카캉, 카캉!

브리지트는 흠칫 놀랐다. 자신의 오러 블레이드가 날아드는 샤르만의 몸을 수천 번이나 베었지만 쉿소리와 불꽃이 일어날 뿐 놈은 끄덕도 하지 않았다. 지금까지 수많은 싸움을 하면서 단 한 번도 놀란 적이 없던 브리지트가 눈을 크게 떴다.

"크윽!"

언제, 어떻게 나타났는지 샤르만이 코앞에 서 있고 브리지트의 목은 이미 그의 우악스런 손에 잡혀 있었다. 브리지트의 얼굴을 다른 손으로 쓸어본 샤르만이 하늘을 향해 웃음을 터뜨렸다.

"흐하하, 하늘이 나에게 마왕후까지 선물로 주시는구나. 좋아, 너는 이제부터 내가 마왕후로 삼아야겠다."

샤르만이 검은 오러가 일렁이는 손으로 브리지트의 머리를 감싸 쥐었다. 마왕의 마력으로 그녀를 세뇌시키기 위해서였다.

"형님, 저놈 저거, 아무래도 맛이 가지 않았수?"

"몰랐냐? 원래 마왕의 마력을 받은 놈들은 모두 미친놈들이 아니냐?"

"하긴 그러네. 저런 놈은 잡아서 뇌를 해부해 보고 싶다니까."

밑에서 들리는 말에 샤르만은 어이가 없어 내려다보았다. 언제 모여들었는지 에바 황후를 비롯한 기사들이 검을 들고 서 있었고 검은 가죽옷을 입은 두 놈이 떠들어대고 있는 것이 보였다. 샤르만의 눈에서 검은 빛이 번쩍 뿜어져 나왔다.

"감히 벌레들이 나 위대한 마왕 플레이너스의 후계자를 비웃다니, 네놈들의 가죽을 벗겨 박제로 만들어주마."

샤르만이 브리지트를 확 던져 버리고 지옥의 겁화가 이글거리는 눈으로 두 사람을 내려다보았다. 주변에 있던 기사들이 그 눈길을 보고 황급히 물러섰다. 하나 두 사람은 자신을 쳐다보며 비웃고 있었다.

"역시 미친 것이 분명해. 그러니 손에 잡은 붉은 마녀를 놓아주지. 안 그렇수? 형님."

"흐흐, 그게 아니고 머리가 좀 모자란 놈 같다. 그 바람에 주군께서 손쉽게 붉은 마녀를 구하지 않았냐?"

핸더슨과 도미니크가 하는 말에 부아가 터진 샤르만이 돌아보니 20대 중반의 젊은 남자가 브리지트를 안아 눕히고 있었다. 그는 얼굴의 변형을 풀고 본 모습으로 돌아온 헤럴드였다.

"감히 벌레가 마왕후에게 손을 대었으니 가루로 만들어주마."

파확, 쩌정!

샤르만의 손에서 쏟아진 검은 화염이 벼락처럼 쏘아져 들어왔다. 가련한 눈빛으로 브리지트를 보던 헤럴드의 옆구리에서 무지갯빛이 번쩍 일어났다.

촤앙, 콰쾅, 콰앙!

"억?"

검은 마나와 무지갯빛이 부딪치자 폭음이 일고 마나의 기파가 주변의 나무들을 가루로 만들어 버렸다. 샤르만은 두 눈을 부릅떴다. 마왕의 마력을 받은 자신이 저놈의 힘에 밀렸다. 아무리 대수롭지 않게 생각하고 마왕력을 적게 썼지만 인간이 받아낼 힘이 아니었다.

그런데 놈은 끔쩍도 하지 않았고 오히려 자신이 두 발자국이나 뒤로 물러선 상태였다.

"네놈은 누구냐?"

"벌레라고 했느냐? 인간은 만물의 영장이다. 그걸 아느냐, 샤르만?"

헤럴드의 말에 샤르만은 마왕력을 모조리 끌어올렸다. 이놈은 인간이 아니었다. 자신의 마안을 받고도 끄떡없었고 눈에 보이지 않는 마나의 그물이 덮쳐 가도 모두 튕겨내었다.

인간이라면 절대 이럴 수는 없었다.

"너는 인간이 아니로구나, 너는 누구냐? 아케이드의 마스터냐?"

"난 쥬신의 후예, 헤럴드다."

헤럴드의 말에 샤르만은 깜짝 놀랐다. 쥬신의 후예라면 이 대륙에 처음으로 마나 심법을 전수한 그 가문을 말한다. 그는 강하긴 했지만 인간에 불과했다. 다른 사람보다 조금 더 강한 인간, 대륙에 내려오는 전설을 들으면 드레곤을 잡았다고 했지만 그건 신비한 것을 좋아하는 인간들이 만든 허구라고 생각하였다.

그러나 오늘 마주 선 이자가 정말 쥬신 후예라면 결코 빈말은 아니었다.

"으하하! 좋아, 난 쥬신의 전설을 믿지 않는다. 그 전설이 사실이라고 해도 난 마왕의 마력을 이어받은 계승자. 마왕의 힘은 무적이다."

말을 끝낸 샤르만의 온몸에서 검은 마나가 거대한 기운을 일으키며 쏟아져 나왔다.

쿠쿠쿠쿠.

토네이도 같은 검은 마나가 회오리치며 모든 것을 초토화시킨다. 침묵의 궁이 비명을 지르더니 우지끈 소리를 내며 무너져 내렸고 산산이 부서지고 가루가 되어 먼지로 흩어졌다. 참으로 온몸에 소름이 끼치는 무시무시한 미증유의 힘이었다.

“흐흐, 보았느냐? 이것이 마왕의 힘이다. 죽어라.”

콰콰콰콰!

검은 마력이 악마의 아가리처럼 입을 쩍 벌리고 날아든다. 헤럴드의 손에 들린 검에서 찬란한 빛이 뿜어져 나왔다. 그것은 암흑을 가르며 주변을 환히 밝혔다.

“쥬신의 힘은 무궁하다, 천지 건곤파.”

콰르릉. 콰콰쾅, 콰쾅!

검은 힘과 찬란한 빛이 일대 격돌을 벌였다. 땅이 뒤집어지고 바위들이 먼지로 되어 하늘로 날아올랐고 두 사람이 격돌하는 곳에서 쏟아지는 마나의 폭풍은 광풍이 몰아치는 것 같았다.

자욱한 먼지와 폭풍 속에 아무것도 보이는 것이 없었고 그 속에서 끊임없이 울려 퍼지는 굉음과 빛만이 격전이 치열함을 보여주고 있었다.

에바 황후는 두 손을 꼭 쥐고 부들부들 떨고 있었다. 저건 인간의 싸움이 아니라 신과 마왕의 싸움이었다.

‘황제가 되기는 틀렸다. 이젠 헤럴드를 내 사람으로 만든다. 어떤 수를 써서라도.’

황궁을 포위한 수많은 기사들이 천둥이 울부짖고 찬란한 빛이 번쩍이는 하늘을 경외의 감정으로 바라보고 있었다. 같은 검을 쓰는 기사로서 인간이 저 정도로 강하다는 것에 한없는 자부심과 긍지를 느끼고 있는 것이다. 이 한번의 싸움으로 헤럴드는 아스톤 제국의 모든 기사들에게 경외의 대상이 될 것이고 신처럼 떠받들릴 것이다.

에바 황후는 속으로 딴생각을 하며 바흐만 황태자를 흘낏 바라보았다. 이제 바흐만이 황제가 되는 것을 막을 사람은 없다. 욱일승천하는 쥬신 왕국의 국왕이며 신과 같은 무위를 지닌 헤럴드의 동생에게 감히 누가 토를 달 것인가? 이미 대세는 기울었다.

게다가 쥬신 왕국과의 전쟁에 동원되었던 군사들이 블랙 울프 군단들과 함께 아스톤 제국으로 돌아오고 있었다.

샤르만은 최후의 힘을 끌어올렸다. 상대는 인간이라고 하기에는 너무도 격이 달랐다. 설사 마왕력이 고갈되어 죽는다고 해도 저놈만은 반드시 죽여 버려야 했다. 그건 마왕 플레이너스의 힘을 이은 샤르만의 자존심이었다.

"죽인다, 마왕천하!"

샤르만의 부릅뜬 눈에서 검은빛이 소용돌이쳤고 검은 아공간이 형성되면서 마왕력이 폭포처럼 쏟아져 나왔다. 공중을 날아들어 가던 헤럴드의 양손에서 찬란한 빛이 솟아올랐고 무서운 속도로 샤르만에게 쇄도해 들었다. 수백 수천 개의 오러로 이루어진 검이 검은 마나와 충돌을 일으켰다.

콰콰쾅, 콰릉!

귀청을 찢는 폭음이 울리고 대기가 뒤흔들리는 순간, 헤럴드의 검이 검은 암흑의 마나를 갈라 버렸다.

"천지 비주연환탄."

파파팟팟!

수천 개의 빛나는 구슬들이 암흑의 마나를 헤집었고 그대로 샤르만의 암흑 갑주를 꿰뚫었다.

암흑 갑주는 마왕력을 얻은 자만이 생성시킬 수 있는 마계의 방패이며 갑옷이다. 그 강력한 암흑 갑주가 그만 걸레가 되어버렸다.

"크윽! 이, 이놈!"

바닥으로 떨어져 내린 샤르만이 비칠거리며 천천히 땅을 밟는 헤럴드를 원한에 찬 눈으로 쏘아보았다. 검은 탑의 만년의 염원이 그만 깨져 버렸다. 이 세상에 오직 하나 적수가 있다면 아케이드 전사단이라고 생각하고 있던 샤르만은 너무도 한스러웠다.

"크, 검은 탑 만 년의 한을 풀 때가 됐는데, 그런데… 아악!"

비칠거리며 중얼거리던 샤르만의 몸에서 수백 줄기의 피가 분수처럼 뿜어져 나왔다. 비주연환탄의 구슬들에 뚫린 구멍은 어떤 것도 복원하는 마왕력으로도 통하지 않았다.

"이제야 알겠다. 마왕력이 통하지 않다니, 쥬신의 힘은 신의 힘이었구나."

쩌저적.

온몸이 수백 갈래로 가라진 샤르만이 마지막 말을 남기고는 대지에 흩어져 버렸다. 헤럴드는 폐허가 된 침묵의 궁을 바라보았다.

"쥬신의 후예에게 덤빈다면 파멸이 있을 뿐이다."

혼자 중얼거리고 돌아서는 그에게 핸더슨과 도미니크를 비롯한 위타킨의 5형제가 달려왔다.

"주군!"

"헤헤, 수고했습니다. 주군."

핸더슨이 눈물이 글썽한 눈으로 중얼거리며 달려오는 순간, 멀찍이 떨어져서 싸움터를 바라보고 있던 기사들이 천지가 진동하도록 함성을 질렀다.

"광풍의 전사 만세!"

"쥬신 왕국 만세!"

환호를 지르며 달려오는 그들의 앞에 바흐만 황태자가 눈물이 그렁해서 달려오는 것이 보였다. 헤럴드는 주변을 둘러보았다. 어디를 둘러보아도 브리지트의 모습은 보이지 않았다.

헤럴드가 샤르만과 싸우는 동안에 어디론가 몸을 피한 모양이었다. 헤럴드는 한숨을 내쉬었다. 찾으려면 못 찾을 것도 없지만 그러고 싶지 않았다.

'나의 복수는 니힐리스 제국이다. 다른 것은 잊는다.'

헤럴드는 달려오는 바흐만을 향해 돌아섰다.

CHAPTER
05

제국의 아침

THE Warrior
Gale of Wind

"아스톤 제국의 검은 탑이 괴멸되었다!"

"광풍의 전사가 검은 탑을 몰살시켰다!"

대륙을 휩쓸고 지나는 이 소식에 사람들은 고개를 끄덕이며 서로를 붙잡고 환희에 넘쳐 이야기를 했다. 왜 그렇지 않겠는가? 천 년 전 대륙을 드래곤들에게서 구한 쥬신의 후예가 이번에는 마왕력을 받은 검은 탑을 괴멸시켰던 것이다.

대륙의 모든 나라에서 검은 탑의 마스터와 쥬신의 후예가 싸운 경천동지할 이야기로 술자리를 만들었고 음유시인들은 벌써 노래를 지어 가는 곳마다 퍼뜨리고 있었다.

그대여, 아시는가! 인간의 위대함을 보여준 무적의 전설을,
이 땅을 지켜 검을 든 천신 같은 용사의 기상을,
천 년 전 이 땅을 지킨 용사의 후예가 검을 휘둘렀다.
일검에 태산이 무너지고 바다가 갈라지니,
검은 탑의 마귀들은 추풍낙엽이 되어 흩어졌다.
인간을 건드리지 마라, 내가 용서치 않으리니,
거연히 버티고 선 용사는 신이 보낸 수호의 사자,
그는 쥬신의 후예, 광풍의 전사였다.

"와~ 잘한다!"

짝짝짝.

음유시인이 노래를 끝내자 식당 가득 앉아 있던 사람들이 박수를 치고 고함을 질렀다.

"한 번 더 불러요."

"여기 돈이오. 더 불러주시오."

음유시인의 앞으로 돈이 떨어져 내렸다. 여기는 화이트 왕국의 수도 수텐버글리 시다. 쥬신의 후예가 검은 탑을 괴멸시켰다는 소리가 상인들의 입을 타고 바람처럼 온 대륙에 퍼졌다. 쥬신의 후예, 광풍의 전사 헤럴드! 이제 그 이름은 대륙에 찬란히 떠오르는 태양이었다.

수천 년 동안 검은 탑이라면 마귀의 상징이었고, 그들을 이길 자는 드래곤밖에 없다는 것이 이 세계 사람들의 인식이었

다. 그러나 그들이 무너졌다. 아니, 무너진 정도가 아니라 완전히 소멸되었다. 그것을 이룬 사람이 천 년 전 드래곤으로부터 대륙민들을 구한 쥬신의 후예라는 소문이 돌자 사람들은 열광하고 있었다.

벌써 아가씨들은 검은 머리로 염색을 하는 바람이 불어 너도나도 염색을 하고 있었다. 그 바람에 염색약을 파는 가게들과 이발소들은 환성을 지르고 있었다.

"그런데 그분의 군대가 니힐리스 제국으로 진군하고 있다면서?"

식당에 앉아 술을 마시는 덥수룩한 사내가 앞에 앉은 사람에게 하는 말에 와인을 한입에 털어 넣은 남자가 고개를 끄덕였다.

"내가 아이스 왕국에 갔다 온 것은 자네도 알지?"

"그야 당연히 알고 있지. 그래서?"

텁석부리가 갑갑한 눈으로 친구를 바라보며 침을 꿀꺽 삼켰다.

"아이스 왕국에 있던 드워프들은 모두 해방되었어. 그래서 드워프 자치 왕국을 만들었고 노예 생활에서 벗어났더군."

"그러니까 그게 광풍의 전사가 해방시켰다는 말인가?"

"당연한 것 아닌가? 아이스 왕국을 암중에서 틀어쥐고 있던 검은 탑 놈들을 싸그리 쓸어버린 광풍의 전사가 이렇게 일성을 질렀다는 거야."

와인을 마시던 친구가 자리에서 벌떡 일어나 한 손을 허리에 짚고 다른 손을 검처럼 만들어서 쭉 내뻗쳤다.

"들어라, 이제부터 노예는 없다! 나 쥬신의 후예가 선언하노니 드워프들을 노예로 부리는 자, 용서치 않을 것이다!"

"우와! 드워프들은 이젠 살았구만."

그러자 옆에서 듣고 있던 사람들 속에서 얼굴이 파리한 소녀가 조심스럽게 물었다.

"저기 아저씨, 인간 노예들은 해방시키지 않았나요?"

그녀의 말을 들은 남자가 무릎을 탁 치고는 입을 열었다.

"이번에 아스톤 제국에서는 노예들을 모두 풀어주었다고 한다. 아스톤 제국의 황제가 바로 광풍의 전사의 의동생이거든. 쥬신 왕국은 노예들을 해방시킨 지 오래고, 다만 죄를 지은 놈들은 용서가 없다고 해. 그놈들은 죽을 때까지 노예로 살아야 한다고 하더군."

남자의 말이 끝나자 소녀의 얼굴에 홍조가 어렸다.

'광풍의 전사님, 고맙습니다. 우리들을 살려주세요.'

그녀의 귀에 음유시인의 말이 들렸다.

"지금 드래곤처럼 용맹스러운 블랙울프 전사들이 니힐리스 제국으로 진군하고 있다우. 25년 전에 그놈들이 주신의 가문을 살해하였다고 하더군. 그래서 광풍의 전사님께서 복수를 선언하셨고 그분의 군대들이 제국으로 진군하는 거지."

"나쁜 놈들, 대륙을 구한 은인의 가문을 엄습하다니."

"그놈들은 모두 죽여야 해."

"암, 죽여야지."

식당에 있던 사람들이 떠들어대는 소리가 음유시인의 귀에 들려오자 그는 속으로 미소를 지었다. 음유시인은 대륙의 각지에 있는 로즈 정보단의 단원이었다.

헤럴드는 이미 블랙울프들을 데리고 니힐리스 제국으로 진격하고 있었고 샤칸은 전 대륙에 정보원들을 풀어 공작을 벌이고 있었다. 쥬신의 후예라는 그 한마디로도 사람들은 니힐리스 제국에 등을 돌리고 있었다. 바로 남방의 이 화이트 왕국도 니힐리스 제국에서 지원병을 보내라고 요구하고 있지만 여러 가지 구실을 핑계로 등을 돌리고 있었다. 지금 니힐리스 제국은 완전하게 고립되어 있었다. 동서남북의 모든 곳에서 쥬신 동맹군의 군사들이 공격해 들어가고 있었다. 동쪽에서는 쥬신 왕국군의 군사들이, 서쪽에서는 아스톤 제국이, 북쪽에서는 아이스 왕국의 군사들이 진군을 하고 있어 니힐리스 제국은 사면초가에 빠져 있었다.

광풍의 바람이 제국을 뒤흔들고 있었다.

*　　　*　　　*

우우우우.

두두두두!

타판파스 초원과 경계 지점인 코스타 시의 초원에 거대한 먼지가 구름처럼 일어나고 기마 군사들이 들판을 새카맣게 덮고 달려오고 있었다. 그들이 지르는 함성이 천지를 뒤흔들었고 휘두르는 검들에서 번쩍이는 빛에 니힐리스 제국 군사들의 얼굴이 컴컴하게 질려 있었다.

"정신들 차려라! 적은 우리보다 적다! 이곳에서 놈들을 격멸한다면 우리는 황제 폐하께 큰 상을 받을 것이다!"

니힐리스 제국의 동부지구 전선 사령관인 모구리 공작은 마법 증폭기를 통해 군사들을 격려했다. 이 코스타 시를 잃으면 400km가 넘는 제국의 영토가 위험해진다. 그 400km 지역은 온통 들판이어서 저들의 주력인 기마 군사를 막을 수 없기 때문이었다.

어떤 일이 있어도 이곳에서 저들을 저지해야 했다.

땅이 흔들거리고 말발굽 소리, 블랙울프들의 야생적인 고함 소리가 점점 가까워졌다.

"사격 준비."

높다란 구릉 위에 진을 치고 차단물들을 만든 니힐리스 제국군의 궁수들이 일제히 활을 들어 올렸다. 지금 이곳에 진을 치고 있는 군사들은 도합 50만, 적들은 20만에 불과하다. 최대한 활로 피해를 주고 돌격해 오는 적들을 치려는 것이 모구리 공작의 생각이었다.

"쏴라!"

공작의 명이 떨어지자 5만 궁수들이 일제히 활의 시위를 놓았다.

츄츄츄— 쉿쉿쉿—

하늘을 새카맣게 덮은 화살들이 돌진해 오는 블랙울프들을 향해 날아갔다. 비처럼 날아가는 화살들을 보며 모구리 공작은 잔인한 미소를 지었다. 아무리 용맹한 블랙울프들이라고 해도 결국은 뼈와 살로 만들어진 인간이다. 저 비처럼 쏟아지는 화살의 세례 속에서 무사히 이곳까지 올 블랙울프들은 절반도 되지 않을 것이다.

모구리 공작은 능선 뒤의 벌판에 말을 타고 대기하고 있는 기마병들을 보며 흐뭇한 기분이 들었다. 놈들이 피투성이가 되고 지쳐 이곳까지 왔을 때 저들을 출전시키면 전투의 승패는 결정된다. 물론 그전에 일반 군사들은 블랙울프들을 막는 싸움에서 수없이 죽을 것이지만 모구리는 그들을 사람으로 보지 않았다. 원래 일반 군사들은 농촌에서 일을 하던 농민들이거나 평민들, 그리고 돈을 받고 팔려온 용병들이다.

그들이 죽어도 대신할 농민이나 평민들은 많았다. 하지만 저 기마 군사들은 대개가 귀족의 아들들이고 정예 군사들이었다.

마지막에 기마 군사들을 출전시켜 놈들을 벌레처럼 짓이겨 놓을 것이다. 그리고 그에게는 비장의 한 수가 있었다. 붉은 갑주를 입은 아케이드 전사들 1만여 명이 바로 그들이다.

저들을 가장 결정적인 순간에 출전시킬 것이고 블랙울프들에
게 치명적인 타격을 가하려는 것이 그의 생각이었다. 배에 힘
을 준 모구리 공작이 전장을 바라보았다. 화살의 비가 블랙울
프들의 머리 위로 쏟아지는 것이 보였다.

"건방진 놈들, 감히 여기가 어디라고! 모두 죽여주마!"

곧 들려올 블랙울프들의 비명 소리를 생각하며 눈에 힘을
주던 모구리 공작의 눈이 휘둥그레졌다. 달리는 블랙울프들
의 전열에서 하얀 막 같은 것이 펼쳐져 쏟아져 내리는 화살들
을 모조리 튕겨내고 있었다.

"죽여라!"

우우우우.

블랙울프들이 함성을 지르며 더욱 빨리 돌격해 온다. 그것
을 본 모구리 공작이 다급해서 소리 질렀다.

"저, 저게 뭐냐?"

"저건 마법 실드 같습니다, 공작 각하."

"뭐, 뭐라고, 마법 실드?"

참모장의 말에 모구리는 눈을 부릅뜨고 달려오는 블랙울
프들을 바라보았다.

"저것 보십시오, 블랙울프들 속에 있는 저것들은 마법사들
입니다. 아마도 아이템을 이용해 마법을 실현하는 것 같습니
다."

붉은 로브를 입은 사령부 소속의 마법사가 하는 말에 모구

리는 이를 악물고 달려오는 적들을 노려보았다. 그의 눈에도 블랙울프들 속에 섞여 말을 달리는 하얀 로브들이 보였다.

4인 1조로 조직된 블랙울프들은 가운데 마법사를 세우고 삼면은 블랙울프 전사들이 검을 들고 달리고 있었다. 슈마라이 산에서 대량으로 생산되는 아쇼만티움은 마법을 활성화시키는 금속이다. 그 금속은 인간이라면 고서클의 마도사가 아니면 가공도 하지 못하지만 쥬신 왕국에는 든든한 동맹자인 드워프들이 있었다. 드워프들의 덕분으로 블랙울프들은 비록 저서클의 마법사들이지만 아이템을 이용해 마법 실드로 몸을 보호하고 있었고 질풍처럼 달려들어 오고 있었다.

기병이 무서운 것은 그들의 속도이다. 파도처럼 밀려오는 블랙울프들을 보는 군사들의 손은 중풍에 걸린 것처럼 부들부들 떨고 있었다. 화살이 무용지물이 되고 말았다.

"장갑병들을 창을 들어라! 투창 준비!"

모구리의 명에 방진형으로 대오를 짜고 있던 20만 보병들이 무거운 중장갑을 철컥거리며 창과 시클(낫처럼 생긴 무기)을 들고 충돌에 대비했다. 이제는 무시무시한 블랙울프들과 몸으로 부딪치는 방법밖에는 없었다.

전속으로 말을 달려오던 타마는 모닝스타를 쳐들었다. 눈앞에 끝이 보이지 않는 니힐리스 제국의 군사들이 방진을 형성하고 장창과 시클이 숲을 이루고 있었다.

"제1군단은 좌측을, 제2군단은 우측을 공격하라! 3군단은 나와 함께 중앙을 가른다! 죽여라!"

우우우우.

두두두두!

말들이 굉음을 울리며 제국의 방진을 향해 덮쳐들었다.

*　　*　　*

말을 타고 달리는 헤럴드의 옆으로 랑케가 말을 타고 달려왔다.

"폐하, 방금 타마 공작의 제1전선군이 공격을 시작했다고 합니다."

"그래요. 그럼 예정대로 우린 뒤를 칩니다. 자, 전속력으로 갑시다."

"알았습니다, 폐하."

랑케가 물러간 후, 길게 늘어진 제2전선군에 명령이 떨어졌다.

"속도를 높여라! 코스타 시에서 전투가 벌어졌다!"

"달려라! 제국 놈들을 쓸어버리자!"

사방에서 군단장들과 만인장, 천인장들의 고함 소리가 울리고 검은 물결이 폭풍처럼 달려가기 시작하였다. 이들은 네모가 사령관으로 있던 쥬신 왕국 제2전선군이다. 아스톤 제국과의 경계에 있던 이들은 지금 말을 달려 코스타 국경을 향해 직선으로 전진하고 있었다.

그곳에서 벌어지는 첫 전투를 배후로부터 공격하기 위함이었다.

헤럴드는 하늘을 쳐다보았다. 저 하늘에서 아버지가 내려다보는 것 같았다.

'아버지, 이제 때가 되었습니다. 쥬신의 가문을 멸족시킨 저들의 원흉인 니힐리스 제국을 대륙에서 지워 버릴 것입니다. 후세에 사람들이 나를 잔인하다고 해도 전 후회하지 않습니다. 그들에게 우리가 받았던 치욕과 고통을 그대로 돌려줄 것입니다.'

대지가 흔들리며 30만에 달하는 기병들이 코스타의 배후로 들어가고 있었다.

"헤럴드, 저 앞 능선만 넘으면 코스타 시야. 이젠 다 왔어."

옆에서 말을 타고 달리던 샤칸의 말에 생각에서 깨어난 헤럴드가 파도처럼 굽이져 있는 능선을 바라보았다. 기감을 퍼뜨려 주변을 탐지하던 헤럴드의 안색에 변화가 일어났다.

"네모, 즉시 부대를 총공격으로 돌격시켜라. 나는 먼저 가겠다."

말 위에서 날아내린 헤럴드가 바람처럼 달려갔다. 한순간에 아득하게 멀어지는 헤럴드를 본 샤칸이 플라이 마법을 시전해 날아올랐다.

"함께 가."

샤칸이 날아가자 레나의 얼굴이 새빨개졌다.

"흥! 내가 떨어질 줄 알고, 어림도 없지."

레나가 뇌전경공을 시전해 빛살처럼 달려갔다. 그 뒤를 위타킨의 5형제가 눈 깜빡할 새에 따라 달리고 있었다. 거대한 장신의 레드 탈로스 레오나드가 몸을 숏구쳤다.

"부단장, 뒤를 따라라."

마치 포탄처럼 쏘아져 나가는 레드 탈로스를 본 핸더슨이 불만으로 투덜거렸다.

"아니, 으이씨, 빨리 가자."

이번에 친위대의 부단장으로 임명된 핸더슨이 말에 채찍을 가했다. 레드 타로스는 친위대의 단장이다.

"이거 빨리 실력을 올려야지, 친위단장이라는 놈이 매번 뒤만 따라다니니 원."

"할 수 없지, 우리도 시간이 지나면 저들처럼 될 수 있으니 조급해 말게."

"거야 그렇지만, 명색이 친위대인데 속이 뒤집혀서……."

같은 부단장이 된 도미니크의 말에 핸더슨은 입맛을 다셨다. 친위대가 죽어라고 말에 채찍질을 해 달려갔다. 파도처럼 밀려가는 제2전선군의 검은 대열에 대지가 몸부림치며 지진을 만난 것처럼 아우성을 치고 있었다.

코스타 시의 성벽 앞에 느긋한 자세로 말을 타고 앉아 있는 아케이드 제4전사단장 리버스는 자욱한 피바람이 일고 있는 전장을 보며 코를 벌름거리고 있었다.

말들의 울음소리, 번쩍거리는 칼들의 휘파람 소리, 목이 잘려 나가며 지르는 비명 소리가 심장을 끓게 했고 전투의 흥분으로 혈관 속의 피가 끓어올랐다.

"단장님, 이거 손이 근질근질해서 못 견디겠습니다."

부단장 셀마가 번들거리는 눈으로 리버스를 바라보며 혀로 입술을 빨았다. 마치 피에 주린 늑대가 입을 다시는 것 같았다. 셀마는 사람을 죽이면 꼭 상대의 심장을 뽑아 씹어 먹는다.

그의 힘의 원천이 바로 사람들의 피였다. 단 하루도 사람을 죽이지 않으면 발작을 일으킨다.

"조금 기다려, 이제 원없이 피 맛을 볼 수 있으니."

"그러죠. 그런데 헤럴드 그놈에게 엘프들처럼 아름다운 계집들이 있다더니 하나도 보이지 않는군요."

아쉬운 듯 내뱉는 셀마의 말에 리버스는 뭔가 불안하였다. 정보에 의하면 헤럴드에게는 뇌전의 궁사 레나, 마법전사 샤칸, 레드 스콜피언 이레인, 그린 스완 루시가 있다고 한다.

4명의 여인 모두 엘프와 견주어도 떨어지지 않는다는 소문이 대륙에 파다하다.

인간의 심장을 먹는 것과 마찬가지로 색에서도 일인자인 셀마가 아쉬워하는 것도 이해할 만한 일이었다.

‘아마 서쪽 전선에 갔겠지.’

서쪽 전선은 아스톤 제국이 공격하고 있었다. 속으로 중얼거리던 리버스의 눈에 하얀 로브들이 달려나오는 것이 보였다. 맨 앞에 몸의 볼륨이 완벽하게 드러나는 한 여자가 지팡이를 겨누고 있었다.

그녀의 뒤로 늘어선 하얀 로브들이 일제히 마법을 시전했다.

“아이스 볼!”

“파이어 볼!”

“윈드 커터!”

방진형을 이루고 있는 중장갑병을 향해 마법의 화염과 얼음의 창, 바람의 칼날들이 하늘을 덮고 쇄도해 들었다. 비록 낮은 서클들의 공격이었지만 중장갑병들에게는 무시할 수 있는 것이 아니었다. 아니나 다를까 방진형의 대열에 혼란이 일어났다.

“마법사들은 적의 마법사들을 공격하라!”

사령관의 명령이 떨어지고 니힐리스 제국의 마법사들이 일제히 공격했다. 마법사 대 마법사의 공격이 공방전을 벌이고 있었다.

“이봐, 셀마. 저기 괜찮은 계집이 하나 있구만.”

리버스의 말에 셀마가 입술을 감빨더니 머리를 흔들었다.

“형님, 저건 너무 나이를 먹었습니다. 그래도 꿩 대신 닭이라고 저것이라도 맛을 봐야겠습니다, 흐흐.”

셀마의 느끼한 웃음을 들으며 리버스는 저 여자의 운명도 비참하다고 생각하였다. 셀마와 그는 이미 백 살이 넘었다. 50년 전에 마스터를 만나 아케이드 전사단에 들어간 후 여태 껏 벗어나지 못하고 있다가 이제야 금제가 풀렸다. 지금부터 이 세상은 자신들의 것이었다.

세상은 모르고 있지만 아케이드 전사단에는 그들과 같은 소드 마스터 상급들이 20여 명이나 있었다.

“크악, 아악!”

촹촹촹!

드디어 방진에 돌입한 블랙울프들이 충돌을 일으켰고 피 보라가 일어났다.

“죽여라! 돌격하라!”

타마의 모닝스타가 춤을 추었고 그를 막아서는 자들은 피 떡이 되어 짓이겨졌다. 그가 나가는 길에 혈로가 만들어졌고 방진이 사분오열되었다. 그러나 방진은 계속해서 나타났다.

첫 번째 방진이 무너지고 나면 두 번째 방진이, 그리고 세 번째 방진이 끝없이 블랙울프들을 막아서고 있었다. 저건 한 마디로 차륜전이었다. 아무리 용맹한 블랙울프들이라도 사 람들이고 힘에는 한계가 있는 법이다. 주구장창 마나 블레이 드를 뿜어낼 수는 없었다. 벌써 수만의 군사들이 쓰러졌지만 그 대신 블랙울프들도 지쳐 가고 있었다.

"흐흐, 형님. 이제 우리가 나설 때가 된 것 같습니다."

"그래, 아케이드 전사들이 세상에 처음으로 출두를 하는 날이다. 기념으로 모두 죽여줘야겠지."

리버스가 중얼거리는 순간, 전령을 든 손에서 푸른 깃발이 휘둘러졌다.

공격하라는 신호다. 리버스는 무심한 표정으로 크라이카—전투용 도끼, 자루가 길어서 기마군들을 상대하기 유리하다—를 들고 서 있는 아케이드 전사들을 둘러보았다. 붉은 갑주를 입은 1만의 전사들은 겉은 사람이지만 실제는 오거와 인간의 장점을 조합시킨 살인 병기들이다.

몸에 창칼이 들어가지 않고 웬만해서는 지치지도 않는다. 이유는 간단했다. 힘이 진하면 저들은 전투에서 자신들이 죽인 사람의 심장을 꺼내 먹는다. 그것이 저들의 힘의 원천인 것이다.

"공격 준비!"

크아아!

리버스의 명에 무심하게 서 있던 키메라들의 입에서 괴성이 터져 나왔다. 드디어 피를 먹을 시간이 된 것이다.

"돌격!"

카카카카!

괴상한 고함을 지르며 키메라들이 달려가기 시작했다. 먼지를 뽀얗게 일으키며 달려가는 키메라들은 오거 이상의 속도였다. 어느새 블랙울프들의 앞에 도달한 키메라들의 크라이카가 붉은 마나 블레이드를 뿜으며 휘둘러졌다.

카캉, 캉!

"큭, 악!"

지금까지의 전투에서 힘이 진한 블랙울프들이 키메라들과 마주치자 정세는 변했다. 미친 듯이 돌격해 들어간 키메라들의 크라이카에 블랙울프들의 검이 부러지고 피를 뿌리며 쓰러졌다.

"잘한다, 내 자식들아. 모조리 죽여라. 카카카."

한 명의 블랙울프를 잡아 심장을 뽑아낸 셀마가 한입 물어 뜯고는 소리 질렀다. 펄떡펄떡 뛰는 심장을 뜯어먹은 그의 피 칠한 얼굴이 마귀처럼 섬뜩했다.

카아! 카아!

그의 고함에 괴상한 소리를 질러 화답한 키메라들이 사정없이 크라이카를 휘둘렀다.

"키메라들이다! 2인 1조로 공격하라!"

타마가 앞으로 달려드는 키메라의 머리를 모닝스타로 박살 내고는 그대로 셀마에게 달려들었다. 저놈을 처리하지 않으면 선두가 위험하였다.

휘아악, 카앙, 캉캉!

모닝스타와 셀마의 크라이카가 맹렬하게 충돌하며 불꽃을 일으켰다.

"카카카! 네놈이 타마라는 애송이로구나. 좋았어, 내가 세
상에 출두한 기념으로 네 심장을 먹어주마."

"흥, 누가 죽는지는 붙어보면 알 일. 받아라, 만상 연환타!"

숙쉭쉭쉭.

두 사람의 모닝스타와 크라이카가 연이어 충돌을 일으켰
고 충돌하는 마나의 파장으로 주변의 사람들이 몸이 찢겨져
쓰러졌다.

"대단하구나, 그 나이에 그 정도라니. 하나 아직은 멀었다.
받아라."

셀마의 크라이카가 붉은빛으로 번뜩이더니 벼락처럼 날아
들었다.

"해볼 테면 해보자."

타마도 빛살처럼 마나 스텝을 밟으며 달려들었다. 그 순간
플라이 마법으로 날아든 샤니의 마법 지팡이가 빛을 뿜었다.

"마물, 받아라! 그래스비티!"

휘아악.

"크윽, 이년, 으윽!"

셀마는 엄청난 압력으로 짓눌러 오는 중력에 발이 무릎까
지 땅속으로 파고들었다. 7서클의 힘은 결코 무시할 수가 없
었다. 타마의 모닝스타가 벼락처럼 떨어져 내렸다. 셀마가 꼼
짝없이 당하려는 순간이다. 무시무시한 마나의 압력이 측면
으로 날아들었다.

“으응!”

그 힘을 무시할 수 없었던 타마의 모닝스타가 할 수 없이 횡으로 휘둘러졌다.

쾨쾅! 쾅!

검과 모닝스타에서 뿜어져 나간 오러 블레이드가 충돌을 일으키며 폭음이 일어났다.

“큭!”

“커!”

동시에 신음을 지르며 물러선 타마와 리버스가 서로를 노려보았다.

“지옥의 모닝스타 타마, 역시 소문이 헛된 것은 아니었구나. 나를 물러서게 하다니.”

리버스가 감탄을 하며 타마를 노려보았다. 이놈은 자신에 비해 결코 약하지 않았다.

“흥, 내가 바로 타마요, 그대는 누구요?”

“좋아, 통성명을 하잔 말이지. 흐흐, 난 아케이드의 원로 리버스다, 알겠지만 소드 마스터 상급이지.”

타마는 속으로 흠칫하였다. 같은 급이지만 자신은 이미 마나가 많이 소실되었다. 그러나 여기서 물러설 수는 없었다. 물러선다면 치열한 격전을 하고 있는 블랙울프들이 엄청난 희생을 치르게 될 것이다.

‘주군께서 전수하신 심법을 나는 믿는다.’

속으로 결심을 다진 타마가 샤니를 돌아보았다. 그녀도 머리를 끄덕였다.

"좋소, 해봅시다."

모닝스타를 틀어쥔 타마가 맹렬한 속도로 달려갔다.

캉캉캉!

두 사람의 검과 모닝스타가 무서운 힘으로 부딪치고 있는 것을 본 셀마가 느끼한 눈으로 샤니의 몸을 훑어 보았다.

"크크, 좋아. 넌 나와 한단 말이지, 죽이긴 아깝지만 전쟁이니 어쩔 수 없지, 어떠냐? 나에게 오면 너는 죽이지 않겠다. 아니, 오히려 부귀영화를 마음껏 누리게 해주마. 이제 세상은 아케이드의 것이거든."

셀마의 말에 샤니는 코웃음을 쳤다.

"꿈 깨라, 노물. 주군께서 계시는 한 네놈들의 생각은 망상이다."

그녀의 말에 셀마는 입꼬리를 일그러뜨렸다.

"말이 통하지 않는다면 실력으로 잡을 수밖에. 내 손속을 원망마라."

"누가 할 소리."

셀마의 크라이카가 날아드는 순간, 샤니의 몸이 번쩍 사라지더니 뒤쪽에서 나타났다. 블링크를 시전해 빠져나온 샤니의 지팡이에 마나가 몰려들었다.

"마법을 시전할 것 같으냐?"

셀마의 오러 블레이드가 순식간에 날아들었다. 놈은 마법사의 약점을 알고 있는 것이다. 샤니가 황급히 몸을 피했다. 미처 마법을 시전 할 새가 없었다. 그러나 놈은 더 빨랐다.

"크하하, 받아라."

콰콰콰콰!

어느새 샤니가 갈 곳으로 먼저 나타난 셀마의 크라이카에서 붉은 오러 블레이드가 벼락처럼 날아들었다. 샤니는 그만 눈을 감았다. 역시 소드 마스터 상급과의 대결은 순간의 방심도 허용치 않았다.

'조금만 시간이 있었더라면, 그랬다면……'

그녀가 죽음을 각오하는 순간, 거대한 폭음이 울려 퍼졌다.

콰콰쾅! 콰앙!

"커컥! 어느 놈이냐?"

폭음과 비명에 이어 셀마의 당혹한 소리에 눈을 번쩍 뜬 샤니는 허공에 둥둥 떠 있는 헤럴드를 보았다.

"폐하!"

"뒤로 물러서 키메라들을 처리하라. 샤니."

"알았습니다, 폐하."

헤럴드의 뒤로 반가운 얼굴들이 나타났다. 샤니는 즉시 키메라들 쪽으로 몸을 날렸다.

셀마는 헤럴드의 난데없는 출현에 온몸이 경직되었다.

"이럴 수가 살기만으로 내 몸을 굳게 하다니, 이건 마스터 이상의 경지다!"

헤럴드가 치열하게 싸우고 있는 블랙울프들과 적들을 바라보았다.

"살고 싶은 자, 당장 무기를 버려라! 반항하는 자들은 모조리 죽일 것이다!"

헤럴드의 목소리가 혼돈의 기를 싣고 전장에 울려 퍼졌다. 니힐리스 제국의 군사들은 고막이 터지는 듯한 느낌에 머리를 싸쥐었다.

"폐하시다!"

"폐하께서 오셨다!"

"우와아~"

고전을 하고 있던 블랙울프들이 기세충천해서 적들에게 달려들었다.

셀마가 이를 부드득 갈았다. 놈이 온 것만으로도 사기가 올라가다니.

"네놈이 헤럴드라는 놈이냐? 내가 네놈을 죽여… 커컥!"

헤럴드를 향해 살기를 퍼뜨리며 달려들려던 셀마가 비명을 질렀다. 번쩍 하는 순간에 눈앞에 나타난 헤럴드가 셀마의 멱살을 틀어쥔 것이다. 셀마는 너무도 황당한 일에 입만 붕어처럼 벙끗거렸다. 헤럴드의 움직임이 어찌나 빠른지 속절없이 목을 잡히고 말았다.

대체 이놈은 어느 정도란 말인가?

"네, 네놈이, 끄악!"

말을 하려던 셀마는 고통에 찬 비명을 질렀다. 헤럴드가 셀마의 목을 비틀어 버렸던 것이다.

뿌드득! 털썩!

"아케이드 놈들에게 자비는 없다."

목이 반대로 돌아간 셀마를 집어 던진 헤럴드가 리버스에게 다가갔다. 리버스는 한겨울에 맨몸으로 서 있는 것처럼 한기로 온몸이 오싹해지는 감을 느꼈다. 헤럴드의 몸에서 뿜어지는 살기로 몸이 생존 본능으로 몸부림치고 있었다.

"싸우겠나, 항복하겠나?"

"난 아케이드 4전사단장, 결코 항복을 할… 크악!"

리버스는 체면상 하려던 말을 채 끝내지도 못한 채 꼬꾸라졌다. 헤럴드의 손에서 번뜩이는 빛과 함께 날아 나온 기검이 목을 날려 버렸던 것이다. 무지갯빛의 기검은 공중을 선회하더니 헤럴드의 손으로 스르륵 들어가 버렸다.

공중에 날아올랐던 머리통이 떨어지는 순간 리버스는 후회막급이었다.

'항복했어야 하는데…….'

그러나 그의 머리는 이미 땅에 떨어져 굴러갔고 의식은 이미 지옥으로 가버렸다.

"다시 말한다. 항복하는 자는 살려주고 반항하는 자는 죽여라."

“우와~”

헤럴드의 엄청난 신위에 블랙울프들이 함성을 질렀고 니힐리스 제국의 군사들은 온몸을 부르르 떨었다.

전장을 지켜보던 모구리 공작이 고래고래 고함을 질렀다.

“떨지 마라! 기마병들은 돌격하라! 우리는 놈들보다 배나 많다!”

모구리 공작의 고함 소리에 니힐리스 제국의 군사들이 정신을 차리고 무기를 쥐었다. 아무리 강해도 다구리에는 장사가 없다. 그들이 정신을 가다듬는 순간이다.

갑자기 땅이 지진을 만난 것처럼 흔들렸다. 불길한 생각에 머리를 홱 돌린 모구리 공작은 눈을 크게 떴다. 하늘로 치솟는 먼지 구름, 광야를 뒤덮고 달려오는 엄청난 기마군들의 물결.

그리고 터져 나오는 함성.

두두두두!

“죽여라!”

그건 또 다른 블랙울프군이었다. 앞뒤에서 협공을 받게 된 니힐리스 제국의 군사들은 얼굴이 하얗게 질렸다. 이젠 끝장이었다.

투두득. 투득.

그들의 손에서 창검이 떨어져 내렸다. 이건 어쩔 수 없는 불가항력이었다.

“무기를 들어라, 이놈들아! 어서 들… 꺽!”

입에 거품을 물고 소리 지르던 모구리 공작의 목이 공중으로 날아오르고 잘려진 목에서 피가 뿜어져 나왔다. 기검을 날려 모구리 공작의 목을 쳐버린 헤럴드가 타마를 바라보았다.

"타마, 군사들은 집으로 돌려보내고 귀족들은 노예로 끌어가라. 단 한 놈도 예외가 없다."

"알겠습니다, 주군!"

하루 종일 벌어졌던 코스타 전투가 막을 내렸다. 핏빛 황혼이 비추는 저녁, 귀족들은 모두 한곳으로 몰렸다.

"우릴 어떻게 할까요?"

한 귀족이 겁에 질린 얼굴로 다른 귀족에게 묻는 말이다.

"걱정 마라, 전쟁에서 졌지만 우리는 귀족들이다. 저자도 국왕이니 우리를 살려줄 것이다."

나이 먹은 이자는 코스타 지역에 거대한 영지를 가지고 있는 후작이다. 그가 하는 말에 귀족들은 고개를 끄덕였다. 귀족은 귀족들만의 법도가 있는 것이다.

그들에게 레드 클로스 레오나드가 다가왔다. 그의 뒤를 따라 블랙울프 전사들이 농부들이 입는 허름한 옷을 마차에 싣고 왔다.

"난 폐하의 친위단장 레오나드이다. 이제부터 너희들은 옷을 벗고 이 옷으로 갈아입는다. 실시."

레오나드의 말에 펜스커드 후작은 기가 막혔다. 귀족들에게 농부들의 옷을 입으라니, 이건 말도 안 되는 소리다.

"이보시오, 나는 펜스커드 후작이오. 우린 귀족인데 이건 너무 하는 것 아니오? 전쟁에서 패했지만 귀족들을 이렇게 대할 수는 없소."

그의 말에 동감이라는 듯 다른 귀족들이 고개를 끄덕이며 웅성거렸다.

"너희들은 이제부터 노예들이다. 지금도 귀족이라고 생각하는 자들은 저쪽으로 나서라."

레오나드의 말에 펜스커드 후작이 제일 먼저 자리를 옮겼고 다른 귀족들도 따라 움직였다.

자리에 남은 것은 어린 귀족들 몇 명이었다. 그들은 왠지 불안했던 것이다. 한쪽으로 몰려선 귀족들을 바라본 레오나드가 블랙울프들에게 명령을 내렸다.

"저자들은 명을 어겼다. 노예들이 명을 어겼을 때 어떻게 되는지 보여줘라."

"충!"

레오나드의 명이 떨어지자 검을 잡고 서 있던 블랙울프들이 검을 뽑아 들었다.

스르릉.

하얀빛을 뿜는 검날들이 검갑에서 몸을 들어내자 기절초풍한 펜스커드 후작이 고함을 질렀다.

"귀족들을 이렇게 죽이는 법이 어디 있소! 이건 아니오!"

"네놈들은 25년 전, 쥬신 가의 사람들을 남녀를 가리지 않고 찍어 죽였다. 그것도 여자들은 모조리 강간해서 죽였고, 내 말이 틀렸나? 쥬신 가는 귀족이 아니었는가? 시발 놈들아!"

레오나드의 말에 귀족들은 말문이 막혔다. 쥬신 가를 어떻게 죽였는지 니힐리스 제국의 귀족들은 모르는 사람이 없는 것이다. 펜스커드 후작은 눈앞이 캄캄해졌다.

이들은 귀족이라고 살려줄 생각이 없는 것이다. 바로 피의 복수가 시작된 것이다.

"크악, 아악!"

블랙울프들의 검이 무자비하게 번쩍거렸고 귀족들이 아우성을 치며 쓰러졌다. 공터에 모여 있던 귀족들은 숨 한 번 쉴 동안에 자신들이 흘린 핏속에 목이 잘려 쓰러졌다.

"모두 처리했습니다, 단장님."

"좋아, 나머지는 노예로 끌어가라."

살아남은 귀족들은 온몸을 부들부들 떨며 농부들의 꿰어진 옷을 입고 끌려갔다. 하루아침에 귀족에서 노예로 신분이 바뀐 것이다.

*   *   *

니힐리스 제국의 수도 초스나이에 수많은 귀족들이 몰려들었다. 성문에는 몰려드는 마차들로 하루 종일 붐비고 있었다. 코스타 시에서의 전투가 패배로 끝났고 그 전투의 소문은 날개가 돋친 듯 제국의 전역으로 퍼져 갔다. 쥬신 왕국군은 일반 군사들은 모두 집으로 돌려보냈고 귀족들은 노예로 끌어갔다고 한다. 게다가 반항하던 귀족들이 모조리 목이 잘려 죽었다는 소문이 퍼지자 질겁한 귀족들은 수도로 도망쳐 오고 있었다.

지금 이 시각에도 블랙울프군들이 바람처럼 진군해 오고 있었다. 블랙울프들이 도착하는 성마다 군사들이 성주들을 쳐 죽이고 성문을 열어 환영했다.

쥬신 왕국의 국왕이 옛 쥬신 가의 후예라는 것이 이미 퍼졌고 복수를 한다는 것을 알기 때문이었다. 이제 귀족들은 군사들도 믿을 수가 없었다. 살길은 오직 하나, 수도의 아케이드 전사단을 믿는 길뿐이었다. 그들은 금은보화를 걸어 싣고 마차마다 처첩을 데리고는 몰려들고 있는 것이다.

지금 니힐리스 제국은 국토의 절반이 블랙울프들에게 점령되었고 삼면에서 공격을 받고 있었다. 제국의 수도는 사방에 피난 온 귀족들로 득시글거리고 있었다. 천년 제국이 흔들리고 있었다.

똑똑똑.
“들어와라.”
거대한 마왕상이 서 있는 곳에 의자가 하나 있었고 니힐리스 제국의 황제이며 아케이드 전사단의 마스터인 아모스 르니힐리스가 앉아 있었다.

문이 열리더니 팽팽한 옷을 입은 브리지트가 안으로 들어섰다.

"마스터를 뵙습니다."

"그래, 황자들은 아직도 싸우고 있는가?"

"예, 마스터. 2황자와 3황자는 한 치의 양보도 없습니다."

묵묵히 듣고 있던 아모스가 섬직한 웃음을 그렸다. 이제는 모든 것을 정리할 때가 된 것이다. 아모스가 손을 들어 브리지트를 불렀다.

"오라, 나의 마왕후여!"

브리지트가 다가오자 아모스는 그녀를 무릎에 앉혔다. 그녀의 머리에 손을 올린 아모스가 중얼거렸다.

"브리지트, 헤럴드가 왔다. 이 수도에 말이다."

아모스의 무릎에 앉아 있던 브리지트가 깜짝 놀라 그를 쳐다보았다.

"그런데 마스터께서는 왜 가만있는 것입니까? 놈이 들어왔다면 아케이드 전사단에 명을 내려 죽여야 하지 않겠습니까?"

아모스는 머리를 흔들었다.

"지금 내 능력으로는 놈을 죽일 수 없다. 너와 내가 힘을 합친다면 가능하지, 알겠느냐? 그렇지 않으면 아케이드 전사단이 모두 달려들어도 놈을 이길 수가 없다. 놈은 이미 신의 힘을 가지고 있으니까."

브리지트는 이를 악물었다. 놈이 신의 힘을 가졌다고? 그녀가 아모스를 쳐다보았다.

"그럼 어떻게 해야 합니까?"

"그건 간단하다. 네 몸에 잠들어 있는 마검 할바데루의 힘을 끌어내야 한다. 그것은 마왕 아케이드의 힘, 그것을 끌어낸다면 놈이 가진 힘을 압도할 수 있다. 하지만 고통이 심할 것이다. 이제부터 그 의식을 진행하겠다. 옷을 벗어라."

브리지트는 옷을 하나하나 벗었다. 헤럴드를 죽일 수만 있다면 어떤 고통이든 참을 수가 있었다. 그녀의 몸을 가리고 있던 옷들이 하나하나 밑으로 떨어지고 신이 조각한 듯한 아름다운 육체가 불빛에 빛을 뿜었다.

"너는 정말 아름답다. 내 팔십 평생에 너 같은 여자는 보지 못하였거늘."

아모스가 눈을 감고 있는 브리지트를 안아 무릎 위에 올려놓았다.

"흐윽."

브리지트가 눈을 부릅떴다. 그녀의 은밀한 비처로 아모스의 거대한 불기둥이 그대로 짓쳐들었던 것이다. 아모스가 브리지트의 머리 위에 손을 올려놓고 주문을 읊기 시작하였다.

"위대한 마왕 아케이드이시여, 당신의 충실한 종인 아모스르 니힐리스가 원하고 있습니다. 마검 할바대루에 봉인된 힘을 주십시오. 주신의 힘을 가진 자가 아케이드의 힘을 말살하려 하고 있습니다. 마계의 위대한 마왕 아케이드시여, 강림해 주옵소서.”

파앗. 휘리릭.

아모스의 주문과 함께 그의 손에서 붉은빛이 눈이 부시도록 뿜어져 나와 브리지트를 감싸기 시작하였다. 그와 함께 브리지트의 얼굴이 붉게 물들었고 그녀의 눈이 하얗게 변해갔다.

“하아, 하아!”

브리지트의 입에서 들뜬 신음이 흘러나오고 그녀의 허리가 정신없이 움직이기 시작하였다.

“으흑, 아흑!”

하얗게 되었던 브리지트의 눈이 붉게 변하였고 비음 소리는 점점 높아져 갔다.

온 방 안에 브리지트가 지르는 소리가 가득 찼고 질척거리는 음향이 여과없이 울려 퍼졌다.

“아아, 마스터.”

정신없이 허리를 움직이던 브리지트가 입을 벌려 아모스의 얼굴로 가져갔다. 그녀의 입에서 검붉은빛이 서서히 나오고 있었다. 그것은 놀랍게도 그녀의 몸속에 들어갔던 마검 할바데루였다. 차가운 눈으로 브리지트를 보고 있던 아모스가 그녀와 입을 맞추었다. 온몸이 터질 듯한 환희로 쾌락의 신음을 지르는 브리지트의 입에서 나온 마검 할바데루가 아모스의 입으로 들어갔다.

"으으으!"

브리지트가 환희에 찬 신음을 내지르며 맹렬하게 허리를 움직였다. 그와 동시에 그녀의 몸은 새빨갛게 변했고 붉은 기운이 온몸에서 뿜어져 나와 아모스의 몸속으로 흡수되기 시작하였다.

"아아아!"

정신없이 허리를 움직이던 브리지트가 고통에 찬 신음을 질렀고 손과 발을 부들부들 떨기 시작하였다. 붉은 운무에 잠긴 아모스의 몸속으로 그녀의 모든 생기가 빨려 들어가고 있었다.

"끄끄끄끄!"

눈을 까뒤집은 브리지트의 얼굴이 주글주글해지더니 순식간에 온몸이 홀쭉해지면서 미라로 변해갔다. 하지만 그녀는 아직도 정신없이 허리를 움직이고 있었다. 이미 정신이 완전히 아모스에게 종속된 그녀는 멈출 수가 없었다.

"끄아악!"

덜컥, 덜컥.

몸이 완전히 미라로 변한 그녀의 몸에서 뼈마디들이 부딪치는 소리가 울렸고 처참하게 굳어졌다. 스르르 미끄러진 그녀의 말라비틀어진 미라가 밑으로 떨어졌다.

덜커덕.

브리지트가 숨을 거둔 방에는 시뻘건 운무에 싸여 있는 한 덩이의 마나가 회오리치고 있었다.

휘오오~

맹렬하게 회전하는 마나의 폭풍 속에서 붉게 빛나는 마검 할바데루가 요요한 빛을 뿌리고 있었다.

*　　　*　　　*

대전의 양쪽에 앉은 귀족들은 무거운 침묵 속에서 서로의 눈치를 살피고 있었다. 오른쪽에 앉아 있는 귀족들은 2황자를 추종하는 무리들이고 왼쪽에 있는 자들은 3황자를 추종하는 무리들이다.

"그래서 어떻게 하자는 것이냐?"

2황자가 굳은 표정으로 마주 선 3황자를 노려보았다.

"폐하께서 아직 살아 있는데 황제가 된다는 것은 있을 수 없는 일이오."

"저 초원의 오랑캐들이 수도의 코앞까지 다가왔는데 우리의 지휘권은 분열되어 있다. 그럼 이제부터 내가 정국을 지휘하겠다. 순서로 보면 내가 계승 서열이 너보다 높으니까."

2황자의 말에 3황자는 코웃음을 쳤다.

"그건 안 될 말이오. 우리 제국이 언제 태어난 순서로 황제를 정했소?"

"뭣이!"

2황자가 검자루에 손을 가져가자 3황자도 검을 잡았다. 양쪽의 귀족들과 기사들이 동시에 검자루를 잡았고 서로를 노려보았다. 당장이라도 칼부림이 일어날 수 있는 일촉즉발의 상황이다.

그때였다. 황궁 시종장의 목소리가 울려 퍼졌다.

"황제 폐하께서 듭시옵니다."

서로를 노려보고 있던 양쪽의 귀족들이 깜짝 놀라 문을 쳐다보았다. 여태껏 단 한 번도 나타나지 않던 황제가 별궁에서 나오다니, 그럼 병이 나았단 말인가?

그들이 생각을 굴리는 새에 문이 열리고 젊은 청년이 들어섰다.

"헛!"

들어선 청년을 본 2황자와 3황자는 물론이고 귀족들은 헛바람을 들이켰다. 황제의 저 모습은 20살 때의 모습이었다. 하지만 황제는 분명해 보였다.

'대체 어떻게?!'

한결같이 의문을 품고 있는데 황제의 목소리가 울려 퍼졌다.

"너희들은 황제인 내가 눈에 보이지 않느냐?"

황제의 말에 3황자가 앞으로 나섰다.

"너는 누구냐? 감히 폐하의 흉내를 내다니, 당장 네놈의 목을 치리라! 여봐라, 당장 저놈을 잡아서… 커컥!"

기사들에게 소리를 지르던 3황자가 숨을 켁켁거렸다. 붉은 빛이 번쩍하더니 3황자의 눈앞에 나타난 황제가 목을 그러쥐었다.

"크크크, 감히 나를 부정하다니. 죽어라."

뚜두득.

황제가 손에 힘을 주자 3황자의 목이 그대로 부러져 버렸다. 귀족들은 얼굴이 하얗게 질렸다. 황제의 신위에 그만 기가 질려 버린 것이다.

"너도 나를 부정하느냐?"

"아, 아니옵니다, 폐하."

황제의 말에 2황자가 즉시 허리를 굽혔다. 지금 눈앞에 있는 황제는 예전의 그 나약하던 황제가 아니었다. 잘못하면 죽는다! 2황자의 본능이 뇌리에 경고를 울리고 있었다.

"아니야, 넌 내가 죽었으면 했지. 그러면 황위는 네 것이 되니 말이다. 그렇지?"

"아, 아니옵니… 끄악!"

2황자는 미처 말을 끝내지 못하고 비칠거리며 물러섰다. 그는 구멍이 뻥 뚫린 가슴을 내려다보았다. 어느새 황제의 손이 가슴을 뚫고 2황자의 심장을 뽑아갔다. 눈앞에서 푸들거리는 심장을 본 2황자가 아연해진 눈을 희뜩거리더니 그대로 쓰러져 버렸다.

쿠웅.

대전 안이 숨소리 하나 없이 조용해졌다. 귀족들도 기사들도 모두 온몸을 떨고 있었다.

황제의 잔인함에 오줌을 지린 귀족들도 있었다.

"그 누구든 명을 어기는 자들은 죽을 것이다. 그것이 설사 내 자식이라도 예외는 없다. 알았느냐?"

"예, 폐하!"

귀족들이 대전이 울리도록 소리쳤다. 흡족한 눈으로 귀족들을 둘러본 황제 아모스가 입을 열었다.

"헤럴드의 진영에 전령을 보내라. 3일 후, 선발된 3만의 전사들로 두 나라의 승패를 결정짓자고, 그곳에서 마지막 싸움은 나와 그가 직접 겨룬다. 이기는 자는 세상을 가질 것이고 지는 자는 죽을 것이다. 그대로 적어서 보내라."

"옛, 폐하!"

시종장이 황제 아모스의 어지를 적어 올렸다. 그것을 본 아모스의 눈에서 붉은빛이 번들거렸다.

"이것을 전령에게 주어 보내라."

어지를 내린 아모스가 중얼거렸다.

"3일 후, 초스나이 벌판에서 헤럴드를 끝장낸다. 내가 직접 쥬신 가의 후예를 죽여 마왕천하의 새 시대를 열 것이다."

황제의 말이 울리는 대전에서 귀족들과 기사들이 부들부들 떨고 있었다.

*   *   *

둥둥둥!

북소리가 울려 퍼졌다. 니힐리스 제국의 수도 앞에 있는 드넓은 벌판인 초스나이 들판에는 쥬신 왕국의 군사들과 니힐리스 제국의 군사들이 마주 서 있었다. 양쪽의 군대 수십만이 진을 치고 있는 벌판이지만 사람들이 없는 것처럼 조용했다. 양쪽 모두 긴장으로 숨소리도 내기 저어하고 있는 것이다. 오늘의 이 싸움에서 승자와 패자가 갈라질 것이고 살자와 죽을 자가 결정되는 것이다.

멀리 마주 서 있는 군사들 속에서 아케이드 전사단이 말을 타고 달려나왔고 블랙울프 전사들도 마주 달려나왔다. 붉은색과 검은색의 두 전사단이 서로를 노려보고 있는 가운데 등에 흰 기를 꽂은 전령들이 공터로 마주 달려나왔다.

훗날 대륙의 역사가들이 신들의 결투라고 명명한 결전이 시작되고 있었다.

헤럴드의 양옆에는 블랙울프 전사단의 소드 마스터들이 줄지어 서 있었다.

"헤럴드, 저들의 요구대로 할 거야?"

샤칸의 말에 헤럴드는 빙그레 미소를 지었다. 지금 그녀가 걱정하는 것을 알고 있기 때문이다. 아케이드 전사단은 3만의 키메라로 구성되어 있고 15명의 소드 마스터가 있다. 게다가 뒤에 진을 치고 있는 군사들은 무려 80만에 달한다. 반대로 블랙울프 전사단의 소드 마스터는 12명, 그러나 그들은 모두 헤럴드가 전수한 무공으로 무장하고 있다. 결코 저들에게 지지 않는다고 헤럴드는 자신하고 있었다.

"샤칸, 아모스는 자신이 이 세상에서 가장 강하다고 생각하고 있어, 전령이 가져온 서신을 보면 그의 자신감을 알 수 있지, 이 결투에서 우리가 이긴다면 이 전쟁은 우리의 승리야, 봐봐, 우리 뒤에 있는 군사들을."

샤칸은 뒤를 돌아보았다. 검은 갑주로 무장한 50만 쥬신 군사들이 말 위에 앉아 있는 그들의 눈에선 불안감이란 찾아볼 수 없었다. 하나같이 사기충천한 기세로 전장을 바라보고 있었다.

샤칸은 한결 마음이 놓였다.

'저들은 헤럴드를 믿고 있어!'

샤칸은 얼굴이 발갛게 달아올랐다. 수많은 사람들이 헤럴드를 신처럼 믿고 있었고 꼭 이긴다는 자신감을 갖고 있었다. 그녀는 그의 가장 가까운 사람이라고 생각하면서 불안해했던 자신이 부끄러웠다.

'그래, 헤럴드는 무적이다. 난 내게 맡겨진 일만 수행하면

되는 거야.'

그녀는 긴 숨을 내쉬었다. 마음이 안정되고 전장의 모든 것이 새로운 의미로 다가왔다.

두거덕, 두거덕.

아케이드 전사단에서 한 명의 전사가 말을 달려 중간으로 나섰다.

"나는 아케이드 전사단의 원로 에르겔스다! 나와 겨룰 자는 앞으로 나오라!"

그의 함성이 쩌렁쩌렁 울려 퍼지자 니힐리스 제국의 군사들은 귀를 틀어막고 고통스러워 얼굴을 찡그렸다. 의기양양한 기세로 쥬신군에 눈을 돌린 에르겔스는 의아했다. 자신의 고함에는 막대한 마나가 실려 있다. 평범한 군사들에게는 지독한 살인음인 그의 마나후가 어찌 된 일인지 쥬신 군사들은 태연한 자세로 아무 반응이 없었다.

"설마 저놈들 모두 상급의 전사 수준이란 말인가?"

그는 머리를 기웃거렸다. 하나 그는 쥬신의 군사들이 모두 귀마개를 하고 있다는 것을 모르고 있었다. 샤칸은 전투가 시작되기 전 모든 군사들이 귀마개를 착용할 것을 지시했었다.

초인들의 싸움에서 일반 군사들이 입을 피해를 미연에 방지한 것이다. 그러니 에르겔스가 이상해하는 것은 당연한 것이었다. 그것이 니힐리스 제국의 군사들에게는 공포로 다가왔다.

'쥬신군은 모두 무서운 실력자들이라는 말이 맞구나!'

니힐리스 제국의 군사들이 모두 같은 생각으로 두려움에 몸을 떨었다.

에르겔스가 의아해서 머리를 기웃거리는데 블랙울프 진영에서 거대한 쇠몽둥이를 둘러멘 레드 클로스가 달려나왔다.

"하하하! 난 레드 클로스 레오나드이다! 늙은 뼈마디를 아작을 내주마!"

레드 클로스가 외치는 고함 소리에 대기가 부르르 떨렸다. 그 소리가 뇌를 울려 흠칫한 에르겔스가 마나를 끌어올렸다. 달려오는 레드 클로스를 쏘아보는 에르겔스의 눈이 파르르 떨렸다. 방금 저 자의 음성은 결코 자신에게 떨어지지 않았다.

'빌어먹을, 역시 블랙울프에는 실력자들이 많군.'

하지만 그의 얼굴 표정에는 오히려 자신만만하다는 표정이 과장되게 나타났다.

"으하하, 오라, 얼굴이 새빨간 것을 보니 네놈은 주정뱅인 모양이구나, 내가 네놈을 저승으로 보내주마."

"뭐가 어째! 야, 이 병신아, 네놈의 늙은 뼈마디를 모두 부셔주마."

두두두두!

두 마리의 말이 전속으로 내달렸고 비슷한 몸집의 두 남자가 서로를 향해 돌진했다. 몽둥이를 들고 내달리던 레드 클로스는 말이 교차하는 순간, 그대로 쇠몽둥이를 집어던졌다.

휘리릭.

거대한 쇠몽둥이가 파공을 울리며 날아들자 에르겔스의 얼굴에 비웃음이 어렸다. 곰같이 우둔한 저놈은 힘만 강했지 싸우는 방법은 모르는 철부지였다. 말 잔등에 몸을 바싹 굽혀 빙빙 돌며 날아드는 쇠몽둥이를 피한 에르겔스가 검을 쳐들고 몸을 일으켜 세웠다. 측면으로 지나치는 레드 클로스의 몸을 단숨에 두 동강을 낼 참이었다.

휘익, 촤악!

공기를 가르며 검이 내려쳐지는 순간, 에르겔스는 살과 뼈가 잘리는 맛을 곧 느끼게 될 것을 생각하며 비릿한 미소를 배어 물었다. 그런데 이게 웬일? 달리는 말 위에서 옆면으로 몸을 날린 레드 클로스의 오거 같은 손이 번개처럼 그의 목을 잡아당겼고 커다란 얼굴이 눈앞으로 쇄도하는 것이 아닌가?

"이, 이게?"

퍼억, 와지끈.

에르겔스는 미처 말도 내뱉지 못하고 머리가 깨져 감을 느꼈다. 그의 육중한 몸이 그대로 말 위에서 밑으로 떨어져 내리는 순간, 거대한 쇠몽둥이가 직선으로 짓쳐들었다.

콰작, 퍽석!

쇠몽둥이에 맞은 에르겔스의 머리가 수박이 터지듯 박살이 났다. 레드 탈로스는 땅바닥에 네 활개를 펼치고 널브러진 에르겔스를 보고는 중얼거렸다.

"별 시답지 않은 놈이 까불고 있어."

그의 말이 끝나기 바쁘게 쥬신군 진영에서 함성이 터져 올랐다.

"와아아, 이겼다!"

둥둥둥!

군사들의 함성 소리, 북소리, 창검으로 방패를 두드리는 소리가 평원에 울려 퍼졌다. 아케이드 전사단의 초인들은 어처구니없어 입을 벌렸다. 소드 마스터 급들이 오러 블레이드를 날리며 싸우는 것이 아니라 박치기로 공격을 하다니, 하지만 그 상황에서는 가장 효율적인 공격이었다. 저놈은 오거처럼 미련한 몸집을 가졌지만 매우 영리한 놈이었다.

"네놈, 내가 끝내주마!"

두두두두!

에르겔스와 가장 가깝게 친구처럼 지내고 있던 원로 마로크스가 질풍처럼 말을 달려나왔다. 저런 놈에게 어처구니없이 죽은 동료의 원한을 갚고 떨어진 사기를 올려야 했다.

달려나오는 마로크스의 검에서 시뻘건 오러 블레이드가 2미터나 뻗어 나왔다.

"흥, 잘 논다. 병신, 오러 블레이드만 뽑아내면 이기는 줄 아냐?"

고함을 지른 레드 클로스가 전속으로 말을 달리면서 쇠몽둥이를 쳐들었다. 하늘로 쳐들린 쇠몽둥이에서 검은 오러 블레이드가 이글거렸다. 헤럴드에게 배운 회전봉법을 쓰려는 것이다.

"자, 받아봐라, 도리깨질!"

레드 클로스의 입에서 벽력같은 소리가 터져 나오고 쇠몽둥이가 춤을 추기 시작하였다. 도리깨질은 아수라 혈천무에 있는 창법을 쇠몽둥이에 맞게 변화시킨 일명 무차별 난타 방법이다. 하늘을 가리며 수백 개의 쇠몽둥이가 가을날 타작을 하는 도리깨처럼 날아들었다.

타타탁, 타탁!

"이, 이런?"

기겁한 마로크스가 무차별적으로 내려쳐지는 쇠몽둥이를 막기 위해 안간힘을 다했다. 하나 쇠몽둥이에 실린 힘은 장난이 아니었다. 한 번, 두 번 막는 새에 손아귀가 찢어질 것 같았고 점점 수세에 몰렸다. 그래도 놈은 처음과 마찬가지로 미친 듯이 난타를 하고 있었다. 이건 정말 비처럼 쏟아지는 쇠몽둥이의 폭우였다. 마로크스는 이렇게 수세에 몰리다가는 끝장이라는 것을 느꼈다. 조금이라도 시간을 얻어야 마나를 끌어올려 반격을 할 수 있겠지만 도저히 그럴 새가 없었다. 도저히 지켜보고만 있을 수 없었던 아케이드 전사단의 부단장 네린이 무서운 속도로 달려나가며 검을 집어 던졌다. 마로크스에게 시간을 벌어주기 위함이었다. 이쪽 블랙울프의 초인들도 두고 보지만 않았다. 검이 레드 클로스를 향해 붉은 마나를 뿌리며 날아드는 순간, 푸른 뇌전의 빛줄기가 섬광 같은 속도로 마주쳐 갔다.

쉬익, 콰쾅!

"커억!"

검이 뇌전과 부딪치며 폭발하자 마나의 역행이 이뤄지는 바람에 피를 울컥 토한 네린이 무서운 눈으로 상대를 쏘아보았다.

"비겁하게 정당한 대결을 방해하다니, 그러고도 초인이냐?"

말 위에 올라앉아 일갈하던 사람은 뜻밖에도 은발 머리의 아름다운 절세미인이었다.

"우와~ 역시 뇌전의 레나님이시다!"

쥬신 군사들이 지르는 함성이 들판을 쩌렁쩌렁 울렸다. 입가에 흘러나온 피를 씻은 네린은 쓴웃음을 지었다. 나이 백살이 넘도록 수련을 한 자신이 저런 애송이 계집에게 당했다는 것이 정말 치욕스러웠다.

"네가 바로 헤럴드의 애인이라는 그 계집이로구나, 하나 넌 잘못 나왔다. 방금 그것이 내 실력의 전부라고 생각했다면 오산, 네년을 갈가리 찢어주마."

파앗, 휘이익!

네린이 몸을 숏구쳐 무서운 속도로 레나를 향해 날아들었다. 순간 레나는 놈을 향해 각궁을 튕겼다.

찰칵!

레나의 손에 각궁은 없어지고 기다란 자가 생겨났다. 궁의 변신이었다.

"흥, 속 빈 놈들이 항상 말은 뻔지르르 하지, 내가 왜 레나인지 보여주마."

"차앗!"

기압을 지르며 레나의 신형이 공중으로 솟구쳐 올랐다. 한 마리의 매처럼 공중에 날아오른 레나의 자에 푸른 오러 블레이드가 불쑥 솟구쳐 올랐다.

"해동 뇌전참(雷電斬)."

촤촤촤촤악!

그것은 몰아치는 자의 빗자루질이었다. 사방팔방을 가득 채운 자가 뇌전을 머금고 네린의 몸을 향해 날아들었다. 어디로도 피할 수 없게 된 네린의 검이 둥그런 막을 형성하며 뇌전을 막아냈다.

콰콰쾅, 콰쾅!

푸른 뇌전들이 폭발하며 마나의 기파가 주변의 모든 것을 뒤집어 버렸고 땅까지 검게 태워 버렸다. 하나 싸움은 끝이 아니었다. 겨우 뇌전을 막아낸 네린이 피를 울컥 토하며 앞으로 나서는 순간 레나의 손에 들린 궁에서 푸른 뇌전이 번쩍였다.

어느새 자가 각궁으로 다시 변해 있었다.

"크악!"

네린은 너무도 가까운 위치에서 발사된 뇌전시를 피할 수가 없었다. 비명을 지르며 훨훨 날아가는 그의 상체는 검게 타서 잿가루로 흩날리고 있었다. 참으로 끔찍한 모습이었다.

그러나 이곳은 전장, 한마디로 약하면 죽는 싸움의 정글이었다.

"저년을 죽여라!"

더는 참지 못한 아케이드 전사단의 초인들이 우르르 달려나왔다.

"흠, 이젠 무리로 해보려는군."

헤럴드가 중얼거리는 새에 블랙울프들의 초인들이 모두 달려나갔다.

"죽어라! 비겁한 놈들!"

"누가 할 소리, 오늘 이곳에서 네놈들은 모두 죽는다!"

촹촹촹! 콰콰쾅! 콰쾅!

오러 블레이드들이 난무하고 창검이 부딪치는 소리, 폭발이 연이어 일어나 사방이 온통 몰아치는 먼지와 흙덩이들로 비산했다. 초인들이 싸우는 중간의 공터는 무시무시한 기파로 모든 것이 가루로 화해 없어졌다. 전장을 바라본 헤럴드는 마음이 느긋해졌다. 아케이드 전사단의 초인들은 비록 비슷한 실력이지만 한 가지가 부족했다. 그들은 인간의 피와 생기

를 이용해서 마나를 축적했고 검술의 정밀도 또한 부하들보
다 많이 떨어졌다. 그건 당연했다.

헤럴드의 부하들은 쥬신 가에서 나온 천고의 비급들로 무
예를 익혔기 때문이다. 심지어 소드 마스터 초급이 중급이나
상급을 상대해서도 잘 싸우고 있었다. 그건 저들보다 빠른 마
나스텝과 정교한 검술, 그리고 실전에 적용하는 기술 때문이
었다.

"우리도 싸우면 안 됩니까, 폐하?"

주먹을 그러쥔 핸더슨이 헤럴드에게 하는 말이다.

"핸더슨, 조금 있으면 원없이 싸우게 될 것이다. 그리고 샤
칸, 내가 아모스와 싸움을 시작하면 아케이드 전사단을 공격
해, 놈들이 기습을 준비하고 있어."

"알았어, 헤럴드."

샤칸은 전장을 예리하게 살피며 고개를 끄덕였다. 헤럴드
는 마음만 먹으면 사방 12㎞ 내의 모든 소리를 들을 수 있다
는 것을 그녀는 알고 있는 것이다.

그녀가 슬그머니 블랙울프 전사들에게 명령을 내렸다.

헤럴드는 저 멀리에서 앉아 있던 아모스가 드디어 공중으
로 날아오르는 것을 보았다.

"크하하! 대단하구나, 헤럴드. 불과 몇 년 동안에 저 정도
의 강한 초인들을 키워내다니, 너의 노력에 경의를 보낸다.
하나 오늘 너희들은 모두 죽는다. 내가, 이 마왕 아케이드의

계승자가 그렇게 만들 것이다. 캬캬캬!"

그의 쇳소리 같은 웃음소리가 울려 퍼지자 싸우고 있던 헤럴드의 부하들이 비칠거렸다. 무서운 마나음이 뇌를 뒤흔들고 있는 것이다.

"갈! 어디 꼼수를 쓰는 것이냐? 마왕 아케이드의 후계자가 그것밖에 안 된다니 실망이구나!"

헤럴드의 음성에 실린 천지후가 퍼져 나가자 초인들은 정신이 맑아지는 것을 느꼈다.

"이 새끼들, 다 죽었어!"

레드 클로스는 분통이 터져 다시 쇠몽둥이를 휘두르며 돌진했다. 잠시 멈칫했던 초인들의 싸움이 치열하게 벌어지기 시작하였다.

"호호호, 역시 쥬신 가의 무예는 상상외로구나. 마왕후(魔王吼)를 깨버리다니, 좋아, 그쯤 돼야 싸울 맛이 나지. 쥬신 가는 신의 힘을 가진 가문, 너는 나의 천적이다. 오늘 너를 죽여서 마왕의 세상을 만드는 제물로 삼을 것이다. 마왕화(魔王火)!"

콰콰콰콰.

아모스의 손에서 검은 화염이 무서운 속도로 날아들었다. 마치 검은 용이 달려오는 것 같았고 마귀가 지상에 출두한 것 같았다. 화염이 지나치는 모든 곳은 모조리 불타올랐다.

아예 가루가 되어 흩어지고 있었다.

"좋다, 아모스. 끝장을 내자, 천지 빙화(氷華)!"

헤럴드의 손에서 차가운 북풍한설이 몰아쳤다. 뜨겁게 달아올랐던 공기가 순식간에 차가워졌고 하얀 빙정을 머금은 꽃들이 무서운 속도로 검은 용을 향해 날아들었다.

콰앙, 콰앙!

두 개의 기운이 충돌하면서 불과 얼음이 상쇄되어 대폭발을 일으켰고 뽀얀 수증기가 대지를 뒤덮었다. 아모스가 이를 갈며 손을 휘저었다. 이번에는 거대한 마왕력의 마나검들이 떠올랐다. 새카만 모습을 한 마왕검들은 마치 검은 괴물 같았다.

"가라, 나의 천적을 죽여라!"

파아앙, 쐐애액!

수십 개 마나의 검이 검은빛을 번쩍이며 날아들었지만 헤럴드는 태연했다. 그의 몸이 허공으로 척척 걸어 올라갔다. 그리고 두 손이 천천히 태극을 그렸다.

"천지 천망(天網)!"

촤악!

거대한 태극이 점점 커졌다. 커지는 거대한 태극이 하늘을 덮었고 그 안의 작은 태극들이 수만 개로 모여 하늘에 그물을 만들었다. 그건 혼돈의 기로 이루어진 그물망이었다.

무수히 날아들던 검은 검들이 천망과 부딪쳐 흔적없이 소멸되자 아모스는 눈을 부릅떴다. 헤럴드가 강하다는 부하들의 보고를 들었지만 이 정도일 줄은 몰랐던 것이다.

더 이상 다른 수로는 헤럴드를 이길 수가 없다. 아모스는 최후의 수단을 쓰기로 했다. 그것을 쓰면 여기에 있는 수많은 부하들이 죽겠지만 지금은 저 헤럴드라는 놈을 죽이는 것이 우선이었다.

저놈은 신의 힘을 이어받은 자, 쥬신 가가 어디서 온 가문인지는 모르겠지만 신의 힘을 가진 가문은 확실했다. 그리고 부하들은 앞으로 얼마든지 만들 수 있었다.

“역시 너는 신의 힘을 가진 자로구나, 마왕의 힘이 통하지 않다니. 좋다, 이제 내 힘을 모두 개방한다. 어디 막아봐라. 마검 할바데루여, 그대에게 내 몸을 바치나니 현세에 강림하소서!”

소리를 지른 아모스가 단검을 뽑아 자신의 가슴을 찔렀다.

“크아아!”

아모스의 가슴에 단검이 박히고 피가 뿜어 나오자 헤럴드는 의아해서 바라보았다. 그 순간이다. 벌어진 아모스의 입에서 새빨간 검이 밖으로 날아 나왔다. 그리고 아모스의 육체가 마치 물처럼 녹아 검에 빨려들기 시작하는 것이 보였다. 니힐리스 제국이나 쥬신군의 군사들이나 이 믿지 못할 괴변에 할 말을 잃고 쳐다보았다.

그 순간 여태껏 말없이 머릿속에 얌전하게 있던 드래곤 로드 파흐비츠의 비명에 찬 말소리가 울렸다.

'헤럴드, 저건 마왕 아케이드가 강림하는 것이야. 빨리 죽이지 못하면 여기 있는 인간은 모두 죽는다!'

파흐비츠의 말에 헤럴드는 정신이 번쩍 들었다. 마왕 아케이드라고?! 그가 달려나가며 소리를 질렀다.

"샤칸, 군사들을 40키로 밖으로 물려라! 빨리, 모두 뒤로 물러서라! 마왕 아케이드다!"

헤럴드의 고함에 싸우고 있던 레나를 비롯한 부하들이 즉각 몸을 날렸다. 그들에게 헤럴드의 명은 신의 명령이나 같았다. 하나 멍하니 서 있던 아케이드 전사단의 초인들은 피할 수 없는 운명을 맞았다.

"카카카카!"

갑자기 공중에서 사람들의 심금을 모조리 찢어버릴 것 같은 괴이한 웃음소리가 울렸다. 그 웃음소리에는 거역할 수 없는 힘이 실려 있어 모두의 눈이 시뻘겋게 변했다.

"죽어, 이 오크야!"

"아니, 무슨 몬스터가 이렇게 많아."

"죽여라! 죽여!"

챙챙챙!

"으악, 아악!"

눈들이 시뻘겋게 변한 니힐리스 제국의 군사들이 서로를 향해 달려들기 시작하였다. 마왕후의 범위 내에 있던 사람들은 정신에 스며든 환각 현상으로 자기편이 몬스터로 보이고 있었다.

무자비한 살육전이 벌어지는 평원을 본 헤럴드는 몸을 날렸다. 이 싸움을 막으려면 저 마왕을 제거해야 했다.

"천지 연환도!"

파파팟.

찬란한 무지갯빛이 허공을 밝히며 날아올라 괴물로 변한 마검 할바데루, 아니, 이제는 마왕 아케이드를 공격했지만 놈은 끄덕도 없었다.

"캬캬캬캬!"

검이 헤럴드를 향해 무서운 속도로 폭사해 들었다. 헤럴드는 어이가 없었다. 검이 정신을 가지고 있다?

'헤럴드, 놈은 마왕 아케이드의 자아를 가지고 있어, 저걸 제거하는 방법은 마검을 깨버려야 해.'

파흐비츠의 귀띔에 헤럴드는 이를 악물었다. 그동안에도 지상에서는 사람들이 서로를 무차별적으로 죽이고 있었다. 적과 아군이 따로 없었다. 다행히 샤칸의 지시로 멀찌감치 피한 블랙울프들과 쥬신 국의 군사들은 좀 더 멀찍이 물러나 하늘에서의 싸움을 보고 있었다.

네모와 타마를 비롯한 부하들이 달려오려고 했지만 샤칸의 무서운 경고에 모두 안타깝게 바라만 보고 있었다.

"저기에 가면 마왕의 꼭두각시가 되어 헤럴드를 공격하게 돼요, 그래도 가고 싶으면 가세요."

그 말에 아무도 나설 수 없었다. 그저 헤럴드가 저 마왕을 없애길 비는 수밖에 없었다.

하늘에는 번개와 우뢰가 끊임없이 몰아쳤다.

콰르릉! 콰쾅! 쾅!

시퍼런 뇌전이 쏟아졌고 모든 것을 얼려 버리고 깨버리는 얼음의 정화가 몰아치고 뜨거운 극염이 헤럴드의 뜻에 따라 공격했지만 마검은 끔쩍도 하지 않았다.

그동안 마검의 공격에 헤럴드의 온몸은 피투성이가 됐고 엄청난 피가 흘러내리고 있었다.

"저걸 어떡해? 언니!"

레나가 발을 동동 굴렀지만 샤칸은 이를 악물고 있었다. 지금 상황으로는 누구도 헤럴드를 도울 수가 없었다. 지금은 지켜보는 수밖에 방법이 없었다.

'이겨, 헤럴드. 네가 잘못되면 나도 살 수 없어.'

이레인의 눈에 맑은 눈물이 흘러내렸다. 그녀는 두 주먹을 어떻게 세게 쥐었는지 손톱이 손바닥을 파고들어 피가 흘러내리고 있었다. 루시의 청초한 얼굴에 맑은 눈물이 하염없이 흐르고 있었다.

'안 돼요, 헤럴드님. 당신은 제 마음에 처음으로 사랑을 알게 해준 분입니다. 이기세요, 저는 믿어요.'

콰르릉! 콰콰쾅!

하늘에서 거대한 폭음이 울려 퍼지고 헤럴드가 떨어져 내리는 것이 보였다.

"앗!"

"헤럴드!"

"폐하!"

사람들이 비명을 지르는데 헤럴드가 벌떡 일어섰다. 그 순간이다. 검은 마검이 무서운 속도로 쇄도해 들었고 헤럴드의 가슴에 틀어박혔다.

푸욱!

가슴에 박힌 마검에서 엄청난 흡인력이 헤럴드의 생기를 빨아들이기 시작하였다.

그리고 헤럴드의 뇌리에 이상한 말이 들리기 시작하였다.

'나는 마왕 아케이드, 너는 이계의 신의 힘을 가진 자. 아마도 이계 신의 후손이겠지, 이제 너의 힘을 흡수해 이 세상의 신들을 모조리 죽이고 내가 신이 될 것이다. 캬캬캬.'

그 말은 마음에서 마음으로 전해지는 심어였다. 마검 속에 있는 마왕 아케이드가 전하는 메시지였다. 헤럴드는 가물거리는 정신을 이를 악물고 버티었다. 하지만 어떤 방법으로도 가슴에 박힌 마검을 파괴할 수는 없었다.

'이렇게 끝낼 수는 없다. 방법이 없을까? 방법이……'

순간 헤럴드의 뇌리에 한 가지 구절이 떠올랐다. 그것은 조상의 비고에서 보았던 글이었다.

없음과 있음이 섞여서, 빈 듯하면서도 갖추어 묘함이 있
다.

삼일은, 그 체는 일이요, 그 용은 삼이라.

혼 묘가 한 둘레에 있으니 체와 용은 따로 갈라질 수 없다.

대 허에 빛 있음이여, 이것은 신의 형상이고

대기의 오래도록 존재함이여, 이는 신의 화로써

참 목숨이 근원으로 만물이 여기서 나는도다.

원은 일이 되어 무극이고

방은 이가 되어 반 극이며

각은 삼이 되어 태극이라.

일신에 내려와 충만하니 성은 광명에 통하고

재세이화, 홍익인간이 되어 작은 우주를 이루리라.

눈을 감은 헤럴드가 이 구절을 외우기 시작하자 온몸에서
빨려 나가던 생기가 멈춰졌고 마검의 안에서 반대로 검은 마
왕력이 들어오기 시작하였다.

'크아아, 이놈, 당장 멈추어라. 으윽, 이건 신의 주문이로
구나.'

헤럴드의 뇌리에 마왕 아케이드의 비명이 정신없이 울렸
다. 그러나 무아지경에 빠진 헤럴드는 끊임없이 외우고 또 외
웠다. 글을 외울수록 마음은 편안해지고 복수로 들끓던 마음
에 평화가 찾아왔다.

‘끄아악!’

콰자작, 후두둑.

마왕 아케이드의 처참한 비명이 울리고 마검이 부서지더니 먼지로 되어 흩어졌다. 헤럴드의 가슴에 박혔던 구멍이 스르륵 메워졌다. 검은 기운과 찬란한 빛이 헤럴드의 몸을 휘감고 돌기 시작하더니 곧 몸으로 흡수되어 버렸다. 마왕력이 정제되어 헤럴드의 몸으로 흡수되어 버린 것이다.

헤럴드의 눈이 번쩍 떠졌다.

“그렇군. 밝은 것과 검은 것이 있어도 결국은 하나, 그게 우주의 원리로구나.”

중얼거리던 헤럴드는 아직도 서로를 향해 검을 휘두르는 사람들을 보고 고함을 질렀다.

“모두 멈춰라!”

눈이 하얗게 변해 싸우고 있던 사람들은 헤럴드의 외침에 섞인 천지후에 정신이 번쩍 들었다. 마왕력이 깨어지고 제정신으로 돌아온 사람들이 피와 시체가 가득한 주변을 둘러보고는 부르르 온몸을 떨었다.

“이제 마왕은 죽었다! 이 시간부터 니힐리스 제국은 없으며 쥬신 제국만이 존재한다! 모두 창검을 버리고 집으로 돌아가라! 이것은 나 헤럴드의 명이다!”

헤럴드의 고함이 울려 퍼지자 군사들이 창검을 떨어뜨리고 그 자리에 주저앉았다. 더 이상 싸울 힘도 없고 서 있을 기운도 없었다.

"헤럴드!"

"폐하!"

"폐하!"

저쪽에서 샤칸을 비롯한 부하들과 블랙울프들이 달려오는 것이 보였다. 헤럴드의 얼굴에 미소가 어렸다. 그가 두 팔을 들어 활짝 펼쳤다. 달려온 여인들이 헤럴드의 품에 와락 안겨 들었다.

"모두 그 자리에 섯! 눈을 감아라!"

타마의 외침이 평원을 울렸다.

"옛, 공작님!"

수십만 군사들이 지르는 소리가 평원을 들썩였다.

*　　　*　　　*

슈마라이 산은 사시장철 흰 눈으로 덮여 있다. 예전에는 이곳에 유사인종들이 있었지만 지금은 아무도 없다. 사람의 발길이 없던 이곳에 언제부터인가 드워프들이 몰려들어 아름다운 성을 지었고, 일단의 사람들이 살고 있었다.

하얀 눈이 소복이 쌓인 정원의 정자에 선남선녀들이 앉아 있었다.

"그러니까 자넨 꼭 그 실험을 하겠다는 건가?"

타는 듯한 붉은 머리 미남자의 말에 머리를 끄덕이는 남자
는 헤럴드였다.

"쯧쯧, 가만있으면 편한데 뭣 하러 그 짓을 한단 말인가?"

"그러게 자네들 드래곤들은 게으르단 말을 듣는 거야."

헤럴드의 말에 주위에 앉아 있던 사람들이 일시에 입을 열
었다.

"아니, 감히 어떤 놈이 그렇게 말한단 말인가?"

"누군가? 그게. 가서 버릇을 단단히 가르쳐야겠네."

"감히 우리 드래곤을 우습게보다니."

그랬다, 이들은 헤럴드의 도움으로 봉인을 깨고 나온 드래
곤들이다. 대륙 전쟁이라고 명명된 전쟁이 끝난 지도 10년이
흘렀다. 지금 대륙에 니힐리스 제국은 없다. 대신 타판파스 초
원과 니힐리스 제국이 있던 영토 위에 쥬신 제국이 있다. 5년
간 쥬신 제국의 황제로 있던 헤럴드는 황위를 타마에게 넘겨
주고 물러나 이곳 슈마라이 산에 은거하였다.

세상은 태평성대를 구가하고 있었고 헤럴드는 머릿속에
있는 파흐비츠의 요구대로 드래곤들을 봉인에서 깨워 세상에
데려왔다.

"파흐비츠가 그러던데……."

헤럴드의 말에 드래곤들은 입맛을 다셨다. 헤럴드의 머릿
속에 있는 파흐비츠는 자신들의 로드이다. 감히 그에게 도전
할 간 큰 드래곤은 없었다. 머릿속에 영혼만 남아 있는 로드

에게 덤빌 수도 없지 않는가?

"하여간 난 그 고려라는 나라에 가보고 싶어, 그러니 자네들도 마법진을 만드는데 힘을 써보라고."

"뭐, 로드가 그렇다면 마법진을 만들어야겠지."

"그래, 고맙네."

헤럴드가 블랙 드래곤의 어깨를 툭툭 치는 순간이다. 갑자기 날카로운 소리가 들려왔다.

"방금 뭐라고 했죠? 이계로 가겠다고요? 그럼 우린 어떡하고, 아이들은?"

톤 높은 고음에 머리를 홱 돌린 헤럴드의 눈에 허리에 손을 척 짚은 레나가 도끼눈으로 째려보고 있었다.

"아, 아니. 꼭 가겠다는 것이 아니라."

하나 헤럴드에게 늘 당하던 레드 드래곤이 능글거리며 입을 열었다.

"제수님, 동생이 이계로 가겠다고 마법진을 만들랍니다. 뭐, 우리야 수고스럽지만 만들 수밖에 없지요, 흐음."

레드 드래곤의 말에 레나의 눈이 한쪽으로 쭉 찢어졌다.

"큰언니, 둘째 언니, 작은 언니, 모두 나와요! 이 양반이 도망치겠대요!"

그러자 집 안에서 세 명의 아름다운 여자가 달려나왔다.

"그게 사실이에요?"

"아, 아니, 그건 사실 심심해서… 이크."

허공으로 몸을 날린 헤럴드가 꽁지가 빠지게 달아났다. 샤칸과 이레인, 루시와 레나의 손에서 마법의 불줄기들이 맹렬하게 쏟아져 나갔다. 드래곤들과 지내면서 네 명의 부인들은 모두 8서클의 대마도사가 되었던 것이다.

"하하! 누나, 아빠가 도망친다. 우리도 공격하자."

"그래, 아이스 볼."

"스피어 랜스."

"윈드 스톰."

한 명의 여자 애와 세 명의 남자 애가 저 멀리 사라지는 헤럴드를 향해 마법을 난사하고 있었다.

"돌아오지 않으면 저녁에 곁에 오지도 못할 줄 아세요."

"당장 오지 못하겠어요?"

부인들의 협박에 할 수 없이 돌아온 헤럴드가 샤칸에게 귀를 잡혀 안으로 끌려 들어갔다.

"아니라니까, 천사 같은 당신들을 두고 내가 어딜 가겠소. 아이고!"

안에서 부인들의 집단 구타에 헤럴드의 비명이 쏟아져 나왔다.

"흥! 한 번 속지 두 번 속을 줄 알아요."

부인들에게 얻어맞는 소리를 듣고 있던 드래곤들이 머리를 흔들었다.

"그러게 부인은 왜 그렇게 많이 얻어 가지고."

"쉿, 듣겠다."

"협."

말을 하던 블랙 드래곤이 황급히 입을 손으로 막았다. 부인들이 들으면 저녁은 영락없이 굶기 때문이다. 저녁노을이 붉게 물들어가는 슈마라이 산에 아내들에게 폭행당하는 헤럴드의 비명 소리가 울려 퍼졌다.

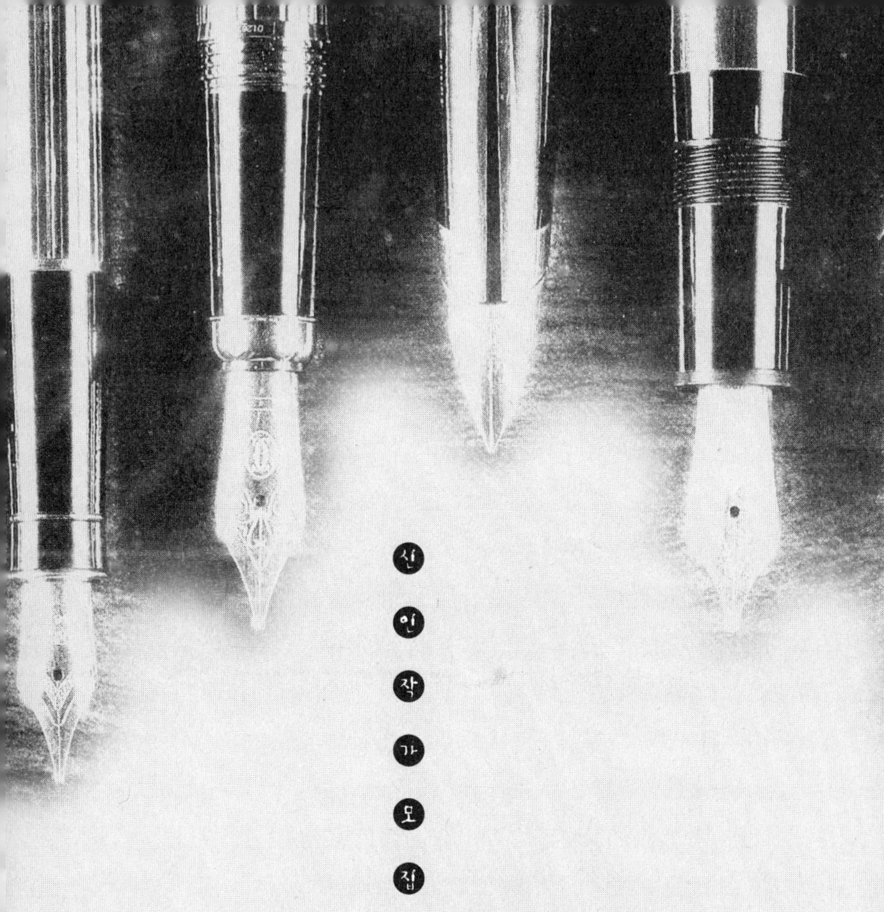

신
인
작
가
모
집

시작이 반이라고 했습니다.
작가의 길에 대한 보이지 않는 벽을 과감히 깨뜨리십시오!
청어람은 작가 지망생 여러분들의
멋진 방향타가 되어드리겠습니다.

저희 도서출판 청어람에서는
소설 신인 작가분들을 모집합니다.
판타지와 무협을 사랑하시는 분들의 많은 참여를 바랍니다.
소정의 원고(A4용지 150매)를 메일이나 우편으로 보내주시면
검토 후 출판 여부를 알려드리겠습니다.

주소:경기도 부천시 원미구 심곡1동 350-1 남성B/D 3F 우편번호420-011
TEL:032-656-4452 · FAX:032-656-4453
http://www.chungeoram.com
e-mail:chungeoram@chungeoram.com

입소문을 통해 아는 분은 다 알고 계십니다!
올 한해 공인중개사 최고의 화제작!

1~2권 합본 | 이용훈 지음
3~4권 합본 | 이용훈 지음
5~6권 합본 | 이용훈 지음
용어해설 | 이용훈 지음

수험생 기본 필독서
만화 공인중개사

제목 : 만화공인중개사 쓰신 분에게 감사드립니다.

학원을 두 달 다녔어요. 근데 과연 그 숫자 외우기 그런 게 몇 문제나 나올까 생각을 했어요.
아니라는 생각이 드네요. 학원강의를 뒤로하고 서점을 갔어요. 내 머리에 가장 이해될 수 있는
책이 없나 하구요. 거기서 만화를 발견했어요. 무조건 세 번 봤어요. 3개월 걸렸어요. 문제집을 보라고
했는데 그건 시행을 못했어요. 근데 합격을 했네요.
어떻게 감사의 말을 해야 될지……
도서관에서 만화책 들고 다니니까 사람들이 비웃더라구요. 만화책으로 공인중개사를 공부한다고
미친 사람처럼 보더라구요. 근데 그거 다 감수하고 했던 내가 자랑스럽습니다.
어떻게 감사의 말을 해야 할지… 정말 감사합니다.
부디 행복하세요. 제 나이 41살에 좋은 스승을 만난 것 같습니다.
엎드려 감사드립니다.

–본사 홈페이지에 독자분이 올린 메일 中 에서 발췌–

세상을 보는 또 하나의 창!
열린세상, 열린지식
InTB
인더북
www.INTHEBOOK.net